Fjodor M. Dostojewski

Njetotschka Neswanowa

W0185353

SERIE PIPER
Band 1009

*Zu diesem Buch*

Diese Erzählung, als Beginn eines umfangreichen Romans mit dem Untertitel »Geschichte einer Frau« konzipiert, erschien 1849 zunächst in drei Kapiteln mit den Überschriften »Kindheit«, »Neues Leben« und »Das Geheimnis«. Dostojewskis Verhaftung und Verbannung nach Sibirien verhinderten die Fortführung. 1860 arbeitete er das Romanfragment zu einer in sich geschlossenen Erzählung um.

Die Titelheldin, Tochter einer jungen Witwe, erzählt zunächst die Geschichte ihres Stiefvaters Jefimoff, der durch einen geheimnisvollen Italiener das Geigenspiel erlernt hat und sich zu einem hervorragenden Virtuosen entwickelte. Seine Ehe mit Njetotschkas Mutter sieht er immer mehr als Ursache der nachlassenden Genialität. Diese Feindseligkeit der Eltern wirkt bestimmend auf Njetotschkas Entwicklung. In fast krankhafter Empfindsamkeit richtet sie nach dem Tod der Eltern ihre Zuneigung auf die Tochter der Pflegefamilie des Fürsten Ch..., von der sie jedoch schroff abgewiesen wird.

In Njetotschka und der von ihr angebeteten Katja zeigt Dostojewski erstmals die beiden Urbilder der Frau, die »Sanfte« und die »Stolze«, die er in seinen späteren Romanen erneut thematisiert.

*Fjodor M. Dostojewski*, geboren 1821 in Moskau. Studium an der Ingenieurschule der Militärakademie in St. Petersburg, widmete sich bald aber ganz der Literatur. Wegen Teilnahme an den Treffen des Petraschewski-Kreises, einer dem utopischen Sozialismus anhängenden Gruppe, wurde er zunächst zum Tode, dann zu vier Jahren Zwangsarbeit in Sibirien verurteilt. Bis 1854 Festungshaft in Omsk, diente anschließend als Soldat in Sibirien und kehrte 1859 nach St. Petersburg zurück. Zahlreiche Auslandsaufenthalte, u. a. in Deutschland, wo er sich beim Roulettespiel ruinierte, Herausgebertätigkeit (gemeinsam mit seinem Bruder Michail) bei verschiedenen Zeitschriften. Starb 1881 in St. Petersburg.

Fjodor M. Dostojewski

# Njetotschka Neswanowa

Erzählung

Piper
München Zürich

Aus dem Russischen übertragen von E. K. Rahsin

Originaltitel »Netočka Nezvanovna«

Von Fjodor M. Dostojewski liegen
in der Serie Piper bereits vor:

Einzelausgaben
Sämtliche Erzählungen (338)
Gesammelte Briefe 1833–1881 (461)
Der Spieler (507)
Aufzeichnungen aus einem Totenhaus (688)

Dünndruck-Ausgabe der Werke
Der Idiot (400)
Rodion Raskolnikoff (401)
Die Brüder Karamasoff (402)
Die Dämonen (403)
Der Jüngling (404)
Onkelchens Traum (405)

Weitere Werke sind in Vorbereitung.

Die Werke Dostojewskis erschienen in der Übertragung von
E. K. Rahsin im R. Piper & Co. Verlag
erstmals in den Jahren 1906–1919.
Dem Text dieser Ausgabe liegt die 1958 von E. K. Rahsin
neu durchgesehene Ausgabe zugrunde.

ISBN 3-492-11009-6
Neuausgabe Dezember 1988
© R. Piper & Co. Verlag, München 1958
Umschlag: Federico Luci,
unter Verwendung des Gemäldes »Lebensprosa« (1892/93)
von Wassili Bakschejew (Ausschnitt)
© Aurore Art Publishers, Leningrad 1977, 1982
Satz: Offsetdruck Hablizel, Dachau
Druck und Bindung: Clausen & Bosse, Leck
Printed in Germany

# Njetotschka Neswanowa

# I

Meinen Vater habe ich nicht gekannt. Er starb, als ich zwei Jahre alt war. Dann heiratete meine Mutter zum zweitenmal. Diese zweite Ehe brachte ihr viel Leid, obgleich es eine Liebesheirat war. Mein Stiefvater war Musiker. Er hatte ein sehr merkwürdiges Schicksal, und überhaupt war er der seltsamste und wunderlichste Mensch, den ich bisher kennen gelernt habe. Sein Einfluß auf mich war groß und die Eindrücke, die ich von ihm empfing, waren so stark, daß ich sie mein Leben lang nicht vergessen werde. Doch zunächst muß ich wohl, damit meine Erzählung verständlicher sei, seine Lebensgeschichte wiedergeben. Alles, was sich auf diese bezieht, habe ich erst später von dem berühmten Geigenvirtuosen B. erfahren, seinem ehemaligen Freund und Studiengenossen.

Der Familienname meines Stiefvaters lautete Jefímoff. Er wurde auf dem Gut eines reichen Großgrundbesitzers geboren, als Sohn eines armen Musikers, der sich nach langen Irrfahrten dort niedergelassen hatte und in das Orchester des Gutsherrn eingetreten war. Sein Brotherr lebte auf großem Fuß und liebte Musik bis zur Leidenschaft. Man erzählte von ihm, daß er, der sich sonst nie von seinem Gut rührte und nicht einmal nach Moskau fuhr, plötzlich ins Ausland gereist sei, in irgendeinen Kurort, nur um einen berühmten Geigenvirtuosen zu hören, der dort, wie die Zeitungen berichteten, drei Konzerte geben sollte. Auf seinem Gut unterhielt er ein großes Orchester und gab fast seine ganzen Einkünfte für die Besoldung und den Unterhalt der Musiker aus. In dieses Orchester trat hernach auch mein Stiefvater ein, als Klarinettist. Als Zweiundzwanzigjähriger machte er die Bekanntschaft eines eigenartigen Menschen. In demselben Gouvernementskreise lebte ein reicher Graf, der sich durch den Unterhalt eines Haustheaters ruinierte. Dieser Graf hatte den Kapellmeister seines Orchesters, einen Italiener, wegen schlechter Aufführung entlassen. Der Kapellmeister war in der Tat ein schlechter Mensch. Nach dem Verlust seiner Stellung kam er bald ganz herunter, trieb sich in den Dorfschenken umher, betrank sich, ja, er bettelte sogar, und da hatte natürlich niemand mehr Lust, ihm eine Anstellung zu geben. Mit diesem Menschen freundete sich nun mein Stiefvater an. Ihre Freundschaft war aber von einer ganz besonderen Art, denn niemand konnte behaupten, daß der Jüngere sich durch diesen Umgang irgendwie zu seinem Nachteil veränderte, und selbst der Gutsbesitzer, der ihm anfangs verboten hatte, mit dem Italiener zu verkehren, ließ schließlich diese sonderbare Freundschaft gewähren. Da starb plötzlich der Italiener. Bauern fanden ihn eines Morgens an einem Zaun im Graben liegen. Eine Untersuchung wurde eingeleitet und ergab, daß er an einem Herzschlag gestorben war. Seine ganze Habe befand sich in Verwahrung bei meinem Stiefvater, der sogleich nachweisen konnte, daß er das volle Recht hatte, die Sachen zu behalten: er besaß ein eigenhändiges Schreiben des Verstorbenen, in dem dieser im Fall seines Todes Jefimoff zu seinem Erben bestimmte. Die Hinterlassenschaft bestand aus einem schwarzen Frack, den er sorgfältig aufbewahrt hatte, in der Hoffnung, doch noch einmal eine Anstellung zu finden, und einer Geige, an der nichts Besonderes auffiel. Dieses Erbe machte denn auch niemand dem Klarinettisten streitig. Da erschien aber nach einiger Zeit ein Musiker, der im Orchester des Grafen die erste Geige spielte, bei dem Gutsbesitzer und überreichte ihm einen Brief vom Grafen. In diesem Brief bat der Graf den Gutsbesitzer, seinem Klarinettisten Jefímoff zuzureden, ihm, dem Grafen, die Geige des verstorbenen Italieners zu verkaufen. Er bot für dieselbe dreitausend Rubel und schrieb, daß er den Jegór Jefímoff schon mehrmals zu sich habe bitten lassen, um den Kauf persönlich abzuschließen, doch leider sei dieser Mensch zu nichts zu bewegen. Der Graf schloß seinen Brief mit der Bemerkung, daß er für die Geige das biete, was sie wert sei; deshalb sehe er in der hartnäckigen Weigerung Jefímoffs, sie ihm dafür abzutreten, den beleidigenden Verdacht, er, der Graf, wolle bei diesem Kauf die Unkenntnis des Klarinettisten ausnutzen. Aus diesem Grunde bäte er jetzt um seine, des Gutsbesitzers, Vermittlung.

Dieser ließ Jefimoff sogleich zu sich rufen.

»Weshalb willst du die Geige nicht verkaufen?« fragte er ihn, »du brauchst sie doch nicht. Man bietet dir dreitausend Rubel, gerade so viel, wie sie wert ist, und du irrst dich, wenn du glaubst, daß dir jemand mehr für sie zahlen werde. Der Graf will dich doch nicht übervorteilen!«

Jefimoff erwiderte, daß er zum Grafen aus freien Stücken nicht gehen werde, doch wenn man ihn zwingen wolle, so müßte er sich eben dem Willen seines Herrn fügen. Dem Grafen werde er die Geige nicht verkaufen, und wenn man sie ihm mit Gewalt wegnehmen wolle, so hinge auch das wiederum nur von dem Willen seines Herrn ab.

Natürlich verletzte er mit einer solchen Antwort die empfindlichste Charakterseite des Gutsbesitzers. Dieser pflegte nämlich immer mit Stolz von sich zu sagen, daß er wisse, wie er mit seinen Musikern umzugehen habe, denn sie seien alle bis auf den letzten wirkliche Künstler, und deshalb sei sein Orchester nicht nur besser als das gräfliche, sondern besser sogar als ein Orchester in der Hauptstadt!

»Nun, schön«, entgegnete der Gutsbesitzer, »ich werde dem Grafen schreiben, daß du die Geige nicht verkaufen willst, weil du eben *nicht willst,* und damit basta! weil du das volle Recht hast, sie zu verkaufen oder nicht zu verkaufen, wie es dir beliebt, hast du mich verstanden? Aber jetzt frage ich dich von mir aus: Wozu brauchst du die Geige? Dein Instrument ist die Klarinette, die du leider noch recht mittelmäßig spielst. Verkauf' die Geige mir. Ich gebe dir gleichfalls dreitausend.« (Wer wußte denn, daß es ein so kostbares Instrument war!)

Jefimoff lächelte.

»Nein, Herr, ich werde sie auch Ihnen nicht verkaufen«, sagte er, »aber versteht sich, wenn Sie mit Gewalt ...«

»Ja, zwinge ich dich denn, will ich dir denn Gewalt antun!« rief der Gutsbesitzer empört – um so mehr empört, als sich das in Gegenwart des gräflichen Musikers zutrug und dieser nach solchen Antworten eine recht unvorteilhafte Vorstellung von der Stellung der Musiker des Gutsbesitzers gewinnen mußte. »Mach', daß du fortkommst, du undankbarer Mensch! Geh mir aus den Augen! Was würdest du ohne mich überhaupt anfangen mit deiner Klarinette, auf der du nicht einmal zu spielen verstehst? Bei mir aber wirst du satt, hast deine Kleidung, erhältst dein Gehalt; du lebst hier in einem vornehmen Hause, spielst hier die Rolle eines Künstlers, aber du willst das nicht einsehen, fühlst das gar nicht! Geh mir aus den Augen und reiz' mich nicht durch deine Anwesenheit!«

Der Gutsbesitzer pflegte denjenigen immer wegzuschicken, über den er sich ärgerte, denn er fürchtete seine eigene Heftigkeit. Mit einem „Künstler", wie er seine Musiker nannte, wollte er aber unter keinen Umständen streng ins Gericht gehen.

Der Kauf kam nicht zustande, und damit schien die Sache abgetan zu sein, als plötzlich, etwa einen Monat nach jener Auseinandersetzung, der erste Violinist des Grafen etwas Unerhörtes anzettelte: auf eigene Verantwortung reichte er eine Anzeige ein, nach der Jefimoff schuld sei am Tode des Italieners, den er umgebracht habe, um in den Besitz der Hinterlassenschaft zu gelangen. Ferner beschuldigte er ihn, jenes Schriftstück, in dem der Italiener Jefimoff zu seinem Erben einsetzte, mit List erpreßt zu haben, was er durch Zeugen beweisen zu können vorgab. Weder die Bitten des Gutsbesitzers, der für Jefimoff eintrat, noch die Vorhaltungen des Grafen konnten ihn von seinem Vorhaben abbringen. Man gab ihm zu bedenken, daß gegen die ärztliche Untersuchung der Leiche nichts einzuwenden sei, daß er gegen sein Gewissen handle, vielleicht aus persönlichem Groll, weil jener ihm das kostbare Instrument nicht abgetreten hatte. Der Musiker blieb aber bei seiner Behauptung, schwor sogar, daß er im Recht sei und der Herzschlag nicht infolge der Trunksucht eingetreten wäre, sondern als Folge einer Vergiftung, weshalb er eine nochmalige Untersuchung der Leiche verlangte. Auf den ersten Blick konnte man seine Angaben sehr wohl ernst nehmen. Natürlich wurde das Verfahren sogleich eingeleitet. Jefimoff wurde verhaftet und nach dem Stadtgefängnis abgeführt. Die Gerichtsverhandlungen, die das ganze Gouvernement mit Spannung verfolgte, nahmen einen sehr schnellen Verlauf und endeten damit, daß der Musiker der falschen Anklage überführt wurde. Man verurteilte ihn zu einer gerechten Strafe, ungeachtet dessen, daß er bei seiner Behauptung blieb. Endlich gestand er, daß er zwar keine positiven Beweise besaß und die angeführten selbst erfunden hatte, jedoch habe er sich hierbei von seinen Vermutungen leiten lassen, die schließlich zu seiner festen Überzeugung geworden seien, und deshalb bleibe er auch jetzt – nachdem die Unschuld Jefimoffs vom Gericht bereits unzweifelhaft festgestellt worden war – bei seiner Überzeugung, die Ursache des Todes jenes italienischen Kapellmeisters sei einzig und allein Jefimoff gewesen, der ihn, wenn nicht gerade vergiftet, dann eben auf irgendeine andere Weise umgebracht habe. Es blieb ihm übrigens erspart, seine Strafe abzubüßen: er erkrankte plötzlich an einer Gehirnentzündung, verfiel in Wahnsinn und starb im Krankenhaus.

Während dieser ganzen Zeit sorgte der Gutsbesitzer für Jefimoff wie ein Vater für seinen Sohn. Er, der sonst nie sein Gut verließ, fuhr mehrmals in die Stadt, um den Armen dort im Gefängnis zu besuchen und zu trösten; er schenkte ihm Geld, brachte ihm, als er erfuhr, daß Jefimoff gern rauchte, die besten Zigarren, und als dann mein Stiefvater endlich freigesprochen wurde, veranstaltete er für sein ganzes Orchester ein großes Freudenfest. Er betrachtete die gegen Jefimoff erhobene Anklage als etwas, was sein gesamtes Orchester anging, denn auf die gute Aufführung seiner Musiker legte er wenn nicht mehr, so doch ebensoviel Wert wie auf ihr musikalisches Können.

Es verging ein Jahr, und eines Tages erfuhr man auf dem Gut, daß in der Gouvernementsstadt ein bekannter französischer Violinvirtuose eingetroffen sei und daselbst konzertieren werde. Als der Gutsbesitzer dies hörte, bot er sogleich alles auf, um diesen Künstler als Gast bei sich zu sehen. Zu seiner Freude nahm der Franzose die Einladung an. Schon war alles zu seinem Empfang bereit, die ganze Gesellschaft der Umgegend eingeladen, als plötzlich etwas Überraschendes geschah.

Eines Morgens wurde dem Gutsbesitzer gemeldet, Jefimoff sei nirgends zu finden. Man suchte, forschte, schickte Boten aus – er war und blieb spurlos verschwunden. Das Orchester befand sich in einer verzweifelten Lage: der Klarinettist fehlte, was tun? Da erhielt der Gutsbesitzer am dritten Tage nach der Flucht Jefimoffs einen Brief von dem Franzosen, in dem dieser mit verletzendem Hochmut absagte und hinzufügte, er werde hinfort sehr vorsichtig sein müssen mit solchen Herren, die ein eigenes Orchester hielten: es sei so »deprimierend«, ein großes Talent im Dienst eines Menschen zu sehen, der es nicht zu schätzen wisse. Er brauche als Beispiel nur Jefimoff zu nennen, den genialsten Künstler und besten Violinisten, den er in Rußland gehört habe.

Der Gutsbesitzer las den Brief mit wachsender Verwunderung. Wie? Jefimoff, derselbe Jefimoff, um den er sich so gesorgt hatte, dem er soviel Gutes erwiesen, derselbe Jefimoff hatte es fertiggebracht, ihn so gewissenlos, so unverschämt zu verleumden, und das noch bei einem berühmten Künstler, auf dessen gute Meinung von seinem Orchester er soviel Wert legte! Und dann – der Brief enthielt noch ein anderes Rätsel: der Franzose nannte Jefimoff den genialsten Künstler und besten Violinisten, den er in Rußland gehört, und aus seiner Schlußbemerkung ging hervor, daß er dachte, man wolle Jefimoffs Talent nicht anerkennen, und zwinge ihn, ein anderes Instrument zu spielen als dasjenige, welches ihm zukam. Dies überraschte den Gutsbesitzer dermaßen, daß er beschloß, sogleich in die Stadt zu fahren, um nun selber mit dem Franzosen zu sprechen. Da traf kurz vor seiner Abfahrt ein Schreiben vom Grafen ein, in dem dieser ihn zu sich bat und ihm mitteilte, daß der französische Künstler und Jefimoff beide bei ihm seien und der Franzose ihm den Fall erzählt habe. Er, der Graf, sei über die Frechheit Jefimoffs und diese Verleumdung so empört, daß er ihn vorläufig nicht aus dem Hause lasse, und außerdem sei die Anwesenheit des Gutsbesitzers auch deshalb notwendig, weil die Verleumdungen Jefimoffs auch ihn, den Grafen selbst, beträfen. Kurz, man müsse in der Sache Klarheit schaffen, und zwar je eher, desto besser.

Da begab sich denn der Gutsbesitzer unverzüglich zum Grafen, ließ sich dem Franzosen vorstellen und erklärte ihm den Sachverhalt. Er sagte, er habe es nicht geahnt, daß in Jefimoff ein so großes Talent stecke: er kenne ihn nur als einen recht mittelmäßigen Klarinettisten; daß der Mensch auch die Geige spiele, habe er erst aus jenem Brief erfahren. Außerdem, fügte er hinzu, sei Jefimoff ein freier Mensch und hätte ihn zu jeder Zeit verlassen können, wenn er wirklich so unzulässig behandelt worden wäre. Der Franzose war sehr verwundert. Man ließ Jefimoff kommen. Der war aber in seinem Benehmen kaum wiederzuerkennen: hochmütig trat er ein, antwortete spöttisch und hatte die Frechheit, zu behaupten, daß alles wahr sei, was er dem Franzosen gesagt. Diese Unverschämtheit ärgerte den Grafen dermaßen, daß er meinem Stiefvater ins Gesicht sagte, er sei ein Lump und Lügner und habe verdient, daß man ihn schonungslos bestrafe.

»Beunruhigen Sie sich nicht, Herr Graf«, versetzte mein Stiefvater höhnisch, »dank Euer Gnaden bin ich nur mit genauer Not der Strafe für ein Kriminalverbrechen entgangen. Ich weiß ja doch nur zu gut, auf wessen Veranlassung hin Alexéi Nikíforytsch, Ihr ehemaliger Musiker, die Anzeige gegen mich erstattet hat.«

Das war zuviel für den Grafen. Er geriet außer sich vor Wut über diese empörende Beschuldigung. Nur mit Mühe konnte er sich beherrschen. Und ein höherer Beamter, der wegen einer Rücksprache mit dem Grafen kurz zuvor eingetroffen war und sich gleichfalls im Saal befand, erklärte hierauf, daß die beleidigende Frechheit Jefimoffs eine böswillige Verleumdung sei, weshalb er höflichst um die Erlaubnis bäte, ihn sogleich und ohne weiteres hier im Hause des Grafen in Haft nehmen zu dürfen. Auch der Franzose äußerte seinen größten Unwillen und sagte, eine solche Undankbarkeit hätte er nie für möglich gehalten. Da brauste mein Stiefvater jähzornig auf und rief, selbst Gefängnishaft unter dem Verdacht eines Kriminalverbrechens und alle Gerichtsverhandlungen der Welt ziehe er jenem Leben vor, das er bisher erduldet, da er als Musiker im Orchester des Gutsbesitzers sein Brot habe verdienen müssen und in seiner Armut keine Mittel und folglich keine Möglichkeit gehabt habe, sich früher freizumachen. Er wurde aus dem Saal geführt. Man schloß ihn in einem entlegenen Zimmer ein und sagte ihm, daß man ihn am nächsten Tage nach der Stadt bringen werde.

Gegen Mitternacht öffnete sich die Tür des Zimmers, in dem Jefimoff gefangen saß. Es war der Gutsbesitzer, der eintrat. Er war in Schlafrock und Pantoffeln und hielt eine brennnende Laterne in der Hand. Offenbar hatte er nicht einschlafen können, hatte wach gelegen, bis er schließlich, um den quälenden Gedanken ein Ende zu machen, trotz der späten Stunde wieder aufgestanden war. Jefimoff schlief nicht: mit Verwunderung sah er den späten Gast eintreten. Der stellte die Laterne auf den Tisch und setzte sich in schwerer Erregung ihm gegenüber auf einen Stuhl.

»Jegór«, sagte er, »warum hast du mir das angetan?«

Jefímoff antwortete nicht. Der Gutsbesitzer wiederholte die Frage, und ein tiefes Gefühl, ein seltsamer Kummer klang aus seinen Worten.

»Ja, das mag Gott wissen, warum!« entgegnete endlich mein Stiefvater, mit einer Geste wie in trostloser Verzweiflung. »Da muß schon der Teufel seine Hand im Spiel gehabt haben! Ich weiß es selbst nicht, wer mich zu all dem treibt! Nun ja, ich konnte nicht mehr bei Ihnen bleiben, ich kann nicht ... Der Teufel selbst sitzt mir wohl im Genick!«

»Jegor!« begann der Gutsbesitzer von neuem, »komm zu mir zurück! Ich werde alles vergessen, werde dir alles verzeihen. Höre: du wirst der Erste unter meinen Musikern sein, ich werde dich unvergleichlich besser stellen ...«

»Nein, Herr, nein, reden Sie nicht weiter – ich gehöre nicht mehr zu Ihnen! Ich sagte Ihnen schon, der Teufel sitzt mir im Genick. Ich würde Ihr Haus anzünden, wenn ich bliebe. Es kommt so über mich – und zuweilen ist es solch eine Qual, daß es besser wäre, ich wär' nicht geboren! Jetzt kann ich nicht mehr für mich einstehen, also lassen Sie mich schon lieber in Ruh, Herr. Das ist alles über mich gekommen, seitdem dieser Teufel mit mir Freundschaft schloß ...«

»Wer das?« fragte der Gutsbesitzer.

»Nun, jener doch, der dort wie ein Hund am Zaun krepierte, von dem keiner mehr was wissen wollte, der Italiener.«

»Hat *er* dich, Jegóruschka, im Geigenspiel unterrichtet?«

»Ja. Er. Vieles hat er mich gelehrt – zu meinem Verderben. Hätt' ich ihn doch lieber nie gesehn!«

»Aber spielte er denn auch so meisterhaft die Geige, Jegóruschka?«

»Nein, er selbst spielte schlecht, aber er unterrichtete gut. Gelernt habe ich allein, er hat mir nur die Anleitung gegeben ... und eher könnte mir die Hand verdorren, als daß ich diese Kunst verlernte! Ich weiß jetzt selbst nicht, was ich will. Versuchen Sie es, fragen Sie mich: ,Jegórka! was willst du? Ich kann dir alles geben!' – Ich würde Ihnen gewiß, so wahr ich lebe, kein Wort zu antworten wissen, denn ich weiß selbst nicht, was ich will. Nein, Herr, lassen Sie mich lieber in Ruh. Ich würde doch unbedingt so etwas anstellen, daß man mich gleich etwas weiter fortschickte, und das würde das Ende vom Liede sein!«

»Jegor!« begann der Gutsbesitzer nach einer Weile wieder, »so ohne weiteres werde ich dich nicht verlassen. Willst du nicht bei mir bleiben, dann geh; du bist ein freier Mensch, halten kann ich dich nicht. So einfach aber werde ich jetzt doch nicht von dir fortgehen, Jegor. Spiel' mir etwas vor, auf deiner Geige, tu mir den Gefallen, Jegor. Ich bitte dich, spiel'! – um Christi willen! Ich befehle dir nicht, verstehe mich nicht falsch, ich will dich nicht zwingen; aber ich bitte dich von Herzen: spiel' mir, Jegóruschka, spiel' mir das vor, was du dem Franzosen vorgespielt hast! Erleichtere mein Herz! Du bist halsstarrig – gut, ich bin's auch. Du siehst, ich habe gleichfalls meinen Dickschädel, Jegóruschka. Ich kann dir nachfühlen, so fühl' auch du, wie ich fühle. Ich will nicht leben, wenn du mir nicht aus eigenem freiem Willen das vorspielst, was du dem Franzosen vorgespielt hast!«

»Nun gut, es sei!« sagte Jefimoff. »Ich hatte mir wohl geschworen, Ihnen niemals vorzuspielen, gerade Ihnen nicht, aber mein Herz entbindet mich jetzt von meinem Schwur. Ich werde Ihnen vorspielen, doch, damit Sie's wissen, zum ersten und zum letzten Mal, Herr, Sie sollen mich nie wieder hören, niemals, und sollten Sie mir auch tausend Rubel bieten.«

Er nahm seine Geige und begann, seine Variationen russischer Lieder zu spielen. B. sagte mir, nichts habe er mit solcher Leidenschaft und so wundervoll gespielt wie diese Variationen – sie wären sein erstes und bestes Können gewesen. Dem Gutsbesitzer, der ohnehin Musik nicht gleichmütig anhören konnte, rannen die hellen Tränen über die Wangen. Als das Spiel zu Ende war, stand er auf, entnahm seiner Brieftasche dreihundert Rubel, reichte sie meinem Stiefvater und sagte:

»Jetzt geh, Jegor. Ich werde dich von hier hinauslassen, und deine Beleidigung des Grafen – auch das laß meine Sorge sein: ich werde alles beilegen. Aber nun höre: komme mir nie wieder in den Weg. Die Welt steht dir offen, und wenn wir uns begegnen sollten, so wird es sowohl mir wie dir peinlich sein. Nun, leb' wohl! ... Wart' einmal! Noch einen Rat gebe ich dir auf den Weg, nur einen: Trink nicht und lerne, lerne unermüdlich. Auch bilde dir nicht zu viel ein! Das sage ich dir, sage es dir wie dein leiblicher Vater es dir sagen würde. Also gib acht, ich wiederhole es: Lerne und rühre das Glas nicht an, greifst du aber einmal nach ihm und trinkst einen Schluck aus Kummer (und den wirst du reichlich kennen lernen!) – dann ist alles verloren, das wisse; dann geht dir alles zum Teufel und dann wirst auch du vielleicht genau so, wie dein Italiener, irgendwo in einem Graben verrecken. Jetzt lebe wohl! ... wart', bleib stehn! – küss' mich!«

Sie küßten sich, und darauf wurde er in die Freiheit entlassen.

Doch kaum war er frei, da begann er damit, daß er in der nächsten Kreisstadt seine dreihundert Rubel verpraßte, und zwar in Gesellschaft heruntergekommener, ganz verwahrloster Menschen, worauf er sich gezwungen sah, in das jämmerliche Orchester einer wandernden Theatertruppe einzutreten, wo er die erste und wahrscheinlich einzige Geige spielte. Das stimmte nun freilich nicht ganz überein mit seinen anfänglichen Absichten: so bald wie möglich nach Petersburg zu fahren, dort in ein gutes Orchester einzutreten, um seinen Lebensunterhalt zu verdienen, und die übrige Zeit des Tages ausschließlich dazu zu benutzen, um sich zu einem vollendeten Künstler auszubilden. In jener kleinen Musikkapelle hielt er es denn auch nicht lange aus: er geriet mit dem Unternehmer in Streit, kündigte ihm und verließ die Gesellschaft. Dann brach für ihn eine Zeit an, in der er schließlich seinen Mut so weit verlor, daß er sich zu einer verzweifelten Tat entschloß, die seinen Stolz tief erniedrigte. Er schrieb an den Gutsbesitzer, seinen früheren Brotherrn, schilderte seine Lage und bat um Geld. Der Brief war noch in ziemlich selbstbewußtem Ton geschrieben, eine Antwort aber erhielt er auf ihn nicht. Dann schrieb er einen zweiten, diesmal einen erniedrigend schmeichlerischen Brief, in dem er den Gutsbesitzer seinen Wohltäter und einen wirklichen Kunstkenner nannte, um ihn zum Schluß wieder um eine Unterstützung zu bitten. Auf diesen Brief erhielt er endlich eine Antwort. Der Gutsbesitzer sandte ihm hundert Rubel mit ein paar von der Hand seines Kammerdieners geschriebenen Zeilen, in denen er erklärte, daß er hinfort mit ähnlichem verschont zu bleiben wünsche. Nach Empfang dieses Geldes wollte mein Stiefvater sogleich nach Petersburg reisen, als er aber seine Schulden bezahlt hatte, blieb ihm von dem Gelde nur noch so wenig übrig, daß er an die Ausführung der geplanten Reise nicht mehr denken konnte. Er blieb also in der Provinz, trat wieder in irgendeine Musikkapelle ein, geriet dort wieder in Streit mit den anderen, und indem er sich so durchschlug, immer in der Hoffnung, bald nach Petersburg reisen zu können, verlebte er ganze sechs Jahre in der Provinz – bis ihn eines Tages Entsetzen erfaßte. Mit Verzweiflung sah er ein, wie viel seine Kunst durch dieses bedrückende und ungeordnete Bettlerleben bereits eingebüßt hatte. So ließ er eines Morgens seine Kapelle im Stich, nahm seine Geige und machte sich zu Fuß auf den Weg nach Petersburg, wo er nahezu als Strolch ankam. Er mietete sich irgendwo in einer elenden Dachkammer ein. Und dort traf er zum erstenmal mit B. zusammen, der damals gerade erst aus Deutschland herübergekommen war und gleichfalls hier Karriere machen wollte. Sie schlossen bald Freundschaft miteinander. B. denkt jetzt noch mit tiefer Rührung an jene Zeit. Sie waren beide jung, beide hatten sie dieselben Hoffnungen und dasselbe Ziel, dem sie zustrebten. Nur war B. noch jünger und hatte von Armut und Leid und Künstlerelend erst wenig erfahren. Überdies war er vor allen Dingen Deutscher und strebte zu seinem Ziel gewissermaßen systematisch und starrköpfig hin, mit ganz objektiver Einschätzung seiner Begabung, nachdem er schon im voraus genau berechnet hatte, wie weit er es bringen werde. Sein neuer Freund dagegen war immerhin schon dreißig Jahre alt, hatte sich durch das Elend bereits ermüden lassen, hatte schon an Geduld und Spannkraft verloren und seine ersten Kräfte eingebüßt, da er ganze sieben Jahre für sein täglich Brot in Provinztheatern und kleinen Orchestern auf verschiedenen Gütern hatte fiedeln müssen. Was ihn in dieser Zeit aufrechterhalten hatte, war der ewige unverrückbare Gedanke: sich endlich aus seiner Misere herauszuarbeiten, Geld zu sparen und dann nach Petersburg zu reisen. Aber der Gedanke war unklar, dunkel, fast nur wie ein innerliches „Sich zu etwas berufen fühlen", so daß er denn auch mit den Jahren viel von der anfänglichen Klarheit verlor. Als er nun endlich in Petersburg eintraf, da war eigentlich alles gleichsam unbewußt geschehen, wie aus einer alten Gewohnheit an einen ewigen Wunsch und ein ewiges Sichausmalen dieser Reise, so daß er beinahe selbst nicht mehr wußte, was er hier eigentlich suchte. Sein Enthusiasmus war konvulsivisch, sprunghaft, oft mit geradezu galliger Bitterkeit gepaart, oft sinnverwirrend, als wollte er mit diesem Enthusiasmus sich selbst betrügen und glauben machen, daß seine Kraft noch ungebrochen, daß seine erste Glut, seine erste Begeisterung noch ungeschwächt seien. Diese immerwährende Begeisterung machte auf den kühlen, mehr wissenschaftlich veranlagten B. den größten Eindruck. Sie blendete ihn und er sah in meinem Stiefvater geradezu ein zukünftiges Weltgenie. Anders konnte er sich die Zukunft seines Gefährten gar nicht vorstellen. Doch bald wurden ihm die Augen geöffnet und er erkannte, mit wem er es zu tun hatte. Er sah und begriff, daß diese ganze gewaltsame Begeisterung, diese Hitze und Ungeduld nichts anderes waren als eine unbewußte Verzweiflung in der

Erinnerung an die verlorene Zeit, in der er seine Begabung nicht zu entwickeln vermocht hatte; er begriff, daß schließlich sogar das Talent an sich, vielleicht auch schon in den Anfangsjahren, gar nicht so groß gewesen war, fühlte heraus, daß da viel Verblendung mitspielte, unnützes Selbstgefühl, ursprünglicher Ehrgeiz und eine unausgesetzt arbeitende Phantasie, die sich immer nur mit dem eigenen Genie beschäftigt hatte.

»Aber trotzdem«, erzählte B., »mußte ich die eigenartige Natur meines Freundes immer wieder bewundern. Vor meinen Augen spielte sich ein steter Kampf ab: der verzweifelte, fieberhafte Kampf eines krampfhaft angespannten Willens mit einer inneren Ohnmacht. Der Unglückliche hatte sich bis dahin ganze sieben Jahre mit dem bloßen Denken an seinen zukünftigen Ruhm begnügt und über diesen Zukunftsträumen gar nicht bemerkt, wie ihm mit der Zeit die Grundlage der Kunst immer mehr abhanden kam, wie er nach und nach seine Technik verlor und damit das Werkzeug seiner Kunst. Währenddessen aber entstanden in seiner wirren Phantasie jeden Augenblick die großartigsten Zukunftspläne. Er wollte nicht etwa nur ein erstklassiges Genie sein, der größte aller Violinvirtuosen der Welt, für den er sich bereits allen Ernstes hielt, – nein, er wollte überdies noch Komponist werden, ohne vom Kontrapunkt auch nur eine Ahnung zu haben. Am meisten jedoch wunderte mich«, fuhr B. fort, »daß dieser Mensch bei seinen geringen Kenntnissen von der Theorie der Kunst ein so tiefes, klares und man kann wohl sagen instinktives Kunstverständnis hatte. Er erfaßte und fühlte die Kunst so tief, daß es schließlich kein Wunder war, wenn er sich in seiner Selbstbeurteilung verirrte und sich, anstatt sich für einen tief nachempfindenden Kunstkritiker zu halten, für einen Kunstschöpfer, für ein Genie hielt. Zuweilen konnte er in seiner ungeschliffenen einfachen Ausdrucksweise, ohne, wie gesagt, etwas von einer Theorie oder Musikwissenschaft zu ahnen, so tiefe Wahrheiten sagen, daß ich ihn ganz verblüfft ansah und nicht begriff, wie er das alles erraten hatte, er, der nie etwas las, nie etwas studierte! Ich verdanke ihm viel«, gestand B. freimütig, »denn er hat mir mit seinen Ratschlägen nicht wenig bei meiner Selbstvervollkommnung geholfen. Was nun mich betrifft«, fuhr B. fort, »so war ich wegen meiner Zukunft ganz ruhig. Auch ich liebte meine Kunst leidenschaftlich, obwohl ich von Anfang an wußte, was aus mir werden konnte, eben, daß ich im Grunde doch nur so etwas wie ein Handwerker in der Kunst bleiben würde ... Ich bin aber doch stolz darauf, daß ich das, was die Natur mir gegeben, nicht wie ein fauler Knecht verscharrt, sondern hundertfältig vergrößert habe. Und wenn man jetzt die Reinheit meines Spiels hervorhebt und meine ausgearbeitete Technik bewundert, so verdanke ich das nur meiner ununterbrochenen, unermüdlichen Arbeit, der richtigen Erkenntnis, das heißt der sachlichen Einschätzung meiner Kräfte, meiner freiwilligen Selbstverleugnung und meinem ewigen Kampf gegen Eigendünkel, gegen Zufriedenheit mit dem eigenen Können, gegen die Faulheit, die natürliche Folge solcher Selbstzufriedenheit.«

B. hatte dann versucht, auch seinerseits auf den Gefährten einzuwirken, nachdem er sich ihm anfangs ganz untergeordnet; aber sein gutgemeinter Rat hatte den anderen nur geärgert. Die Folge davon war eine langsam zunehmende Entfremdung. Bald bemerkte B., daß sein Genosse sich immer häufiger einer gewissen Apathie hingab, verstimmt und gelangweilt war, daß die Ausbrüche seiner Begeisterung immer seltener wurden, und sich statt dessen eine trostlose Mutlosigkeit bemerkbar machte. Zu guter Letzt schien Jefímoff auch seine Geige zu vergessen und rührte sie oft wochenlang nicht an. Da war es denn nicht mehr weit bis zum endgültigen Verkommen, und bald gab sich der Arme allen Lastern hin. Wovor ihn der Gutsbesitzer gewarnt hatte, gerade das geschah: er ergab sich dem Trunk. B. beobachtete ihn mit Entsetzen. Raterteilen und Zureden half nichts, das wußte er, und übrigens getraute er sich kaum noch, dem anderen ein Wort zu sagen. Allmählich verfiel Jefimoff in den größten Zynismus und verlor offenbar jedes Ehrgefühl. So, zum Beispiel, schämte er sich nicht im geringsten, auf B.s Kosten zu leben, und zwar tat er das in einer Art, als habe er das volle Recht dazu. Dabei waren die Mittel knapp. B. schlug sich noch irgendwie durch, erteilte Unterricht, spielte bei Kaufleuten, Deutschen und geringeren Beamten, wenn diese ihre Kränzchen und Tanzabende hatten, bekam dafür zwar nicht viel, aber immerhin genug, nun, um sich eben durchzuschlagen. Jefimoff dagegen wollte, wie es schien, die Notlage seines Freundes überhaupt nicht bemerken. Er nahm nicht die geringste Rücksicht auf ihn, sprach mit ihm in strengem Ton oder würdigte ihn mehrere Tage lang keines Wortes. Einmal äußerte B. mit aller Rücksicht und Vorsicht zugleich, daß es nicht schlecht wäre, wenn er sein Geigenspiel nicht gar zu sehr vernachlässigte, da er sonst ganz aus der Übung kommen könnte. Darüber ärgerte sich Jefimoff sehr und erklärte, er werde seine Geige hinfort überhaupt nicht mehr anrühren, – ganz als erwartete er, daß jemand käme und ihn kniefällig darum bäte. Ein anderes Mal forderte B. ihn auf, mit ihm auf einem jener Bälle zu spielen: es sei ein größeres Fest, eine Geige genüge nicht. Diese Aufforderung versetzte Jefimoff in helle Wut. Empört erklärte er, er sei kein Straßenfiedler und könne nicht so gemein sein wie B. und die edle Kunst dermaßen erniedrigen, daß er simplen Spießbürgern, die von seinem Spiel und Talent doch nichts begriffen, zum Tanze aufspielte. B. erwiderte darauf kein Wort; Jefimoff aber begann in der Abwesenheit des Genossen, der fortgegangen war, um zu spielen, über den Zwischenfall nachzudenken und kam zu dem Schluß, B. habe ihm damit nur sagen wollen, daß er, Jefimoff, auf seine Rechnung lebe, und mit dieser Andeutung habe er ihm den Gedanken nahelegen wollen, gleichfalls Geld zu verdienen. Als B. zurückkehrte, begann Jefimoff plötzlich, ihm wegen seiner gemeinen Handlungsweise Vorwürfe zu machen, und schloß damit, daß er keine Minute länger mit ihm unter einem Dach bleiben werde. Er verschwand auch wirklich auf zwei Tage, am dritten aber erschien er wieder bei B., als wäre nichts geschehen, und setzte ruhig seine alte Lebensweise bei ihm fort.

Nur die frühere Freundschaft und die alte Gewohnheit, und überdies wohl auch noch das Mitleid, das B. mit dem verlorenen Menschen hatte, hielten ihn davon ab, dieser schmählichen Lebensweise ein Ende zu machen und sich endgültig von seinem Stubengenossen loszusagen. Schließlich trennten sie sich aber doch. B. hatte Glück: er gewann die Protektion eines hohen Würdenträgers und bald darauf gab er sein erstes Konzert, das glänzend ausfiel. Damals war er schon ein vorzüglicher Künstler; bald danach verschaffte ihm seine schnell zunehmende Berühmtheit eine Stellung im Orchester der Kaiserlichen Oper, wo er vollauf verdienten Erfolg errang. Beim Abschied gab er Jefimoff noch Geld und beschwor ihn, doch wieder auf den rechten Weg zurückzukehren. Auch jetzt noch vermag B. nicht ohne ein inniges Mitgefühl an ihn zurückzudenken. Seine Bekanntschaft mit Jefimoff ist eben eines der größten Erlebnisse seiner Jugend gewesen und hat den tiefsten Eindruck in ihm hinterlassen. Gemeinsam hatten sie das gleiche Ziel erreichen wollen. Wie hätten sie sich da nicht einander anschließen sollen. Einerseits kam es, wie es nicht anders kommen konnte; andrerseits waren es vielleicht gerade die Seltsamkeiten und die gröbsten, unangenehmsten Mängel Jefimoffs, die B. noch mehr an ihn fesselten. B. begriff ihn vollkommen. Er durchschaute ihn völlig und ahnte, wie das Ganze enden mußte. Beim Abschied umarmten sie sich und ihre Augen wurden feucht. Da sagte Jefimoff unter Tränen mit versagender Stimme, daß er ein verlorener Mensch sei; er wisse es ja schon längst, aber jetzt erst habe er die ganze Größe seines Elends erfaßt.

»Ich habe kein Talent!« stieß er hervor, totenblaß.

B. war erschüttert.

»Höre, Jegór Petrówitsch«, begann er, »was machst du aus dir? Du richtest dich mit deiner Verzweiflung nur zugrunde. Hab' doch nur ein bißchen Ausdauer und Mannhaftigkeit! Jetzt sagst du in einer Anwandlung von Mutlosigkeit, du hättest kein Talent. Das ist aber doch nicht wahr! Du hast Talent, ich versichere dich! Gerade *du* hast es! Ich ersehe das schon daraus, wie du Kunst fühlst und begreifst. Und ein Beweis dafür ist auch schon dein ganzes früheres Leben. Du hast mir doch alles erzählt, und auch damals schon hat dich unbewußt dieselbe Verzweiflung ergriffen. Damals hat dein erster Lehrer, jener seltsame Mensch, von dem du mir so oft gesprochen hast, deine Liebe zur Kunst geweckt und dein Talent erraten. Du fühltest das damals ebenso stark und schwer, wie du es auch jetzt wieder fühlst. Damals wußtest du selbst nicht, was in dir vorging. Du hieltest es nicht aus bei deinem Gutsbesitzer und du wolltest fort von ihm, du wolltest etwas anderes, – aber was eigentlich, das wußtest du nicht. Dein Lehrer starb viel zu früh. Er ließ dich mit einem unklaren Streben zurück und, was die Hauptsache ist, er hat dir nicht zur Selbsterkenntnis verholfen. Du fühltest, daß jener Weg nichts für dich war, du mußtest einen anderen, einen breiteren Weg einschlagen; du fühltest, daß dir anderes zu erreichen bestimmt war, aber du begriffst nicht, wie dieses andere zu erreichen sei; so ward dir in deiner Sehnsucht und Qual deine ganze Umgebung zuwider und verhaßt. Deine sechs Jahre Armut und Elend hast du nicht umsonst durchgemacht: du hast in der Zeit gelernt, du hast gedacht, du hast dich selbst, hast deine Kraft erkannt. Jetzt kennst du die Kunst und zugleich deine Bestimmung. Mein Freund, glaub' mir, jetzt tut dir nur noch Ausdauer und Mannhaftigkeit not. Dir steht Größeres bevor als mir: du bist hundertmal mehr Künstler als ich, doch gäbe Gott dir wenigstens ein Zehntel von meiner Ausdauer. Lerne und trink nicht, wie dir dein prächtiger alter Gutsbesitzer bereits sagte, und die Hauptsache – fange noch einmal ganz von vorn an, mit dem Abc der Kunst, wenn du willst. Was quält dich denn jetzt? Armut? Hunger? Aber Armut und Hunger entwickeln doch den Künstler. Sie gehören zum Anfang, sind sogar untrennbar mit ihm verbunden. Vorläufig kennt dich noch niemand, und es will dich auch niemand kennen, so ist nun einmal die Welt. Das wird anders werden, sobald man erfährt, daß du Talent hast. Dann werden dich wieder Neid, kleinliche Gemeinheit, vor allem aber Dummheit viel mehr bedrücken, als Armut es je vermag. Ein Talent bedarf der Teilnahme, es will verstanden sein. Du aber wirst dann erst sehen, wie die Leute sind, die dich umgeben, sobald du nur annähernd etwas erreicht hast. Was sich in dir durch mühevolle Arbeit, Entbehrungen, Hunger und schlaflose Nächte herausgearbeitet hat, das werden sie geringschätzen, verachten oder überhaupt nicht beachten. Sie werden dich nicht ermutigen, dich nicht trösten, diese deine zukünftigen Freunde. Sie werden dir auch nicht sagen, was in dir gut und echt ist, wohl aber werden sie mit boshafter Freude deine Fehler hervorheben, werden gerade darauf hinweisen, was an dir schlecht ist, und darauf, worin du irrst, und unter dem äußeren Anschein der Kaltblütigkeit und der Gleichgültigkeit oder gar Verachtung deiner Person werden sie über jeden deiner Fehler frohlocken, als hätten sie ein Fest zu feiern – und Fehler hat doch wohl ein jeder! Du aber bist hochmütig, bist oft am unrechten Platz stolz, du könntest leicht einen dünkelhaften Wicht kränken, und dann wehe dir! Du bist allein und ein einziger, sie aber sind viele und sie werden dich mit Stecknadeln zu Tode quälen. Selbst ich fange schon an, das kennen zu lernen. So nimm dich doch jetzt endlich zusammen! Du bist noch längst nicht so arm, daß du nicht leben könntest, nur mißachte die Arbeit nicht, säge Holz, wie ich Holz gesägt habe bei den Bürgern und Beamten, wenn sie tanzten. Aber du bist ungeduldig, du bist krank vor Ungeduld, es ist zu wenig Einfachheit in dir; du klügelst zu viel, du überlegst zu viel, du gibst deinem Kopf zu viel Arbeit. In Worten bist du dreist, sobald du aber den Violinbogen in die Hand nehmen sollst, wirst du mutlos. Du bist ehrgeizig und es steckt in dir wenig Tapferkeit. So sei doch mutiger, warte ab, lerne, und wenn du auch deinen Kräften nicht traust, so arbeite trotzdem. Es steckt Glut in dir, du hast etwas Elementares! Vielleicht erreichst du dein Ziel, oder wenn nicht, so laß es doch immerhin auf das Vielleicht ankommen. Verlieren kannst du dabei in keinem Fall etwas, um so größer aber ist der mögliche Gewinn. Hier, Freund, ist euer russisches „Vielleicht" eine große Sache!«

Jefimoff hörte seinen einstigen Genossen mit tief aufgewühlten Gefühlen an. Während jener noch sprach, trat allmählich wieder Farbe in seine bleichen Wangen, seine Augen leuchteten auf, denn Mut und Hoffnung erglänzte in ihnen. Aber der gute Mut wurde schnell zum Selbstgefühl und dann zu der bei ihm üblichen Anmaßung: als B. sich dem Schluß seiner Standrede näherte, da hörte Jefimoff nur noch zerstreut und schon ungeduldig zu. Trotzdem drückte er ihm zum Schluß kräftig die Hand, dankte und – schnell wie immer in seinen Übergängen von tiefster Mutlosigkeit und Selbstverurteilung zum größten Hochmut, wenn nicht gar zur frechsten Anmaßung – erklärte selbstbewußt, der Freund möge sich nicht um ihn sorgen, er wisse, wie er seine Zukunft zu gestalten habe. Er hoffe, bald gleichfalls Protektion zu finden, dann werde er ein Konzert geben und mit einem Schlage Ruhm und Geld erwerben. – B. zuckte nur die Achseln, erwiderte nichts darauf, und sie schieden voneinander, natürlich nicht auf lange. Jefimoff verpraßte sogleich das empfangene Geld und suchte ihn dann auf, um ihn wieder um Geld anzugehen. Dasselbe tat er zum dritten-, vierten- und bald zum zehntenmal, bis endlich die Geduld B.s erschöpft war und er ihm sagen ließ, er sei nicht zu Hause. Von da an verlor er ihn ganz aus den Augen . . .

Es vergingen ein paar Jahre. Da stieß B. eines Tages auf dem Heimwege aus der Probe in einer Gasse vor einer schmutzigen Kneipe mit einem schlecht gekleideten, betrunkenen Menschen zusammen, der ihn plötzlich bei seinem Namen rief. Es war Jefimoff. Er hatte sich sehr verändert, sein Gesicht war gelb und gedunsen. Man sah es ihm auf den ersten Blick an, daß das liederliche Leben bereits seinen Zügen einen unverwischbaren Stempel aufgedrückt hatte. B. war trotzdem sehr erfreut, ihn wiederzusehen, und folgte ihm in die Kneipe, wohin Jefimoff ihn schon nach den ersten zwei Worten zog. Dort, in einem kleinen, verräucherten Hinterstübchen, musterte er etwas eingehender seinen ehemaligen Stubengenossen. Da erst sah er, daß jener ganz zerlumpt war und daß seine Stiefel zerrissen waren. Die zerknüllte Hemdbrust hatte Weinflecke. Sein Haar fing schon an zu ergrauen und sich zu lichten.

»Wie geht es dir jetzt? Wo lebst du?« fragte B.

Jefimoff schaute etwas betreten drein, im ersten Augenblick sogar beinahe eingeschüchtert, und antwortete so unzusammenhängend und stockend, daß B. nahe daran war, ihn für halbwegs verrückt zu halten. Endlich gestand Jefimoff, er könne nicht sprechen, bevor er nicht einen Schnaps getrunken, hier aber habe er schon lange keinen Kredit mehr. Er errötete, als er das sagte, wollte sich aber mit einem gewissen flotten Gehaben darüber hinweghelfen, was ihm jedoch mißlang: es wurde daraus etwas aufdringlich Gemeines, Unnatürliches, so daß der ganze Eindruck ein recht trauriger war und in dem gutmütigen B. aufrichtiges Mitleid erweckte. Er sah, daß alle seine Befürchtungen eingetroffen waren. Er bestellte also Schnaps. Jefimoffs Gesicht veränderte sich vor Dankbarkeit und er geriet so aus dem Gleichgewicht, daß er mit Tränen in den Augen fast im Begriffe war, B. die Hand zu küssen. Während des Essens erfuhr dann B. zu seiner größten Verwunderung, daß der Unglückliche inzwischen geheiratet hatte. Aber seine Verwunderung nahm noch zu, als er gleich darauf hören mußte, daß die Frau an seinem ganzen Unglück und Elend schuld sei, daß die Heirat sein ganzes Können vernichtet habe.

»Aber wie denn das?« fragte B.

»Ja, Freund, seit zwei Jahren rührte ich meine Geige nicht mehr an«, antwortete Jefimoff. »Sie ist eben ein ungebildetes, rohes Weib, eine richtige Köchin. Daß sie der ...! Na ja. Wir liegen uns nur in den Haaren, das ist alles, was wir tun.«

»Aber warum hast du sie denn geheiratet, wenn sie so ist?«

»Hatte nichts zu essen. Da machte ich ihre Bekanntschaft. Sie besaß etwa tausend Rubel ... da heiratete ich sie denn. Sie aber hatte sich in mich verliebt. Hat sich selbst mir an den Hals gehängt. Wer hatte sie drum gebeten! Das Geld ist verlebt, vertrunken, Freund, und – was Kunst! Es ist alles zum Teufel gegangen!«

B. hatte die Empfindung, als wolle Jefimoff sich gewissermaßen rechtfertigen, und zwar schien er sich damit sehr zu beeilen, wie um einer Bemerkung oder einer Frage zuvorzukommen.

»Habe alles an den Nagel gehängt, alles«, fuhr er fort und erzählte dann, daß er es in der letzten Zeit im Spiel fast bis zur Vollendung gebracht habe, so daß ... nun ja, B. sei zwar einer der ersten Violinspieler in Petersburg, aber ihm, Jefimoff, könne er doch nicht einmal das Wasser reichen, wenn er, Jefimoff, mal spielen wollte.

»Ja, aber wie steht es denn jetzt mit dir?« fragte B., dem der ganze Sachverhalt noch unklar war. »Warum suchst du dir dann nicht einen Verdienst?«

»Äh! – lohnt nicht!« bemerkte Jefimoff mit wegwerfender Gebärde. »Wer versteht denn bei euch etwas von wirklicher Kunst! Was wißt ihr überhaupt? Nicht so viel, gar nichts wißt ihr! Irgend so einen Hopserwalzer den Ballettspringern vorzufiedeln – das könnt ihr allenfalls noch. Aber das ist auch alles. Wirkliche Künstler habt ihr ja überhaupt noch nicht gesehen, noch viel weniger gehört. Wozu euch aufrütteln! Bleibt, was ihr seid!«

Hierbei machte Jefimoff wieder eine geringschätzige Bewegung – geriet aber ins Wanken, da er schon ziemlich viel getrunken hatte. Dann forderte er B. auf, zu ihm zu kommen. Dieser lehnte das vorläufig ab, fragte ihn aber nach seiner Adresse und versprach, ihn am nächsten Tage aufzusuchen. Jefimoff, der nun schon genug gegessen und getrunken hatte, blickte spöttisch seinen früheren Genossen an und schien die größte Lust zu verspüren, ihn irgendwie zu verletzen. Als sie aufbrachen, griff er schnell nach B.s schönem Pelz und hielt ihn ihm hin, wie ein Geringerer einem Höherstehenden, dem er beim Anziehen behilflich sein will. Und als sie durch das vordere Zimmer, die eigentliche Schenkstube, gingen, blieb er stehen und stellte B. den Wirtsleuten und dem Publikum als den ersten und einzigen Violinvirtuosen der ganzen Hauptstadt vor. Kurz, er benahm sich schmutzig.

Nichtsdestoweniger suchte B. ihn am anderen Morgen in der Dachkammer auf, wo wir in größter Armut lebten. Ich war damals vier Jahre alt; meine Mutter aber war schon seit zwei Jahren mit Jefimoff verheiratet. Meine arme Mutter! Als völlig unbemittelte Gouvernante hatte sie, die eine vortreffliche Bildung besaß und schön war, einen älteren Beamten geheiratet, meinen Vater, um aus der Armut herauszukommen. Aber die Ehe dauerte kaum drei Jahre. Mein Vater starb ganz plötzlich. Und als sein geringer Nachlaß unter seinen Erben verteilt wurde, blieb meine Mutter mit mir und einer nur kleinen Summe zurück, die von der Hinterlassenschaft ihres Mannes ihr zufiel. Wieder eine Gouvernantenstelle anzunehmen, wäre kaum möglich gewesen, jetzt, wo sie ein kleines Kind hatte. In dieser Zeit machte sie durch einen Zufall die Bekanntschaft Jefimoffs und verliebte sich tatsächlich in ihn. Auch sie war eine Enthusiastin, eine phantastische Träumerin. Auch sie sah in ihm ein großes Genie und glaubte seinen stolzen Worten, wenn er von seiner glänzenden Zukunft sprach. Ihrer Phantasie schmeichelte die Vorstellung von dem beneidenswerten Los, die Stütze und Gefährtin eines genialen Künstlers zu sein, und so heiratete sie ihn. Schon im ersten Monat schwanden alle ihre Hoffnungen und Träume: vor ihr blieb nichts als die armselige Wirklichkeit. Jefimoff, der sie vielleicht nur aus dem Grunde geheiratet hatte, weil sie etwa tausend Rubel besaß, legte, als das Geld zu Ende war, sogleich die Hände in den Schoß und erklärte allen und jedem – es war geradezu, als hätte er sich über den Vorwand gefreut –, daß die Heirat sein Talent vernichtet habe, daß er in einer dumpfen Stube nicht arbeiten könne, unter den Augen einer hungrigen Familie ... da könne der Verstand weder Noten noch Melodien fassen, und schließlich: dieses Unglück sei ihm eben offenbar von Anfang an bestimmt gewesen. Wie es scheint, hat er bald selbst an die Richtigkeit seiner Klagen geglaubt und sich vermutlich über diese neue Möglichkeit zur Rechtfertigung wirklich gefreut. Dieser unselige, trotz aller Begabung verlorene Mensch hatte wohl schon lange nach einem äußeren Vorwand gesucht, dem er alles Unglück und alle Mißerfolge zuschreiben konnte. An den furchtbaren Gedanken, daß er für die Kunst schon längst und unrettbar verloren war, an den konnte er sich natürlich nicht gewöhnen. Er kämpfte krampfhaft gegen diese unheimliche Erkenntnis an, kämpfte wie mit einem Alb, der auf ihm lastete, und als die Wirklichkeit ihn endlich zu besiegen begann und seine Augen für Sekunden öffnete, da war ihm, als müßte er vor Entsetzen den Verstand verlieren. Wie sollte er auch auf das verzichten, was so lange Ziel und Zweck seines Lebens gewesen war, und so glaubte er bis zur letzten Minute, oder redete es sich wenigstens ein, daß noch nichts verloren sei. Kamen aber Stunden des Zweifels, dann gab er sich wieder dem Trunk hin, um vom Rausch die Qual verdrängen zu lassen. Zu guter Letzt wußte er vielleicht selbst nicht, wie unentbehrlich ihm die Frau in dieser Zeit war. Sie war ja für ihn eine leibhaftige Rechtfertigung, wie es denn fast zu seiner fixen Idee wurde, daß erst dann alles wieder gut werden würde, wenn er seine Frau, *die an allem Schuldige,* begraben habe. Meine arme Mutter verstand ihn aber nicht. Als geborene Träumerin ertrug sie nicht einmal den ersten Schritt in der feindlichen Wirklichkeit. Sie wurde heftig, böse, zänkisch, geriet jeden Augenblick in Streit mit dem Mann, dem es geradezu ein Vergnügen zu sein schien, sie zu quälen, und immer wieder sagte sie ihm, er solle doch arbeiten, sonst verlerne er ja alles. Aber die Verblendung und die fixe Idee meines Stiefvaters, überhaupt seine ganze Überspanntheit machten ihn gefühllos und fast unmenschlich grausam gegen sie. Er lachte nur und schwor, die Geige vor ihrem Tode nicht wieder in die Hand zu nehmen, ohne sich über seine grausame Rücksichtslosigkeit auch nur Gedanken zu machen, wenn er ihr dies ganz unumwunden ins Gesicht sagte. Meine Mutter, die ihn trotz allem bis zu ihrem Tode leidenschaftlich liebte, war einem solchen Leben nicht gewachsen. Sie wurde kränklich und zuletzt wirklich krank, und da sie sich nie erholen konnte, lebte sie, leidend wie sie war, nur unter ewigen Qualen. Und überdies mußte sie ganz allein für den Unterhalt der Familie sorgen. Sie begann zu kochen und richtete einen Mittagstisch ein, aber ihr Mann entwendete ihr heimlich all ihr Geld, und da kam es denn nicht selten vor, daß sie ihre Kunden, die das Essen abholen wollten, mit leerem Geschirr zurückschicken mußte. Als B. uns aufsuchte, hatte sie das Kochen schon aufgegeben; sie beschäftigte sich damals mit dem Färben alter Kleider, und außerdem wusch sie Wäsche. So fristeten wir unser Leben dort oben in der Dachstube.

Unsere Armut erschreckte B.

»Hör' mal, was redest du denn da von deiner vernichteten Kunst?« wandte er sich an meinen Stiefvater. »Sie ernährt dich doch, und was tust du?«

»Nichts!« versetzte mein Stiefvater.

Aber B. kannte noch nicht das ganze Unglück meiner Mutter. Ihr Mann brachte oft, wenn er nach Hause kam, eine ganze Bande der verschiedensten Kumpane mit und dann – was gab es dann nicht alles!

B. redete lange Zeit auf seinen früheren Gefährten ein. Er sagte ihm auch, daß er ihm in keiner Beziehung helfen werde, wenn er sich nicht bessere, auch Geld werde er ihm nicht geben, da er es doch nur vertrinke. Zum Schluß bat er ihn, ihm etwas vorzuspielen, damit er beurteilen könne, was sich für ihn tun ließ. Während mein Stiefvater die Geige hervorholte, wollte B. meiner Mutter heimlich Geld zustecken, aber sie nahm es nicht. Zum erstenmal sollte sie Almosen annehmen! Da gab B. das Geld mir, und die arme Frau brach in Tränen aus. Mein Stiefvater nahm die Geige aus dem Kasten, besah sie, sagte aber dann, daß er zuerst Schnaps trinken müsse, ohne den könne er nicht spielen. Der Schnaps wurde geholt. Er trank und begann im Zimmer auf und ab zu gehen.

»Ich werde dir aus alter Freundschaft etwas von meinen eigenen Kompositionen vorspielen«, sagte er B. und zog unter der Kommode ein dickes, verstaubtes Heft hervor.

»Alles dies habe ich selbst komponiert«, sagte er, auf das Heft deutend. »Nun, du wirst ja sehen ... Das, Freund, ist etwas anderes als eure Ballettstückchen!«

B. blätterte schweigend ein paar Seiten um; dann schlug er die Noten auf, die er bei sich hatte, und bat ihn, daraus etwas vorzuspielen.

Es kränkte Jefimoff, daß seine Kompositionen so zur Seite geschoben wurden, aber er kam doch der Aufforderung nach, wohl in der Furcht, B.s Gunst und Anteilnahme zu verlieren.

Er spielte. B. erkannte, daß er in der Zeit nach ihrer Trennung viel zugelernt, also auch viel gearbeitet haben mußte, obgleich er damit prahlte, daß er die Geige seit seiner Heirat nicht mehr angerührt habe. Da hätte man die Freude meiner armen Mutter sehen sollen! Sie sah ihren Mann an und war wieder stolz auf ihn. Der gute B. war aufrichtig erfreut und wollte unbedingt meinem Stiefvater helfen. Er hatte schon damals gute Beziehungen, und so tat er denn auch alles mögliche für seinen armen Studiengenossen, nachdem er von diesem das ehrenwörtliche Versprechen gefordert und erhalten hatte, daß er sich gut aufführen werde. Zunächst kleidete er ihn besser ein, natürlich auf seine Rechnung, dann ging er mit ihm zu ein paar bekannten Persönlichkeiten, von denen es abhing, ob Jefimoff in das Orchester aufgenommen wurde, wo B. ihn unterbringen wollte. Was nun die Annahme einer Stellung betraf, so hatte Jefimoff natürlich nur großgetan, wie gewöhnlich, wenn es sich bloß um Worte handelte. Wenigstens nahm er das Anerbieten seines alten Freundes mit der größten Bereitwilligkeit an. B. erzählte mir, er habe sich für ihn geschämt wegen der Schmeicheleien und der geheuchelten Bewunderung, mit denen mein Stiefvater seine Dankbarkeit habe bezeugen wollen, wahrscheinlich in der Absicht, sich dadurch B.s Wohlwollen zu sichern. Er begriff endlich, daß man ihn auf den rechten Weg stellen wollte, und er hörte sogar auf zu trinken. Schließlich erhielt er auch wirklich eine Anstellung im Orchester eines Theaters. Die Prüfung bestand er gut, denn in einem Monat hatte er sich durch Fleiß und guten Willen alles wieder angeeignet, was er in anderthalb Jahren des Nichtstuns verlernt hatte. Er versprach, auch hinfort gut zu üben, seinen neuen Pflichten getreu nachzukommen und pünktlich und nüchtern zu sein. Unsere Verhältnisse besserten sich jedoch deshalb noch keineswegs. Mein Stiefvater gab nämlich von seinem Monatsgehalt meiner Mutter nicht eine Kopeke; er verlebte alles allein, vertrank und vergeudete das Geld mit seinen neuen Freunden, von denen er sich sogleich eine ganze Schar anlegte. Das waren größtenteils am Theater Angestellte, Choristen, Statisten, mit einem Wort Leute, unter denen er der Erste sein konnte, während er alle Talentvolleren geflissentlich mied. Jenen dagegen konnte er imponieren und eine ganz besondere Achtung einflößen, was ihm schon gleich zu Anfang gelungen war, indem er ihnen sofort erklärt und sie durch seine Überzeugung gleichfalls überzeugt hatte, daß er eine verkannte Größe, ein Genie sei, daß seine Frau ihn zugrunde gerichtet und daß ihr Kapellmeister von der ganzen Musik keine Ahnung habe. Er machte sich über alle Solisten des Orchesters lustig, ebenso über die Wahl der Stücke, die gespielt wurden, wie auch über die Komponisten der Opern. Schließlich fing er an, eine ganz neue Theorie der Musik zu erklären. Kurz, er wurde dem ganzen Orchester lästig, geriet mit allen in Streit, nicht zuletzt auch mit dem Kapellmeister, wurde seinen Vorgesetzten gegenüber grob, erwarb sich den Ruf, der unruhigste, verdrehteste und zugleich der nichtsnutzigste Mensch zu sein, und brachte es soweit, daß er allen unerträglich wurde.

Und in der Tat, es nahm sich doch recht seltsam aus, wie ein so unansehnlicher Mensch, ein so schlechter und fahrlässiger Musiker so riesige Ansprüche stellte und in einem so selbstbewußten Ton andere kritisierte.

Es endete damit, daß er sich mit B. verfeindete: er erfand eine häßliche Klatschgeschichte, eine ganz niederträchtige Verleumdung seines Wohltäters und gab sie als selbst miterlebte Wirklichkeit zum besten. Nach einem halben Jahr wurde er aus diesem Orchester wegen Nachlässigkeit und unzulässiger Aufführung in nicht nüchternem Zustande ausgeschlossen. Doch damit hatte man ihn noch nicht abgeschüttelt. Bald sah man ihn wieder in zerlumpten Kleidern, denn die guten waren verkauft oder versetzt, und in diesen Kleidern suchte er seine gewesenen Kollegen vom Orchester auf, ohne darauf zu achten, ob diese davon erbaut waren oder nicht, erzählte Klatschgeschichten, schwätzte Unsinn, klagte über sein Leben und forderte alle auf, zu ihm zu kommen, um seinen Hausdrachen zu sehen. Natürlich fanden sich Zuhörer, es fanden sich auch solche, denen es Spaß machte, dem an die Luft gesetzten Kollegen mittels Alkohol die Zunge zu lösen und sich durch sein Geschwätz erheitern zu lassen. Übrigens sprach er dann immer mit Geist und Witz, untermischte seine Reden mit beißendem Spott und diversen Zynismen, die namentlich bei gewissen Zuhörern stets des Beifalls sicher sind. Man nahm ihn für einen etwas verschrobenen Narren, den plaudern zu hören in müßigen Stunden ganz amüsant war. Auch zogen die Kollegen ihn gern auf, indem sie in seiner Gegenwart von einem neuen großen Violinvirtuosen zu sprechen anfingen, der sich angeblich auf einer Konzertreise in Rußland befinde und auch nach Petersburg kommen werde. Sobald er das hörte, veränderte sich sein Gesicht, er wurde kleinlauter, erkundigte sich, wie der Künstler hieß, wo er konzertierte, wie groß denn sein Talent sei, und war offenbar eifersüchtig auf den Ruhm der ihm unbekannten Größe. Es scheint, daß erst in dieser Zeit sein systematischer Wahnsinn, sein Größenwahn begann, diese seine fixe Idee, daß er der erste Geigenvirtuose, mindestens in Petersburg, sei, daß aber das Schicksal ihn verfolge und er dank verschiedener Intrigen natürlich nicht verstanden werde und deshalb in seiner Unbekanntheit verbleibe. Letzteres schmeichelte ihm sogar, denn es gibt solche Charaktere, die sich mit Vorliebe für verfolgt und unverstanden halten und sich laut darüber beschweren, oder im stillen zur Sättigung ihres Ehrgeizes wenigstens selber ihre nicht anerkannte Größe anbeten. Jefimoff kannte alle Petersburger Violinvirtuosen und konnte sie an den Fingern herzählen, doch war von ihnen allen, nach seiner Ansicht, kein einziger ihm gewachsen. Seine Kollegen aber und andere Sachverständige, auch manche Laien, die seinen Größenwahn kannten, brachten das Gespräch gerade deshalb auf die angebliche neue Größe, um ihn zu veranlassen, den vermeintlichen Rivalen im voraus zu kritisieren. Ihnen gefielen sein Grimm, seine boshaften Einfälle, es gefielen vor allen Dingen die sachlichen, klugen Bemerkungen, die er machte, wenn er das Spiel der anderen kritisierte. Oft verstanden sie ihn nicht, doch dafür waren sie überzeugt, daß kein zweiter auf der Welt so geschickt und in so packenden Karikaturen die Größen unter den zeitgenössischen Musikern darzustellen und herunterzureißen wußte. Und sogar diese Künstler, über die er so schonungslos spottete, fürchteten ihn ein wenig, denn sie kannten nicht nur seinen beißenden Witz, sondern erkannten auch die Richtigkeit seiner Angriffe und Urteile. Man hatte sich gewissermaßen schon daran gewöhnt, ihn in den Korridoren und hinter den Kulissen des Theaters zu sehen. Die Angestellten gewährten ihm widerspruchslos den Zutritt, wie einer unentbehrlichen Person. So wurde er im Theater zu einer Figur etwa von der Art eines musikalischen Thersites. Das dauerte ungefähr zwei bis drei Jahre. Endlich aber fiel er allen auch in dieser seiner letzten Rolle lästig.

Man setzte ihn formell vor die Tür und in den zwei letzten Jahren seines Lebens war mein Stiefvater für diese Leute wie verschollen; keiner von ihnen sah ihn je wieder. Übrigens: B. ist ihm doch noch zweimal begegnet, und zwar sah er ihn in einer so elenden Verfassung, daß noch einmal das Mitleid seinen Ekel besiegte. Er rief ihn an, aber das kränkte Jefimoff und er tat, als hätte er nichts gehört, zog seinen alten, verbeulten Filz noch mehr über die Augen und ging vorüber. Es verging einige Zeit, da wurde B. am Morgen eines großen Festtages gemeldet, daß sein ehemaliger Kollege Jefimoff ihm zum Fest zu gratulieren wünsche. B. ging ihm entgegen. Jefimoff stand berauscht im Vorzimmer, verbeugte sich auffallend tief, fast bis zu den Füßen, seine Lippen murmelten etwas Unverständliches, doch weigerte er sich hartnäckig, näherzutreten. Der Sinn seines Besuches war ungefähr der: »Wie können wir unbegabten Leute mit so großen und vornehmen Berühmtheiten wie Euer Wohlgeboren Umgang pflegen? Für uns Geringe genügt auch ein Dienerplatz, wenn wir zum Fest gratulieren kommen: wir machen unseren Bückling und gehen wieder.« Mit einem Wort, er war schmutzig, dumm und widerlich gemein. Seit jenem Morgen sah ihn B. lange Zeit nicht mehr, bis – bis zu der Katastrophe, mit der dieses ganze traurige, erstickend trostlose, kranke Leben endete. Das geschah auf eine furchtbare Weise. Diese Katastrophe ist nicht nur das erschütterndste Erlebnis meiner Kindheit, sie ist sogar für mein ganzes Leben entscheidend gewesen. Doch zuvor muß ich noch erzählen, wie meine Kindheit war, und erklären, welche Bedeutung dieser Mensch für mich hatte, dieser Mensch, der einen so qualvollen Eindruck auf mein Kindergemüt machte, und der den Tod meiner armen Mutter herbeiführte.

## II

Meine Erinnerung an meine Kindheit reicht nicht sehr weit zurück, eigentlich nur bis zu meinem neunten Jahr. Ich weiß nicht, wie es zu erklären ist, daß alles, was ich bis dahin erlebt habe, keinen einzigen klaren Eindruck in mir hinterlassen hat, an den ich mich jetzt noch erinnern könnte. Aber ungefähr von der Mitte meines neunten Jahres an, da erinnere ich mich des Erlebten fast Tag für Tag: es ist wie eine laufende Kette von Erinnerungen, ganz als wäre das alles erst gestern geschehen ... Allerdings kann ich mich auch noch einiger früherer Erlebnisse entsinnen, aber doch nur wie eines Traumes. So erinnere ich mich zum Beispiel des immer brennenden Lämpchens in der dunklen Ecke vor einem altertümlichen Heiligenbild; dann, wie ich einmal auf der Straße einem Pferde unter die Beine geriet, worauf ich, wie man mir später erzählt hat, drei Monate lang krank gelegen habe; ferner, wie ich während dieser Krankheit einmal in der Nacht neben meiner Mutter, in deren Bett ich schlief, plötzlich im Traum aufschrak und vom Schreck erwachte, und wie ich mich dann vor der nächtlichen Stille und Dunkelheit und den in der Ecke raschelnden und knabbernden Mäusen fürchtete. Ich zitterte die ganze Nacht vor Angst, ich zog mir sogar die Decke über den Kopf, aber ich wagte trotzdem nicht, meine Mutter zu wecken, woraus ich schließe, daß meine Furcht vor ihr noch größer war als vor den Mäusen und der Dunkelheit. Aber von der Stunde an, wo plötzlich das Bewußtsein in mir erwachte, entwickelte ich mich schnell, wider Erwarten schnell, und viele nichts weniger als kindliche Geschehnisse wurden für mich mit einem Mal in geradezu unheimlicher Weise faßbar. Alles klärte sich vor mir auf, alles wurde mir in kürzester Zeit verständlich. Und diese Zeit, in der ich bewußt zu leben anfing, an die ich mich, im Gegensatz zu den vorhergegangenen Jahren, mit ungewöhnlicher Deutlichkeit erinnere, hat in mir einen tiefen und traurigen Eindruck hinterlassen. Dieser Eindruck wiederholte sich dann jeden Tag und wuchs mit jedem Tag; er warf auf die ganze Zeit meines Zusammenlebens mit meinen Eltern und somit auf meine ganze Kindheit einen dunklen und eigenartigen Schatten.

Jetzt scheint es mir, daß ich damals ganz plötzlich wie aus einem tiefen Traum erwachte (obschon dies mir, als es geschah, natürlich gar nicht weiter auffiel). Ich fand mich in einem großen Zimmer mit einer niedrigen Decke. Es war unsauber und die Luft darin dumpf. Die getünchten Wände waren von schmutziggrüner Farbe, in einer Ecke stand ein riesiger russischer Ofen. Durch die Fenster sah man auf die Straße, oder richtiger auf das Dach des gegenüberliegenden Hauses, und diese Fenster waren breit und niedrig, fast nur wie horizontale Spalten in der Wand. Die Fensterbretter waren so hoch vom Fußboden, daß ich auf einen Stuhl und eine Fußbank klettern mußte, um mich, und auch das immer noch mit Mühe, auf meinen Lieblingsplatz hinaufschwingen zu können – wenn niemand zu Hause war, der es mir verbot. Aus unserer Wohnung konnte man fast die halbe Stadt sehen, denn wir wohnten unter dem Dach in einem sechsstöckigen, sehr großen Hause. Unsere ganze Einrichtung bestand aus der Ruine eines alten Wachstuchsofas, das ganz verstaubt war und aus dem überall der Bast der Polsterung hervorsah, ferner einem einfachen, ungestrichenen Tisch, zwei Stühlen, einem Bett, in dem meine Mutter schlief, einem Schränkchen in der Ecke, einer Kommode, die immer schief stand, und einem zerissenen papierenen Wandschirm.

Ich erinnere mich, es war einmal in der Dämmerung: das ganze Zimmer befand sich in Unordnung, auf dem Fußboden lag alles durcheinander, Bürsten und Lappen, unser hölzernes Eßgeschirr, eine zerschlagene Flasche und ich weiß nicht, was noch. Ich erinnere mich, meine Mutter war sehr aufgeregt und aus irgendeinem Grunde weinte sie. Mein Stiefvater saß in der Ecke, wie immer in einem zerissenen Rock. Er antwortete ihr irgend etwas, antwortete unter einem höhnischen Auflachen, was meine Mutter noch mehr ärgerte, und dann flogen wieder Bürsten und Teller auf den Boden. Ich begann zu weinen und zu schreien und stürzte zu ihnen beiden. Ich war entsetzlich erschrocken und umklammerte wie verzweifelt meinen Vater, um ihn mit meinem Körper zu schützen. Gott mag wissen, weshalb es mir schien, daß der Ärger meiner Mutter grundlos und mein Vater unschuldig sei. Ich wollte für ihn um Verzeihung bitten, gleichviel was für eine Strafe an seiner Stelle auf mich nehmen. Ich fürchtete mich entsetzlich vor meiner Mutter und glaubte, daß alle sie ebenso fürchteten. Meine Mutter sah mich im ersten Augenblick ganz verwundert an, dann faßte sie mich an der Hand und zog mich hinter den Schirm. Ich beschädigte meine Hand am Bett – es schmerzte sehr –, aber der Schreck war doch größer als der Schmerz, und ich wagte nicht mal zu mucksen. Ich weiß noch, meine Mutter machte darauf meinem Vater bittere Vorwürfe, indem sie auf mich deutete. (Übrigens nenne ich ihn hier meinen Vater, obgleich er doch nur mein Stiefvater war, aber ich habe es erst viel später erfahren, daß zwischen uns überhaupt keine Verwandtschaft bestand.) Diese ganze Szene dauerte etwa zwei Stunden und zitternd vor Spannung bemühte ich mich, zu erraten, womit das alles enden werde. Endlich verstummte der Streit, und die Mutter ging irgendwohin fort. Da rief mich der Vater zu sich, küßte mich, streichelte meinen Kopf, nahm mich auf den Schoß, und ich schmiegte mich fest und süß an seine Brust. Es war die erste väterliche Zärtlichkeit, die ich erfuhr, und vielleicht kann ich mich deshalb von der Zeit an so gut alles Erlebten erinnern. Auch begriff ich, daß ich mir diese Liebe des Vaters durch meine Parteinahme für ihn verdient hatte, und da kam mir, ich glaube, zum erstenmal der Gedanke, daß er von der Mutter viel zu erdulden und viel Leid zu ertragen habe. Seit der Zeit konnte ich mich von dieser Vorstellung nicht mehr befreien; mit jedem Tag erregte und empörte sie mich mehr.

In jener Stunde erwachte in mir eine grenzenlose Liebe zum Vater, aber es war eine wunderliche, gleichsam gar nicht kindliche Liebe. Ich würde sagen, daß es eher ein gewisses mitleidvolles *mütterliches* Gefühl war, wenn eine solche Bezeichnung nicht komisch wäre – für ein Kind! Der Vater erschien mir immer dermaßen bedauernswert, so ungerecht verfolgt, so tyrannisiert, kurz, ich sah in ihm einen solchen Märtyrer, daß es für mich etwas ganz Unmögliches gewesen wäre, ihn nicht bis zur Besinnungslosigkeit zu lieben, zu trösten, nicht zärtlich zu ihm zu sein, mich nicht aus allen Kräften zu bemühen, für ihn zu sorgen und ihm Gutes zu tun. Ich verstehe bis jetzt noch nicht, woher mir gerade das in den Kopf gekommen sein mag, daß er ein solcher Märtyrer, ein so unglücklicher Mensch sei! Wer hat mir das eingegeben? Wie konnte ich, ein Kind, von seinen persönlichen Mißerfolgen und Enttäuschungen überhaupt etwas verstehen? Und doch verstand ich sie, wenn ich mir auch alles auf meine Art zurechtlegte. Aber vorzustellen vermag ich mir trotzdem nicht, wie ich zu einer solchen Auffassung gelangen konnte. Vielleicht kam das daher, daß meine Mutter gar zu streng mit mir umging, weshalb ich mich denn an den Vater hielt, als an einen Menschen, der, wie ich glaubte, ebenso ungerecht von ihr behandelt wurde und in dem ich deshalb meinen Leidensgenossen sah.

Ich erzählte bereits von meinem ersten Erwachen aus dem Kindheitsschlaf, von meiner ersten Regung in einem bewußten Leben. Mein Herz war von dem Augenblick an wie verwundet, meine Entwicklung setzte ein und vollzog sich mit unglaublicher, sich überhastender, ermüdender Schnelligkeit. Jetzt konnte ich mich nicht mehr mit bloßen äußeren Eindrücken zufriedengeben. Ich begann nachzudenken, zu überlegen, zu beobachten; aber dieses Beobachten geschah meinerseits so unnatürlich früh, daß mein Verstand nicht umhin konnte, sich alles nach eigenen Begriffen und Vorstellungen zurechtzulegen, und so befand ich mich denn plötzlich in einer anderen, nur mir eigenen Welt. Alles um mich herum wurde immer ähnlicher jenem Wundermärchen, das der Vater mir oft erzählt hatte und das ich damals natürlich für lauterste Wahrheit hielt. So entstanden in mir seltsame Vorstellungen. Ich begriff sehr gut – aber wie das geschah, vermag ich nicht zu sagen –, daß ich in einer sonderbaren Familie lebte und daß meine Eltern irgendwie ganz und gar nicht den anderen Menschen glichen, die ich in dieser Zeit kennen lernte. Ich fragte mich, weshalb sind die anderen Menschen, die ich sehe, meinen Eltern auch äußerlich so unähnlich? Weshalb sah ich andere lachen und warum fiel es mir plötzlich auf, daß in unserem Winkel niemals gelacht wurde und niemand sich freute? Welche Macht zwang mich, das neunjährige Kind, so aufmerksam meine Umgebung zu beobachten und auf jedes Wort zu achten, das ich zufällig von den Leuten vernahm, die mir auf der Treppe oder auf der Straße begegneten, wenn ich abends mein armseliges Kleidchen mit der alten Jacke meiner Mutter verhüllte, um in den nächsten Krämerladen zu gehen und für einige wenige Kupferlinge Zucker, Tee oder Brot zu kaufen? Ich begriff, aber ich weiß nicht wie, daß in unserem Winkel irgendein ewiger Kummer, ein unerträgliches Leid herrschte. Ich zerbrach mir den Kopf, um zu erraten, warum das so war, und ich weiß nicht, wer mir dabei half, das Rätsel auf meine Art zu deuten: ich beschuldigte meine Mutter, ich hielt sie für die Todfeindin meines Vaters, aber ich wiederhole: ich verstehe es selbst nicht, wie eine so ungeheuerliche Auffassung in meiner Phantasie entstehen konnte. Und je mehr ich mich dem Vater anschloß, um so mehr mußte ich meine arme Mutter hassen. Die Erinnerung an all das quält mich noch jetzt schmerzlich. Und dann gab es noch einen anderen Zwischenfall, der noch mehr als jener erste meine seltsame Annäherung an den Vater bewirkte.

Einmal, es war gegen zehn Uhr abends, schickte mich meine Mutter in den Laden nach Hefe. Der Vater war nicht zu Hause. Auf dem Rückwege stolperte ich versehentlich und fiel hin, mitten auf dem Trottoir, und verschüttete den ganzen Inhalt der Tasse. Mein erster Gedanke war, wie sehr sich die Mutter ärgern werde. Da fühlte ich einen schrecklichen Schmerz im linken Arm, und zugleich merkte ich, daß ich mich nicht aufrichten konnte. Die Menschen blieben stehen. Ein altes Frauchen versuchte, mich aufzuheben, ein Knabe aber, der vorüberlief, schlug mit einem Schlüssel auf meinen Kopf. Endlich wurde ich wieder auf die Füße gestellt, ich hob die Scherben der zerschlagenen Tasse auf und ging wankend weiter, kaum fähig, einen Fuß vor den anderen zu setzen. Plötzlich sah ich den Vater. Er stand in der Volksmenge vor einem schönen Hause, das dem unsrigen gegenüberlag. Dieses Haus gehörte irgendwelchen vornehmen Leuten und war an jenem Abend herrlich erleuchtet. Vor dem Portal dort standen viele Equipagen und aus dem Inneren hörte man Orchestermusik. Ich faßte den Vater am Rockschoß, zeigte ihm die zerschlagene Tasse und sagte unter Tränen, daß ich vor Angst nicht wagte, zur Mutter zu gehen. Ich war plötzlich ohne weiteres überzeugt, daß er mich beschützen werde. Aber weshalb ich davon überzeugt war und wer es mir gesagt oder mich sonst irgendwie darauf gebracht hatte, daß ich von ihm mehr geliebt werde als von meiner Mutter, das weiß ich nicht. Warum ging ich zu ihm ganz furchtlos, während ich mich vor der Mutter aus lauter Furcht nicht zu zeigen wagte? Er nahm mich an der Hand, tröstete mich, und dann sagte er, er wolle mir etwas Schönes zeigen, und er hob mich auf und nahm mich auf den Arm. Ich konnte freilich nichts sehen vor Schmerz, denn er hatte meinen Arm gerade an der Stelle angefaßt, wo ich ihn mir beim Fall verletzt hatte, und das tat entsetzlich weh, aber ich schrie nicht, nur um ihn nicht zu beunruhigen. Er fragte mich mehrmals, ob ich etwas sähe. Und ich bemühte mich krampfhaft, ihm so zu antworten, daß es ihm recht wäre, und ich sagte, ich sähe rote Vorhänge hinter den Fenstern. Als er mich aber über die Straße auf das andere Trottoir tragen wollte, näher zum Hause, da begann ich zu weinen – ich weiß nicht, weshalb –, umarmte seinen Hals und bat ihn, schneller nach Haus zur Mutter zu gehen. Ich weiß noch, seine Zärtlichkeit bedrückte mich und ich konnte es nicht mehr ertragen, daß der eine von ihnen, der Vater, gut und lieb zu mir war, und ich zur anderen, zur Mutter, nicht zu gehen mich getraute und mich vor ihr nur fürchtete, während ich doch beide so lieben wollte. Sie war übrigens fast gar nicht böse und sagte nur, ich solle schlafen gehen. Ich weiß noch, der Schmerz im Arm wurde immer heftiger, ich begann zu fiebern, aber trotzdem war ich ganz besonders glücklich und froh darüber, daß alles so gut abgelaufen war, und die ganze Nacht träumte mir von dem Hause gegenüber und von den schönen roten Vorhängen.

Als ich am nächsten Morgen erwachte, war mein erster Gedanke, meine erste Sorge das Haus mit den roten Vorhängen. Kaum hatte die Mutter das Zimmer verlassen, da kletterte ich gleich auf das Fensterbrett, um das schöne Haus zu betrachten. Eigentlich hatte dieses Haus auch früher schon meine kindliche Neugier erregt. Am besten gefiel es mir abends, wenn auf der Straße die Laternen angezündet wurden und wenn dann aus dem Hause und in einem nahezu blutigen Licht die purpurroten Gardinen hinter den großen Scheiben zu leuchten begannen. Vor dem Portal hielten meist vornehme Equipagen, oder die Leute kamen gerade mit schönen, stolzen Pferden angefahren, und alles das fesselte mich sehr: das Räderrollen und das Rufen der Kutscher und Diener, das ganze Hin und Her vor dem Hause und die farbigen Laternen an den Wagen und die geputzten Damen, die dann ausstiegen. Das Ganze wurde in meiner kindlichen Phantasie zu etwas kaiserlich Großartigem und märchenhaft Wundervollem. Und gar nach meiner Begegnung mit dem Vater vor diesem reichen Hause, da wurde es in meinen Augen noch einmal so schön und beachtenswert. Nun entstanden in meiner erwachten Phantasie seltsame Vorstellungen und Vermutungen. Es ist wohl auch kein Wunder, daß ich unter so eigentümlichen Menschen, wie meine Eltern, gleichfalls zu einem eigentümlichen, zu einem leidenschaftlich phantasierenden Kinde wurde. Was mich ganz besonders betroffen machte, war der Kontrast der Charaktere meiner Eltern. So zum Beispiel wunderte es mich, daß die Mutter sich beständig um unsere armselige Wirtschaft sorgte und mühte und fortwährend dem Vater vorwarf, daß sie allein für alle arbeiten und alle ernähren müsse, – ich fragte mich deshalb unwillkürlich, warum denn der Vater ihr gar nicht half, warum er fast wie ein Fremder bei uns wohnte? Einzelne Worte meiner Mutter gaben mir hierüber eine gewisse Aufklärung. So vernahm ich mit Verwunderung, daß Papa ein Künstler sei (dieses Wort merkte ich mir sogleich), ein Mensch mit einem großen Talent. Meine Vorstellungskraft schuf nun sofort den Begriff für das neue Wort, eben daß ein „Künstler" etwas ganz Besonderes, jedenfalls ein außergewöhnlicher Mensch, also etwas ganz Anderes als die übrigen Menschen sein müsse. Vielleicht war es zum Teil auch das Verhalten meines Vaters, das gerade diese Auffassung begünstigte; oder vielleicht hatte ich auch vorher schon das eine oder das andere gehört, was ich jetzt vergessen habe. Seltsam verständlich war mir der Sinn der Worte, die der Vater einmal in meiner Gegenwart mit einem ganz besonderen Gefühl sagte: Es werde eine Zeit kommen, wo auch er nicht mehr arm, sondern gleichfalls ein reicher Herr sein werde, und erst wenn die Mutter gestorben sei, werde er endlich aufleben.

Ich weiß noch, ich erschrak entsetzlich, als ich diese Worte hörte. Mein Schrecken und Entsetzen waren so groß, daß ich nicht im Zimmer bleiben konnte und auf unseren kalten Flur hinauslief, wo ich in Tränen ausbrach: und ich weinte dort herzbrechend, die Ellbogen auf das Fensterbrett gestützt, das Gesicht in den Händen vergraben. Dann aber, als ich fortwährend darüber nachdachte und mich allmählich an diese schreckliche Hoffnung des Vaters gewöhnte – kam mir bald meine eigene Phantasie zu Hilfe. Wenigstens ertrug ich diese Qual der Ungewißheit nicht lange und muß wohl naturgemäß zu irgendeiner Vermutung gekommen sein. Und da – ich weiß nicht, wie es anfing, aber zu guter Letzt glaubte ich wirklich, daß der Vater, wenn erst die

Mutter gestorben wäre, alsbald diese langweilige Wohnung verlassen und mit mir irgendwohin fortziehen werde. Aber wohin? – das konnte ich mir auch bis zuletzt nicht klar vorstellen. Ich erinnere mich nur, daß alles, womit ich jenen Ort schmücken konnte, wohin wir beide gehen würden (daß wir zwei unbedingt zusammen gehen würden, stand für mich außer Frage), daß alles, was ich mir an Schönheit und Glanz und Großartigkeit vorzustellen vermochte – daß all das Verwendung in meinen Träumen von jener Zukunft fand. Ich glaubte, wir würden dann sofort reich sein und ich brauchte nicht mehr in den kleinen Laden zu gehen, um für die Mutter etwas zu besorgen, was mir immer sehr schwer fiel, da die Kinder aus dem Nachbarhause mich nie in Ruhe ließen, sobald ich aus dem Hause trat – und davor fürchtete ich mich sehr, namentlich wenn ich Milch trug oder Eier, denn ich wußte, daß ich fürs Verschütten oder Zerschlagen strenge Strafe zu erwarten hatte. Und dann malte ich mir aus, wie der Vater sich sogleich schöne Kleider bestellen und wir in ein glänzendes Haus ziehen würden, und da – da kam nun jenes reiche Haus mit den roten Vorhängen, meine Begegnung mit dem Vater vor demselben und der Umstand, daß er mir dort etwas hatte zeigen wollen, meiner Phantasie sehr zu Hilfe. In meinen Zukunftsträumen war es ganz selbstverständlich, daß wir gerade in dieses Haus zogen, um dort wie in ewiger Seligkeit zu leben. Seit der Zeit sah ich täglich, namentlich abends, mit angespannter Neugier und Teilnahme aus unserem Fenster nach diesem für mich gleichsam verzauberten Hause, dachte an die Vorfahrt der Equipagen an jenem Abend und an die Gäste in den festlichen Gewändern, wie ich sie vorher noch nie gesehen hatte. Und dann bildete ich mir ein, wieder die weichen Töne der Musik zu hören, die gedämpft aus dem Hause drang, und ich beobachtete die Schattenbilder, die sich auf den Vorhängen bewegten, und ich bemühte mich zu erraten, was dort hinter den Fenstern vorging. Und immer schien es mir, daß dort das Paradies sei und ein ewiger Feiertag. Ich fing an, unsere armselige Dachstube und die alten Kleider, die ich trug, zu hassen. Und als einmal die Mutter mich schalt und mir befahl, vom Fensterbrett herabzuklettern, wo ich gerade wie gewöhnlich saß, da kam mir sogleich der Gedanke, sie sei eifersüchtig und wünsche nicht, daß ich dieses Haus betrachtete oder an dasselbe auch nur dachte; unser Glück sei ihr unangenehm und deshalb wolle sie es hintertreiben, wenigstens so lange, wie sie noch lebte ... Und den ganzen Abend beobachtete ich sie mißtrauisch.

Wie konnte mein Herz sich nur so verstocken gegen ein so armes, unglückliches Wesen, wie es meine Mutter war! Jetzt erst begreife ich die ganze Qual ihres Lebens und kann nicht ohne stechenden Schmerz im Herzen an ihr Martyrium denken. Ja, selbst damals schon, in jener dunklen Zeit meiner wunderlichen Kindheit, während meiner unnatürlich schnellen Entwicklung, krampfte sich mein Herz oft zusammen vor Schmerz und Mitleid; Unruhe, Verwirrung und Zweifel drängten sich dann in meine Seele. Auch damals schon lehnte sich mein Gewissen gegen mich selbst auf und ich empfand es sehr wohl, daß ich ungerecht gegen sie war. Aber es war, als scheuten und mieden wir einander. Ich entsinne mich nicht, jemals zärtlich zu ihr gewesen zu sein. Jetzt sind es oft die geringfügigsten Erinnerungen, die meine Seele nachträglich erschüttern und martern. Einmal, ich weiß noch (natürlich ist das, was ich jetzt erzählen werde, nichtig, fast belanglos, aber gerade solche Erinnerungen quälen mich nun am meisten und haben sich am tiefsten meinem Gedächtnis eingeprägt), – einmal, an einem Abend, als der Vater nicht zu Hause war, wollte die Mutter mich in den kleinen Laden schicken, um für sie etwas Tee und Zucker zu kaufen. Aber sie dachte lange nach und konnte sich immer nicht entschließen und zählte halblaut die Kupferstücke – ein Bettelsümmchen, über das sie noch verfügen konnte. Sie zählte und rechnete, wenn ich nicht irre, wohl eine halbe Stunde lang und konnte doch nicht die Rechnung beenden. Zudem verfiel sie in manchen Augenblicken, wahrscheinlich vor Kummer, gleichsam in einen Zustand vollkommener Gedankenversunkenheit. Als sähe ich sie vor mir, so deutlich erinnere ich mich, wie sie vor sich hin sprach, langsam, dazu die Geldstücke einzeln zählend, als wäre jedes Wort ein wichtiges Ding. Ihre Wangen und Lippen waren blaß, ihre Hände zitterten beständig und wenn sie allein dasaß und nachdachte, dann bewegte sie immer den Kopf dazu.

»Nein, nicht nötig«, sagte sie schließlich mit einem Blick auf mich, »ich werde lieber zu Bett gehen und schlafen. Wie? Willst du schlafen, Njétotschka?« Ich schwieg; da hob sie ein wenig mein Kinn und sah mich so still und freundlich an, und ihr trauriges Antlitz klärte sich auf und verklärte sich in einem so mütterlichen und stillen Lächeln, daß mein Herz weich wurde und zu pochen begann. Überdies hatte sie mich »Njétotschka« genannt, was bedeutete, daß sie mich in diesem Augenblick besonders lieb hatte. Diese Koseform meines Namens hatte sie selbst erfunden, indem sie meinen eigentlichen Namen Anna in ihn umwandelte. Wenn sie mich so nannte, »Njétotschka«, dann wußte ich, daß sie damit zärtlich zu mir sein wollte. Das rührte mich: ich hätte sie umarmen, mich an sie schmiegen, zusammen mit ihr weinen mögen. Sie, die Arme, streichelte dann lange meinen Kopf — vielleicht schon ganz mechanisch, ohne daran zu denken, daß sie mich streichelte, und dazu sagte sie immer: »Mein Kind, Annjéta, Njétotschka!« Tränen wollten mir über die Wangen rollen, aber ich nahm mich krampfhaft zusammen und beherrschte mich. Ich widersetzte mich gewissermaßen sogar ihrer Zärtlichkeit, indem ich ihr gegenüber nicht das geringste Empfinden äußerte, obschon ich mich damit selber quälte. Nein, diese Verstocktheit konnte nichts Natürliches sein! Der Mutter Strenge allein hätte mich nicht so gegen sie einnehmen können. Aber ich weiß, was es war: es war diese meine phantastische Liebe zu meinem Vater, die mich durch ihre Ausschließlichkeit verdarb. Zuweilen, wenn ich nachts auf meiner harten Unterlage in meinem Schlafwinkel unter der dünnen Decke erwachte, dann wandelte mich immer eine gewisse Furcht an. Halb im Schlaf erinnerte ich mich, wie ich bis vor kurzem, als ich noch etwas jünger und kleiner war, mit der Mutter in einem Bett geschlafen und mich dann nachts beim Erwachen weniger gefürchtet hatte: da brauchte ich mich nur fest an sie zu schmiegen, die Augen zu schließen und ich schlief sofort wieder ein. Ich fühlte, daß ich sie, ob ich nun wollte oder nicht, im geheimen doch lieben mußte. In meinem späteren Leben habe ich die Beobachtung gemacht, daß viele Kinder oft entsetzlich gefühllos sind, und daß sie, wenn sie jemand liebgewinnen, diesen einen Menschen ganz ausschließlich lieben, und selbstverständlich auf Kosten anderer. So war's auch mit mir.

Bisweilen herrschte in unserer Dachstube ganze Wochen lang Totenstille. Der Vater und die Mutter waren dann müde vom Streiten, und ich lebte zwischen ihnen wie gewöhnlich, immer schweigend, immer denkend, träumend, mich sehnend, und stets in meinem Denken irgendwie bestrebt, irgend etwas mir Unbekanntes zu enträtseln. Indem ich sie beide beobachtete, begriff ich vollkommen, wie sie zueinander standen: ich begriff diese ihre dumpfe, ewige Feindschaft, begriff das ganze Leid und diesen beklemmenden Druck des unordentlichen Lebens, das sich in unserer Dachstube eingenistet hatte, – begriff sie natürlich ohne ihre Ursachen und ihre ganze Tragweite, begriff sie eben nur so weit, wie ich sie damals begreifen konnte. An langen, stillen Winterabenden beobachtete ich sie aus meinem Winkel oft ganze Stunden ungestört, verfolgte jede Bewegung, studierte förmlich das Gesicht des Vaters, und gab mir die größte Mühe, zu erraten, woran er wohl denken mochte, und was ihn geistig so beschäftigte. Und dann war es wieder die Mutter, die mich betroffen machte und ängstigte. Sie konnte unermüdlich im Zimmer hin und her gehen, stundenlang, oft ging sie sogar mitten in der Nacht, wenn sie nicht schlafen konnte – sie litt überhaupt an Schlaflosigkeit –, dabei flüsterte sie vor sich hin, als wäre außer ihr niemand im Zimmer; bald streckte sie die Arme aus, bald kreuzte sie sie über der Brust, bald rang sie die Hände wie in Verzweiflung oder in unendlichem Weh und Kummer. Bisweilen rollten ihr Tränen aus den Augen, Tränen, die sie vielleicht selbst nicht verstand, denn es kam vor, daß sie zeitweilig wie in ein vollständiges Sich-selbst-vergessen versank. Sie hatte zudem, außer ihren Sorgen, irgendein sehr schweres körperliches Leiden, das sie aber gar nicht beachtete.

Die Einsamkeit und das Schweigen, das ich nicht zu brechen wagte, fingen an, immer schwerer auf mir zu lasten. Schon ein ganzes Jahr hatte ich mit erwachtem Geist gelebt, immer gedacht, gegrübelt, geträumt und im geheimen mich mit unbekannten, unklaren Wünschen gequält, die plötzlich auftauchten. Ich war wie in einem Walde verirrt. Da war es der Vater, der mich zuerst bemerkte, mich zu sich rief und mich fragte, warum ich ihn so unverwandt ansähe. Ich weiß nicht mehr, was ich ihm antwortete; ich weiß nur noch, daß er nachdenklich wurde und zum Schluß sagte, er werde ein Abc-Buch bringen und mich im Lesen unterrichten. Mit Ungeduld erwartete ich nun dieses sonderbare Buch und baute die ganze Nacht phantastische Träume auf – denn meine Vorstellung von einem Abc war nichts weniger als klar. Endlich, das heißt, am nächsten Tage, begann der Vater auch wirklich mit dem Unterricht. Ich begriff sogleich, was von mir verlangt wurde, und lernte schnell und gut, denn ich wußte, daß ich ihm damit etwas zu Gefallen tat. Das war die glücklichste Zeit meines damaligen Lebens. Wenn er mich lobte, meinen Kopf streichelte und mich küßte, traten mir vor Freude sogleich Tränen in die Augen. So gewann mich der Vater allmählich lieb. Bald wagte ich denn auch schon, ihn anzureden, und dann sprachen wir oft ganze Stunden unermüdlich miteinander, obschon ich mitunter kaum ein Wort von dem, was er mir da erzählte, verstand. Aber ich fürchtete ihn doch noch irgendwie, fürchtete vor allem, er könnte denken, daß ich mich mit ihm langweilte, und deshalb bemühte ich mich nach Kräften, so zu tun, als verstünde ich alles. Zu guter Letzt wurde es ihm zur Gewohnheit, abends so zu sitzen und mit mir zu sprechen. Sobald er mit sinkender Dämmerung nach Haus zurückkehrte, kam ich unverzüglich mit meinem Abc-Buch. Er setzte mich sich gegenüber auf die Bank, und nach der Stunde las er mir gewöhnlich noch aus einem Buch irgend etwas vor. Davon verstand ich in der Regel fast nichts, aber ich lachte soviel ich konnte, denn ich glaubte, ihm damit Vergnügen zu bereiten. Und in der Tat, ich unterhielt ihn und mein Lachen schien ihn zu belustigen. Einmal aber erzählte er mir nach der Stunde ein Märchen. Es war das erste Märchen, das ich hörte. Ich saß da wie verzaubert, fieberte vor Spannung, fühlte mich wie in ein Paradies versetzt, während ich ihm zuhörte, und zum Schluß wußte ich kaum noch, wo ich mich lassen sollte vor Begeisterung. Nicht, daß das Märchen an sich mir dermaßen gefallen hätte – nein, das war es nicht; aber das Unmöglichste war nun plötzlich möglich geworden, denn ich nahm doch alles für bare Münze. Natürlich ließ ich sogleich meiner eigenen Phantasie die Zügel schießen, und im Nu waren alle meine phantastischen Träume für mich ebensogut wie bereits verwirklicht. Da stand natürlich gleich an erster Stelle das Haus mit den roten Vorhängen, die handelnde Person aber war – aus unbekannten Gründen – der Vater, obwohl er selbst das Märchen erzählte; dann kam die Mutter, die uns hinderte, ich weiß nicht wohin, fortzuziehen; ferner – oder vielmehr ganz zuerst – kam ich selbst mit meinen wunderschönen Träumen, mit allen meinen phantastischen, meinen tollen, meinen ganz unmöglichen Zukunftsbildern: alles das verwirrte sich dermaßen in meinem Kopf, daß es bald ein unentwirrbares Chaos bildete und mir für eine Zeitlang den Eltern gegenüber jedes Zartgefühl, sowie den Dingen gegenüber jedes Unterscheidungsvermögen für das, was Wirklichkeit und das, was Einbildung war, abhanden kam, und daß ich Gott weiß wo lebte. In dieser Zeit verging ich fast vor Verlangen, mit dem Vater darüber zu sprechen, was uns bevorstand, was er selber erwartete und wohin er mich führen werde, wenn wir endlich unsere Dachstube verließen. Ich war meinerseits überzeugt, daß alles dies irgendwie sehr schnell in Erfüllung gehen werde, wie aber und in welcher Art – das wußte ich nicht, und gerade damit quälte ich mich so, daß ich mir beständig den Kopf darüber zerbrach. Bisweilen – und zwar vornehmlich abends – schien es mir, daß der Vater mir nun gleich heimlich zuzwinkern und mich auf den Flur hinausrufen werde, und ich nahm schon heimlich, so daß die Mutter es nicht sah, mein Abc-Buch und dann noch unser Bild, das seit undenklichen Zeiten uneingerahmt an der Wand hing und das unbedingt mitzunehmen ich in meinem Sinn fest beschlossen hatte – und dann liefen wir heimlich irgendwohin fort und kehrten nie wieder zur Mutter zurück. Und eines Tages, als die Mutter nicht zu Haus und der Vater gerade bei besonders guter Laune war, – das aber war er regelmäßig, wenn er etwas getrunken hatte –, da faßte ich mir ein Herz und ging zu ihm und fing an, von irgend etwas zu sprechen, in der Absicht, bei der ersten Gelegenheit auf mein geliebtes Thema überzugehen. Endlich erreichte ich es auch, daß er belustigt auflachte und da – da umschlang ich ihn fest und begann mit bebendem Herzen ganz angstvoll, als wäre ich im Begriff, von etwas Geheimnisvollem und Furchtbarem zu sprechen, verwirrt und zusammenhanglos und stockend ihn auszufragen: wohin wir denn eigentlich gehen sollten und wann denn, und was wir mitnehmen und wo wir wohnen wollten und schließlich, ob wir denn nicht in das Haus mit den roten Vorhängen einziehen würden?

»Was für ein Haus? mit roten Vorhängen? Was soll das? Was phantasierst du da, dummes Kind?«

Ich erschrak und versuchte angstvoll, ihm zu erklären, daß wir beide, wenn die Mutter einmal gestorben sein werde, doch nicht mehr hier in der Dachstube bleiben würden, daß er mich dann doch irgendwohin fortführen müsse, wo wir zwei reich und glücklich leben könnten. Und zu guter Letzt versicherte ich ihm noch, daß er selbst mir das alles versprochen habe. Dabei war ich vollkommen überzeugt, daß er mir wirklich früher einmal so etwas gesagt hatte, wenigstens schien es mir in dem Augenblick so.

»Die Mutter? Gestorben? Wenn sie gestorben sein wird?...« wiederholte er und sah mich verwundert an, während sich zwischen seinen buschigen, graumelierten Brauen eine Falte bildete und sein Gesicht sich ein wenig veränderte. »Was phantasierst du, Kind, du dummes, armes Ding ...«

Und dann schalt er mich, und schalt mich sogar sehr und sagte, ich sei ein dummes Kind, ich könne nichts begreifen ... und ich weiß nicht, was er noch alles sagte, – sicher war er sehr betrübt.

Ich begriff allerdings kein Wort von seinen Vorwürfen, begriff vor allem nicht, wie schmerzlich es für ihn sein mußte, daß ich seine Worte, die er der Mutter im Zorn und unter dem Druck des Elends gesagt, aufgefangen und behalten, sie womöglich auswendig gelernt und schon viel über sie nachgedacht hatte. Aber was es auch sein mochte und so groß auch seine eigene Überspanntheit war, dieser Zwischenfall mußte ihm doch zu denken geben. Ich aber konnte gar nicht verstehen, weshalb er sich über mich ärgerte, und ich fühlte eine gewisse Bitterkeit und Trauer in mir aufsteigen, immer höher und höher, bis ich zu weinen anfing. Dann dachte ich, daß alles, was uns dort in dem schönen Leben erwartete, wohl so wichtig sei, daß ich dummes Kind weder davon sprechen noch daran denken durfte. Nebenbei aber fühlte ich doch, obwohl ich ihn nicht sogleich verstand, daß ich die Mutter gekränkt hatte. Darob erfaßten mich Angst und Entsetzen und dann schlichen sich auch leise Zweifel in meine Seele und machten dort alles in mir unsicher. Als er jedoch sah, daß ich weinte und mich quälte, versuchte er mich wieder zu trösten, wischte mir mit dem Ärmel die Tränen ab und bat mich, nicht mehr zu weinen. So saßen wir denn eine Zeitlang schweigend. Er machte ein finsteres Gesicht und schien nachzudenken; dann fing er von neuem zu sprechen an; aber wie sehr ich mich auch anstrengte, es war mir doch alles, was er da sagte, zum mindesten unklar.

Ich schließe aus einzelnen Worten, die ich noch behalten habe, daß er mir damals erklärte, wer er sei, was für ein großer Künstler er wäre; ferner, wie ihn niemand verstehe, und zuletzt, daß er ein ungeheures Talent habe. Ich weiß noch, daß er mich dann fragte, ob ich auch alles verstanden hatte und daß er nach meiner selbstverständlich bejahenden Antwort die Frage wiederholte: »Also hat er Talent?« Und ich antwortete: »Ja, also hat er Talent«, worüber er leise auflachen mußte, wahrscheinlich weil es ihm selbst zuletzt lächerlich erschien, daß er über einen für ihn so ernsten Gegenstand mit einem Kinde sprach. Unsere Unterhaltung unterbrach Karl Fjódorytsch, der ganz unerwartet bei uns eintrat. Der Vater wies auf ihn und sagte:

»Dieser dagegen, der Karl Fjódorytsch, der hat zum Beispiel für keine fünf Kopeken Talent.«

Darüber mußte ich lachen, denn das kam mir, Gott weiß weshalb, sehr komisch vor und ich war wieder ganz froh und glücklich.

Dieser Karl Fjodorytsch war eine äußerst merkwürdige Erscheinung. Ich sah damals so wenige Menschen, daß ich mich seiner noch lebhaft erinnere. Ja, als stände er hier, so deutlich sehe ich ihn vor mir. Er war ein Deutscher, Meyer mit Namen, der nach Rußland gekommen war, weil er nur den einen Wunsch hatte: zum Petersburger Kaiserlichen Ballett zu gehören. Leider war er aber ein so schlechter Tänzer, daß man ihn nicht einmal unter die Chortänzer, die den Hintergrund der Bühne auszufüllen hatten, aufnehmen konnte und ihn nur als Statisten verwandte. So spielte er stumme Rollen, etwa in der Suite des Fortinbras oder als einer der Ritter von Verona, die alle zwanzig mit einem Male ihre gepappten Klingen ziehen und unisono ausrufen: „Wir sterben für den König!"

Nichtsdestoweniger gab es wohl keinen einzigen Künstler auf Erden, der an seinen Rollen so leidenschaftlich hing wie Karl Fjódorytsch. Sein größtes Unglück und Lebensleid war, daß er nicht ins Ballettkorps aufgenommen wurde. Die Tanzkunst stellte er über alle andere Kunst und in seiner Art hing er an ihr ebensosehr wie der Vater an seiner Geige. Sie waren beide an demselben Theater angestellt gewesen, dort hatten sie sich kennen gelernt, und seit der Zeit besuchte der Statist, der nun auch schon außer Diensten war, seinen ehemaligen Kollegen vom Orchester und blieb ihm als einziger von allen bis zuletzt treu. Sie sahen sich sogar recht oft und beklagten dann beide ihr trauriges Los, das ihnen den Fluch auferlegt hatte, von den Menschen nicht verstanden zu werden. Der Deutsche war der gefühlvollste, der liebevollste Mensch der Welt und meinem Stiefvater in glühender, uneigennütziger Freundschaft zugetan. Der Vater dagegen hatte, glaube ich, keine gerade besondere Zuneigung zu ihm, er duldete ihn eben nur als seinen Bekannten in Ermangelung anderer. Leider konnte der Vater in seiner Einseitigkeit durchaus nicht begreifen, daß die Tanzkunst auch eine Kunst sei, womit er den armen Deutschen bis zu Tränen kränkte. Da er nun diese schwache Seite des anderen kannte, machte es ihm Spaß, sie immer wieder wie von ungefähr zu berühren, um sich dann an dem Eifer des armen Karl Fjódorytsch zu ergötzen, der fast aus der Haut fuhr vor Empörung und Leidenschaft in seinem Bemühen, für seine geliebte Tanzkunst das Gegenteil zu beweisen. Von diesem Karl Fjodorytsch und seiner Freundschaft mit meinem Stiefvater hat mir nachher noch manches derselbe B. erzählt, der diesen begeisterten Ballettänzer immer den Nürnberger Springkäfer nannte. Unter anderem entsinne ich mich noch lebhaft ihrer Zusammenkünfte, wenn sie beide etwas getrunken hatten und dann als verkannte Größen ihr Schicksal betrauerten. Auch ich, die ich diese beiden Sonderlinge still für mich betrachtete, trauerte mit ihnen, und wenn sie Tränen vergossen, so heulte ich mit, wenn ich auch selber nicht wußte, worüber und warum. Das trug sich aber immer in der Abwesenheit der Mutter zu, denn der Deutsche fürchtete sie sehr und wartete deshalb, wenn er kam, gewöhnlich so lange auf dem Treppenflur, bis jemand aus dem Zimmer trat: erfuhr er dann, daß die Mutter zu Hause war, so machte er schleunigst kehrt und lief die Treppe hinunter. Jedesmal brachte er deutsche Gedichte mit, begeisterte sich an ihnen, indem er sie uns laut vorlas, und dann deklamierte er mit Gesten, wobei er zwischendurch die Sätze mit Müh und Not in ein zum mindesten eigenartiges Russisch übersetzte, damit auch wir den Sinn verstünden. Das belustigte den Vater, ich aber lachte oft Tränen. Einmal hatten sie sich irgendein russisches Werk verschafft, das sie beide ungeheuer begeisterte, in einem solchen Maße begeisterte, daß sie es nachher fast bei jeder Zusammenkunft immer wieder von neuem lasen. Ich erinnere mich, es war ein Drama in Versen von irgendeinem vorübergehend berühmten russischen Schriftsteller. Die ersten Strophen hatte ich so gut behalten, daß ich später nach mehreren Jahren dieses Drama gleich wiedererkannte, als ich das Buch einmal zufällig in die Hände bekam. Es handelte von dem Unglück eines großen Künstlers, irgendeines Jacopo, der auf der einen Seite ausruft: „Ich bin verkannt!“ und auf der folgenden: „Ich bin erkannt!“ – oder war es: „Ich bin talentlos!“ und dann: „Ich habe Talent!“? Kurz, so etwas ähnliches war es jedenfalls. Es endete natürlich höchst tragisch. Das Drama war freilich an sich ganz wertlos. Nur auf diese beiden Leser, die in dem Helden viel Ähnlichkeit mit sich selbst entdeckten, wirkte es in der naivsten und zugleich tragischsten Weise. Ich weiß noch, Karl Fjodorytsch geriet dann zuweilen in solche Ekstase, daß er aufsprang, zur anderen Wand des Zimmers eilte und den Vater und mich, die er »Madmuasell« nannte, unabweisbar beschwörend, mit Tränen in den Augen und im heiligen Verlangen nach ausgleichender Gerechtigkeit bat, »sogleich hierselbst« zwischen ihm, seinem Schicksal und dem Publikum die Schiedsrichter zu sein. Darauf begann er zu tanzen, und während der verschiedenen Pas, die er uns nun vortanzte, rief er uns zu, wir sollten ihm sogleich sagen, was er sei, ein Künstler oder nicht, und ob man wohl das Gegenteil sagen könne: daß er etwa kein Talent habe? Der

Vater war dann sofort höchst aufgeräumt, gab mir heimlich Winke, als wollte er sagen, ich solle nur aufpassen, wie vorzüglich er sich gleich über den Armen lustig machen werde. Mich wandelte die Lachlust an, aber der Vater drohte heimlich mit dem Finger, und ich nahm mich zusammen, um mir das Lachen zu verbeißen. Auch jetzt noch, bei der bloßen Vorstellung jenes Bildes, ist es mir unmöglich, nicht zu lachen. Ich sehe ihn so deutlich vor mir, diesen armen Karl Fjodorytsch! Er war äußerst klein von Wuchs, dazu spindeldünn, das Haar schon grau, die Nase gebogen und rot und immer mit Tabakspuren geschmückt. Seine Beine hatten eine ganz absonderlich krumme Form; trotzdem schien er auf ihren Bau noch stolz zu sein und trug Beinkleider, die so eng wie Trikot anlagen. Wenn er dann endlich nach dem letzten Sprung stehen blieb, mit zu uns ausgestreckten Armen und uns zulächelnd – in der Pose und mit dem Lächeln der Ballettänzer auf der Bühne – dann wahrte der Vater noch eine gute Weile das Schweigen, als könne er sich nicht entschließen, das Urteil zu fällen, und ließ absichtlich den verkannten Tänzer in dieser schwierigen Pose verharren, bis jener auf seinem einen dünnen Bein schon zu schwanken begann, trotz seiner krampfhaften Anstrengung, das Gleichgewicht nicht zu verlieren. Schließlich erbarmte sich der Vater: zunächst sah er nur mit ernster Miene mich an, als wolle er mich fragen: »Was sagen wir ihm nun?« – und gleichzeitig richtete sich auch der furchtsam flehende Blick des Tänzers auf mich.

»Nein, Karl Fjódorytsch, man sieht, es ist verlorene Liebesmüh, du triffst doch nicht das Richtige!« sagte der Vater dann endlich in einem Ton, als fiele es ihm schwer, die bittere Wahrheit sagen zu müssen. Dann entrang sich der Brust Karl Fjodorytschs ein richtiges Stöhnen, aber im Nu faßte er wieder Mut, erbat mit beschleunigten Gesten von neuem unsere Aufmerksamkeit, versicherte, er habe nicht nach dem betreffenden System getanzt, und flehte uns an, nochmals die Schiedsrichter zu sein. Und wieder eilte er zur anderen

Wand und sprang dann zuweilen mit solchem Eifer umher, daß er mit dem Kopf an die Stubendecke stieß, und zwar schmerzhaft stark! Aber er verwand den Schmerz wie ein Spartaner, stand dann wieder in der schwierigen Pose, streckte wieder mit einem Lächeln die zitternden Arme aus und erwartete wieder unser Urteil. Doch der Vater war unerbittlich und wiederholte nur ebenso düster:

»Nein, Karl Fjodorytsch, das scheint nun einmal dein Schicksal zu sein: du triffst es nicht!«

Dann versagte gewöhnlich meine letzte Selbstbeherrschung und ich brach in erlösendes Lachen aus, und der Vater desgleichen. Karl Fjodorytsch, der nun endlich den Scherz begriff, wurde rot vor Zorn und sagte mit Tränen in den Augen und mit tiefem, wenn auch komisch wirkendem Gefühl, das mich später quälte, weil es mein aufrichtiges Mitleid mit diesem armen Unglücklichen erweckte, zum Vater gewandt:

»Du bist ein treuloser Freund!«

Und er griff nach seinem Hut und lief von uns fort, mit allen Schwüren schwörend, daß er nie wieder zu uns kommen werde.

Aber der Schatten dieses Streites pflegte nie lang zu sein. Nach ein paar Tagen erschien er wieder bei uns, wieder wurde das berühmte Drama gelesen, wieder wurden Tränen vergossen und zum Schluß bat uns der naive Karl Fjodorytsch abermals, die Schiedsrichter zwischen ihm, den Menschen und dem Schicksal zu sein, bat flehentlich, diesmal aber wirklich im Ernst über ihn zu urteilen, wie es sich wahren Freunden gezieme, und nicht wieder unseren Spott mit ihm zu treiben.

Einmal schickte mich die Mutter in den kleinen Laden, wo ich etwas Notwendiges kaufen sollte, und als ich zurückkehrte, hielt ich hübsch achtsam das silberne Kleingeld in der Hand, das man mir herausgegeben hatte. Auf der Treppe traf ich den Vater, der im Begriff war, auszugehen. Ich lachte ihn an, denn ich konnte mein Gefühl der Freude nicht verbergen, wenn ich ihn sah. Als er sich zu mir herabbeugte, um mich zu küssen, bemerkte er das silberne Geldstück in meiner Hand ... Ich habe noch nicht erwähnt, daß ich jeden Ausdruck seines Gesichts so gut kannte, daß ich seine Wünsche gewöhnlich auf den ersten Blick erriet. Sah ich ihn bedrückt und traurig, so hätte ich vergehen mögen vor Leid. Am niedergeschlagensten war er, wenn er gar kein Geld hatte und sich nichts zu trinken kaufen konnte – denn das Trinken war ihm schon zur Gewohnheit geworden. In jenem Augenblick nun, als wir einander auf der Treppe begegneten, schien es mir, daß in ihm etwas Besonderes vorgehe. Seine trüben Augen irrten eigentümlich unruhig umher, ja, ich glaube, im ersten Augenblick sah er mich gar nicht. Als er aber dann das Geld in meiner Hand bemerkte, da wurde er plötzlich rot und gleich darauf sehr blaß, dann streckte er die Hand aus, wie um das Geld mir wegzunehmen, zog sie aber sofort wieder zurück. Offenbar kämpfte er mit sich. Endlich war es, als habe er sich überwunden und er sagte, ich solle nur zur Mutter hinaufgehen; er selbst aber ging schnell ein paar Stufen hinab – bis er plötzlich von neuem stehen blieb und mich zurückrief.

Er sah sehr verlegen aus.

»Hör mal, Njétotschka«, sagte er hastig, »gib mir dieses Geld, ich werde es dir nachher zurückgeben. Du gibst es doch deinem Papa? Du bist doch ein gutes Kind, Njetotschka?«

Ich hatte das fast vorausgefühlt. Aber im ersten Augenblick ließen mich doch der Gedanke, wie böse die Mutter sein werde, meine Ängstlichkeit und vor allem die instinktive Scham für mich und für den Vater unwillkürlich zögern und hielten mich davon ab, ihm das Geld zu geben. Er bemerkte das sofort und sagte rasch:

»Nein, nein, nicht nötig, ist nicht nötig! ...«

»Nein, nein, Papa, nimm's nur! Ich werde sagen, ich habe es verloren oder die Nachbarskinder haben es mir fortgenommen.«

»Nun gut, gut; ich wußte doch, daß du ein kluges Mädchen bist«, sagte er. Und er lächelte mit zitternden Lippen, ohne sein Entzücken zu verbergen, als er das Geld in seiner Hand fühlte. »Du bist ein gutes Mädchen, bist ja mein Engelchen! Komm, laß mich dein Händchen küssen!«

Und er griff nach meiner Hand, aber ich zog sie schnell zurück. Ein gewisses Mitleid mit ihm bemächtigte sich meiner und die Scham stieg in mir immer höher und wurde qualvoll. Ich hielt es nicht aus und lief in meinem Schreck nach oben, ohne mich nach dem Vater weiter umzusehen, den ich stehen ließ, wo er stand. Als ich ins Zimmer trat, glühten meine Wangen und mein Herz schlug laut in einer quälenden, mir bis dahin unbekannten Empfindung. Dennoch sagte ich der Mutter ganz furchtlos, ich hätte das Geld im Schnee verloren und lange gesucht, trotzdem aber nicht wiederfinden können. Ich hatte mindestens Schläge erwartet, doch die bekam ich nicht. Die Mutter war anfangs allerdings außer sich, denn wir waren damals furchtbar arm. Sie schrie mich an, aber schon im nächsten Augenblick schien sie sich zu besinnen und hörte auf, mich zu schelten; sie sagte nur, ich sei ein ungeschicktes, nachlässiges Mädchen und offenbar liebte ich sie nicht, da ich mit ihrem schwer erworbenen Gelde so unachtsam umginge. Diese Bemerkung betrübte mich mehr, als Schläge es vermocht hätten. Denn meine Mutter kannte mich bereits: meine Empfindsamkeit, die oft schon an eine krankhafte Reizbarkeit grenzte, war von ihr nicht unbemerkt geblieben, und so glaubte sie gerade mit diesen bitteren Vorwürfen – wie dem, daß ich sie wohl nicht liebte – mich mehr zu strafen und eher zu größerer Achtsamkeit erziehen zu können, als mit den sonst üblichen Strafmitteln.

In der Dämmerung, um die Zeit, wo der Vater gewöhnlich zurückkehrte, erwartete ich ihn wie immer auf dem Flur. Ich war in großer Verwirrung. Meine Gefühle waren aufgepeitscht durch etwas, das auch mein Gewissen geradezu krankhaft peinigte. Endlich kam der Vater, und ich war sehr froh über sein Kommen, ganz als hätte ich gehofft, daß es mir dadurch leichter werden würde. Er war heiterer

Laune, aber als er mich erblickte, nahm sein Gesicht sofort einen geheimnisvollen, ein wenig verzerrten Ausdruck an. Er blickte ängstlich nach unserer Tür und zog mich in den verstecktesten Winkel, blickte wieder scheu nach der Tür, nahm dann aus der Tasche einen von ihm gekauften Pfefferkuchen und begann mir nun flüsternd, jedoch in ermahnendem Ton zu erklären, daß ich der Mutter niemals mehr Geld entwenden und es ihr verheimlichen dürfe: das sei häßlich und eine Schande und überhaupt sehr schlecht. Diesmal sei es nur deshalb so gekommen, weil er das Geld gerade sehr notwendig gebraucht habe, aber er werde es zurückgeben und dann könne ich sagen, ich hätte das Geld wiedergefunden; es der Mutter abzunehmen, sei jedoch eine Schande, und ich solle in Zukunft nicht einmal mehr daran denken, so etwas wieder zu tun; er aber werde mir, wenn ich auf ihn hörte, noch mehr solcher Pfefferkuchen kaufen. Zum Schluß sagte er sogar, ich möchte mit der Mutter Mitleid haben, sie sei so krank, die Arme, und sie allein arbeite für uns alle und ernähre uns. Ich hörte in großer Angst zu; ja, ich zitterte am ganzen Körper, und die Tränen wollten mich fast überwältigen. Ich war so bestürzt, daß ich kein Wort zu sagen wußte und mich nicht von der Stelle rührte. Endlich ging er ins Zimmer, nachdem er mir vorher noch verboten hatte, zu weinen oder der Mutter etwas davon zu sagen – letzteres schärfte er mir ganz besonders ein. Wie ich bemerkte, war auch er sehr verwirrt. Den ganzen Abend verbrachte ich wie unter einem entsetzlichen Bann und zum erstenmal wagte ich nicht, ihn anzusehen oder zu ihm zu gehen. Und auch er mied sichtlich meinen Blick. Die Mutter ging im Zimmer auf und ab und sprach vor sich hin, wie sie es gewöhnlich in ihrer Gedankenversunkenheit tat. An jenem Tage fühlte sie sich bedeutend schlechter und hatte auch schon die Anzeichen von einem Anfall zu überstehen gehabt. Kurz, infolge dieser ganzen inneren Qual stellte sich bei mir Fieber ein. Krankhafte, wirre Träume peinigten mich – bis ich es schließlich nicht mehr aushielt und zu weinen anfing.

Mein Weinen weckte die Mutter; sie rief mich leise an und fragte, ob mir etwas fehle. Ich antwortete nicht, weinte aber noch verzweifelter. Da zündete sie das Licht an, kam zu mir und versuchte mich zu beruhigen, im Glauben, ein Traum habe mich erschreckt.

»Ach, du kleines, dummes Kind!« sagte sie, »immer noch weinst du, wenn dir etwas träumt. Nun, laß es gut sein, beruhige dich!« Und sie küßte mich und sagte, ich solle zu ihr kommen und bei ihr schlafen. Aber ich wollte nicht, denn ich wagte nicht, sie zu umarmen und zu ihr zu gehen. Ich wand mich innerlich vor Qual. Ich wollte ihr alles erzählen. Ich war schon im Begriff anzufangen, aber da fiel mir wieder der Vater ein und sein Verbot, und ich sagte nichts.

»Mein armes Kindchen ... Njetotschka ...«, hörte ich die Mutter leise sprechen, während sie mich noch mit ihrer alten Jacke zudeckte, da sie bemerkt hatte, daß ich wie von Schüttelfrost am ganzen Körper zitterte, »du wirst wohl ebenso krank werden wie ich.« Und sie sah mich dabei so traurig an, daß ich ihren Blick nicht ertragen konnte, krampfhaft die Augen schloß und mich abwandte. Ich erinnere mich nicht mehr, wie ich einschlief, aber noch lange hörte ich im Halbschlaf, wie die arme Mutter mich leise beruhigte, um mich in den Schlaf zu lullen. Noch nie hatte ich eine schwerere Qual zu erdulden gehabt. Mein Herz krampfte sich bis zu körperlichem Schmerz zusammen. Am nächsten Tage ward mir etwas leichter zumut. Ich fing wieder an mit dem Vater zu sprechen, aber ohne des Vorgefallenen zu erwähnen, denn ich erriet, daß ihm das sehr unangenehm sein müsse. Ich täuschte mich nicht: er war sogleich zur Unterhaltung bereit und sofort guter Dinge, denn auch er schien die Spannung zwischen uns als ungemütlich empfunden zu haben, wenigstens hatte er immer ein finsteres Gesicht gemacht, wenn unsere Blicke sich trafen. Jetzt bemächtigte sich seiner eine seltsame Freude, eine fast kindliche Zufriedenheit, als er mich wieder ganz arglos und munter sah. Die Mutter ging wie gewöhnlich bald fort, und dann tat er sich keinen Zwang mehr an. Er küßte mich so, daß ich in ein nahezu übertriebenes Entzücken geriet und weinte und lachte – beides zugleich. Schließlich sagte er, er wolle mir etwas Schönes zeigen, das zu sehen mich sehr freuen werde – als Belohnung dafür, daß ich ein so kluges und gutes kleines Mädchen sei. Damit knöpfte er seine Weste auf und zog einen Schlüssel hervor, den er an einer schwarzen Schnur am Halse trug, sah mich geheimnisvoll bedeutsam an, als wolle er in meinen Augen das ganze Vergnügen sehen, das ich seiner Meinung nach empfinden mußte, öffnete unseren großen Koffer und entnahm ihm behutsam einen länglichen schwarzen Kasten, den ich bis dahin noch niemals gesehen hatte. Diesen Kasten berührte er mit einer gewissen Zaghaftigkeit – überhaupt war er plötzlich ganz verändert: das Lachen war aus seinem Gesicht verschwunden, das nun einen wahrhaft feierlichen Ausdruck annahm. Diesen geheimnisvollen Kasten also öffnete er ganz behutsam und entnahm ihm einen absonderlichen Gegenstand, den ich bis dahin auch noch nicht gesehen hatte – ein Ding von äußerlich recht seltsamer Form. Er nahm es gleichfalls mit großer Vorsicht und nahezu mit Andacht in die Hand und sagte, das sei seine Geige, sein Instrument. Hierauf fing er an, mit leiser, feierlicher Stimme zu mir zu sprechen – und er redete sehr lange, aber ich verstand ihn nicht. Ich behielt nur die mir bereits bekannten Ausdrücke, daß er ein Künstler sei, daß er Talent habe, daß er einmal auf dieser Geige spielen werde, und zu guter Letzt, daß wir dann alle reich sein werden und daß uns schließlich irgendein großes Glück blühen werde. Tränen traten ihm in die Augen und rollten über seine Wangen. Ich war sehr ergriffen. Zum Schluß küßte er seine Geige und ließ auch mich sie küssen. Als er sah, daß ich sie gern näher betrachtet hätte, führte er mich zum Bett der Mutter und gab mir die Geige in die Hand; aber ich sah wohl, daß er zitterte vor Angst, ich könnte sie vielleicht irgendwie zerschlagen oder zerbrechen. Ich nahm die Geige und berührte die Saiten, die in einem leisen schwingenden Ton erklangen.

»Das ist Musik!« sagte ich, indem ich zu ihm aufsah.

»Ja, ja, das ist Musik«, wiederholte er, sich freudig die Hände reibend, »du bist ein kluges Kind, bist ein gutes Kind!«

Aber trotz seines Lobes und Entzückens sah ich doch, daß er sich um seine Geige ängstigte, und da ergriff mich gleichfalls Angst, – ich gab sie ihm schnell zurück. Sie wurde mit derselben Behutsamkeit wieder eingepackt, der Kasten verschlossen und in den Koffer zurückgelegt; der Vater aber, der nochmals meinen Kopf streichelte, versprach, mir jedesmal die Geige zu zeigen, wenn ich wieder so klug, brav und gehorsam sein würde wie jetzt. So hatte die Geige unseren gemeinsamen Kummer vertrieben. Erst am Abend flüsterte er mir im Fortgehen heimlich zu, ich solle nicht vergessen, was er mir tags zuvor auf dem Treppenflur gesagt habe.

So wuchs ich in unserer Dachstube auf, und allmählich steigerte sich meine Liebe, – nein, richtiger gesagt, meine Leidenschaft, denn ich kenne kein anderes Wort, das ein so unbezwingbares, mich selbst quälendes Gefühl, wie ich es für den Vater empfand, ausdrücken könnte – steigerte sich bis zu einer krankhaft ausgearteten Empfindsamkeit. Ich kannte nur noch eine einzige Lust: an ihn zu denken, von ihm zu träumen, nur noch einen Wunsch und Willen – alles zu tun, nur um ihm eine Freude oder sei es auch ein noch so kleines Vergnügen zu bereiten. Wie oft erwartete ich ihn, zitternd und blau vor Kälte, auf der zugigen Treppe, nur um wenigstens ein paar Augenblicke früher sein Kommen zu hören und ihn zu sehen. Streichelte er mich, wenn er bisweilen zärtlich zu mir war, so wurde ich ganz wirr vor Freude. Und doch peinigte es mich bis zum körperlichen Schmerz, daß ich in meinem Verhalten zu meiner armen Mutter so hartnäckig kühl blieb. Es gab Augenblicke, wo ich hätte vergehen mögen vor Qual und Mitleid, wenn ich sie ansah. Bei dem ewigen Streit der Eltern konnte ich nicht gleichmütig bleiben und unparteiisch zusehen, ich mußte zwischen ihnen wählen und mich für einen von ihnen entscheiden. Und so stellte ich mich denn auf die Seite dieses halb wahnsinnigen Menschen, nur weil er in meinen Augen so mitleiderregend, so erniedrigt war und ganz zu Anfang einen so unauslöschlichen Eindruck auf mich gemacht, meine Phantasie entfesselt hatte. Doch schließlich: wer könnte das so genau sagen, weshalb ich gerade seine Partei ergriff? Vielleicht fühlte ich mich gerade deshalb so zu ihm hingezogen, weil er so eigenartig war, sogar in seiner äußeren Erscheinung eigenartig, und nicht so ernst und unwirsch wie die Mutter, weil er fast wahnsinnig, weil an ihm hin und wieder so etwas von Gauklerart war, und schließlich, weil ich ihn weniger fürchtete und sogar weniger achtete als die Mutter. Er war irgendwie – mehr meinesgleichen. Ja, allmählich bemächtigte sich meiner das Gefühl, daß ich ihm sogar überlegen sei, daß ich ihn mir unmerklich unterwarf, und daß ich ihm unentbehrlich wurde; ja, zuweilen kokettierte ich geradezu mit ihm. In der Tat, diese wunderliche Anhänglichkeit meinerseits erinnerte in etwa an einen Roman ... Doch dieser Roman sollte nicht von langer Dauer sein: ich verlor bald meine Mutter und meinen Vater. Ihr Leben fand ein schreckliches Ende, das sich schwer und qualvoll meiner Erinnerung eingeprägt hat. Wie sich das zutrug, will ich jetzt erzählen.

## III

Zu jener Zeit wurde ganz Petersburg alarmiert durch eine große Neuigkeit: es verbreitete sich das Gerücht von der bevorstehenden Ankunft des berühmten S–z. Alles, was musikalisch war in Petersburg, geriet in Aufregung. Sänger, Schauspieler, Dichter, Maler, sämtliche Musiknarren, aber auch solche, die niemals Musiknarren gewesen waren und mit bescheidenem Stolz gestanden, daß sie keinen Ton von der ganzen Musik verstünden, jagten nun mit wahrer Gier nach den Eintrittskarten zu diesem Konzert. Der Saal konnte kaum den zehnten Teil der Enthusiasten fassen, die die Möglichkeit hatten oder sich schufen, fünfundzwanzig Rubel Eintrittsgeld zu zahlen. Doch die europäische Berühmtheit dieses S—z, sein lorbeerumkränztes hohes Alter, dabei die unverwüstliche Frische seines Talents, sowie die Tatsache, daß er in letzter Zeit nur noch äußerst selten öffentlich spielte, und ferner die Versicherung, daß er zum letztenmal eine europäische Konzertreise unternehme, dann aber das Konzertieren endgültig aufgeben werde, erregten die Gemüter und die Neugier der Menschen. Mit einem Wort, die Spannung war ungeheuer.

Ich erzählte bereits, daß die Ankunft jedes neuen Violinvirtuosen, jeder auch noch so kleinen „Berühmtheit", auf meinen Stiefvater stets den unangenehmsten Eindruck machte. Er war dann immer einer der ersten, die sich beeilten, den angereisten Künstler zu hören, um möglichst bald die Größe seiner Kunst beurteilen zu können. Nicht selten wurde er geradezu krank, nur dadurch, daß er dann das Lob anhören mußte, das irgendeinem neuen Stern gespendet wurde, und er beruhigte sich nicht eher, als bis er an dem Spiel des Gelobten irgend etwas auszusetzen fand, was er dann als seine »unmaßgebliche Meinung« mit beißendem Spott überall, wo er nur konnte, zum besten gab. Der arme Wahnsinnige glaubte, daß es nur ein einziges Genie in der ganzen Welt gäbe, nur einen einzigen Künstler, und dieser Künstler war natürlich er selbst. Das Gerücht nun, und alsbald die Gewißheit, daß das Weltgenie S—z in Petersburg konzertieren werde, wirkte auf ihn geradezu wie eine Erschütterung. Übrigens muß ich bemerken, daß Petersburg in den letzten zehn Jahren kein einziges größeres Talent gehört hatte, geschweige denn ein Genie gleich S—z. Deshalb hatte auch mein Stiefvater von dem Spiel wirklich erstrangiger europäischer Künstler noch gar keine richtige Vorstellung.

Man hat mir erzählt, mein Vater habe sich damals schon nach dem ersten unsicheren Gerücht wieder hinter den Kulissen eingefunden. Er sei sehr aufgeregt gewesen und habe sich mit größter Unruhe nach S–z und dessen bevorstehendem Konzert erkundigt. Da man ihn lange nicht gesehen, soll sein plötzliches Wiederauftauchen sogar einen gewissen Effekt gemacht haben. Jemand habe ihn reizen wollen und herausfordernd gemeint: »Ja, mein lieber Jegór Petrówitsch, jetzt werden Sie nicht mehr Ballettmusik zu hören bekommen, sondern eine, die Sie nicht mehr leben lassen wird auf Erden!« Er soll erbleicht sein, als er diesen Spott hörte, habe aber doch noch ruhig geantwortet, wenn auch mit verzerrtem Lächeln:

»Warten wir ab. Aus der Ferne hält man oft für einen Berg, was sich in der Nähe als ein Kamel entpuppt. Dieser S–z ist ja doch nur in Paris gewesen, da haben eben die Franzosen seinen Ruhm ausgeschrien, aber – nun ja, man weiß doch, was Franzosen sind!« usw.

Alles lachte. Der Arme fühlte sich gekränkt, aber er bezwang sich und fügte nur hinzu, daß er übrigens gar nichts sagen wolle; man werde es ja bald erleben, vorläufig müsse man abwarten, bis übermorgen sei nicht lang; die Wunder würden schon an den Tag kommen.

B. erzählte mir, an demselben Tag, kurz vor der Dämmerung, sei ihm auf der Straße Fürst H. begegnet – ein Dilettant als ausübender Künstler, als Mensch jedoch ein unvergleichlicher Kunstkenner und Kunstliebhaber. Sie setzten gemeinsam ihren Weg fort, sprachen natürlich auch von dem bereits eingetroffenen großen Virtuosen, als B. plötzlich meinen Vater erblickte, der vor dem Fenster einer Musikalienhandlung stand und aufmerksam ein Konzertprogramm studierte, das in großen Lettern das Konzert des berühmten Geigenvirtuosen S–z ankündigte.

»Sehen Sie dort diesen Menschen, der vor dem Fenster steht?« wandte sich B. schnell an den Fürsten.

»Wer ist das?« fragte der Fürst.

»Sie haben von ihm schon gehört. Das ist derselbe Jefímoff, von dem ich Ihnen mehrmals erzählt habe, und der einmal durch Ihre Protektion hier eine Anstellung erhielt.«

»Ach ja, ich entsinne mich!« sagte der Fürst. »Sie haben mir viel von ihm erzählt. Er soll ja sehr interessant sein, sagt man. Könnte ich ihn nicht mal spielen hören?«

»Lohnt nicht«, versetzte B. kurz. »Und es ist auch so niederdrückend. Das heißt, ich weiß nicht, wie es auf Sie wirken würde; mir aber zerreißt es jedesmal das Herz. Sein Leben ist eine einzige entsetzliche Tragödie. Eine Hölle. Ich habe tiefes Mitgefühl mit ihm, wie schmutzig er auch sein mag. Und doch werde ich ein gewisses Erbarmen nicht los. Sie sagten, er müsse interessant sein. Das ist er in der Tat, aber der Eindruck, den er in einem hinterläßt, ist doch gar zu schmerzhaft und schwer. Erstens ist er wahnsinnig, und zweitens hat dieser Wahnsinnige drei Verbrechen auf dem Gewissen, denn außer seinem eigenen Leben richtet er noch zwei andere Menschenleben zugrunde: das seiner Frau und das seiner Tochter. Wie ich ihn kenne, würde es ihn auf der Stelle töten, wenn er sich seines Verbrechens bewußt würde. Aber das ganze Entsetzen besteht ja gerade darin, daß er es sich nun schon acht Jahre lang *fast* eingesteht und daß er acht Jahre lang mit seinem Gewissen ringt, um es sich nicht nur „fast", sondern ganz einzugestehen.«

»Sie sagten, er sei arm?« fragte der Fürst.

»Ja; aber die Armut ist für ihn jetzt eher ein Glück, denn sie ist in seinen Augen seine Rechtfertigung. Solange er arm ist, kann er einem jeden versichern, daß nur die Armut ihn zurückhalte und daß er, wenn er reich wäre, dann auch genügend Zeit hätte, und vor allem keine Sorgen, um zeigen zu können, was für ein Künstler er sei. Er hat in der sonderbaren Hoffnung geheiratet, daß tausend Rubel, die seine Frau damals besaß, ihm helfen würden, sein Ziel zu erreichen. Er handelte wie ein Phantast, wie ein Dichter, und so hat er stets gehandelt. Wissen Sie, was er in diesen acht Jahren immer behauptet hat und auch jetzt noch zu behaupten nicht müde wird? – Daß die Ursache seines ganzen Elends seine Frau sei: die hindere ihn an allem. Und er selbst tut dabei nichts: denkt nicht einmal daran, zu arbeiten. Nehmen Sie ihm aber diese Frau – da wäre er der unglücklichste Mensch der Welt. Jetzt hat er schon mehrere Jahre lang die Geige nicht angerührt – und wissen Sie, warum nicht? Weil er jedesmal, sobald er den Bogen in die Hand nimmt, sich innerlich doch gestehen muß, daß er nichts ist, eine Null, aber kein Künstler. So dagegen, wenn er den Bogen nicht anrührt, kann er sich noch dem schönen Glauben hingeben, daß es doch wieder nicht wahr sei. Er ist ein Träumer. Er glaubt, daß er mit einem Mal, wie durch ein Wunder, plötzlich der berühmteste Mensch der Welt sein werde. Sein Wahlspruch ist: „aut Caesar, aut nihil", als könnte man so einfach und in einem Augenblick ein Cäsar werden. Sein ganzes Verlangen, seine einzige Begierde ist – Ruhm. Wenn aber ein solches Gefühl zum ersten und einzigen Antrieb eines Künstlers wird, so ist der Betreffende schon nicht mehr Künstler, da er dann den Grundtrieb des Künstlers eingebüßt hat, nämlich die Liebe zur Kunst einzig um der Kunst willen, und nicht aus anderen Gründen, wie etwa, weil sie Ruhm verschafft. Da nehmen Sie zum Beispiel diesen S–z: wenn er den Bogen in die Hand nimmt, dann gibt es für ihn auf der ganzen Welt nichts mehr außer seiner Musik. Nach der Musik ist für ihn das Geld die Hauptsache, und erst an dritter Stelle, glaube ich, steht für ihn der Ruhm. Aber er hat sich wenig um ihn gesorgt ... Wissen Sie, was dagegen diesen Unglücklichen jetzt am meisten beschäftigt?« fuhr B. fort, mit einer Kopfbewegung auf Jefimoff deutend. »Ihn beschäftigt jetzt nur eine allerdümmste, nichtigste, ja sogar erbärmlichste und lächerlichste Sorge, und zwar die: Ist er, Jefimoff, größer als S–z oder ist S–z größer als er – und nichts weiter, denn er ist auch jetzt noch überzeugt, daß er der erste Künstler der Welt sei. Versuchen Sie ihn zu überzeugen, daß er kein Künstler ist, und ich versichere Sie, er wird tot hinfallen – es wäre zu schwer, zu schrecklich für ihn, auf seine fixe Idee zu verzichten, der er schon sein ganzes Leben geopfert hat und deren Ursprung immerhin tief und ernst war, denn anfangs gehörte er wirklich zu den Berufenen.«

»Dann kann das ja interessant werden, wenn er jetzt S–z zu hören bekommt«, bemerkte der Fürst.

»Ja«, sagte B. nachdenklich. »Doch nein: er wird sich auch dann wieder zurechtfinden. Seine Einbildung, sein Wahn ist stärker als die Wahrheit, die er erfahren könnte: deshalb würde er auch sicherlich sofort irgendeine neue Ausrede finden.«

»Meinen Sie?« fragte der Fürst.

Sie hatten sich inzwischen meinem Vater genähert. Dieser wollte, als er sie erblickte, unbemerkt an ihnen vorübergehen, doch B. hielt ihn auf und redete ihn an. Er fragte ihn, ob er das Konzert des berühmten S–z besuchen werde. Jefimoff antwortete gleichmütig, er wisse das noch nicht, er habe da etwas vor, was wichtiger sei als Konzerte und alle angereisten Virtuosen; doch übrigens, er werde sehen, bestimmt könne er es noch nicht sagen, aber wenn sich gerade ein freies Stündchen erübrigen sollte, warum dann schließlich nicht? Vielleicht, wie gesagt, werde er sich die Mühe nehmen. Ein schneller, etwas unsicherer Blick streifte B. und den Fürsten, ein mißtrauisches, flüchtiges Lächeln, dann hob er den Hut, nickte B. zu und ging weiter, unter dem Vorwand, daß er keine Zeit habe.

Ich aber wußte schon seit einem Tage um die Sorge des Vaters. Was es nun gerade war, was ihn quälte, das wußte ich freilich nicht, aber meiner Beobachtung war natürlich nicht entgangen, daß er in der letzten Zeit etwas auf dem Herzen hatte. Sogar die Mutter schien dies bemerkt zu haben. Sie war in diesen Tagen sehr krank und konnte kaum die Füße bewegen, was ihr das Gehen fast unmöglich machte. Der Vater kam bald nach Haus, bald ging er wieder fort. Am Morgen erschienen bei uns drei oder vier Gäste, seine ehemaligen Freunde, worüber ich mich sehr wunderte, da sonst außer Karl Fjódorytsch so gut wie kein Mensch zu uns kam. Die anderen hatten ja alle schon längst ihre Besuche bei uns eingestellt, eben seitdem der Vater nicht mehr am Theater angestellt war. Schließlich erschien auch noch Karl Fjódorytsch ganz außer Atem und in höchster Eile und brachte ein Konzertprogramm. Ich hörte ihren Gesprächen zu und beobachtete sie aufmerksam: alles das peinigte mich so, daß ich mich gewissermaßen schuld fühlte an dieser ganzen Aufregung und Unruhe, die ich im Gesicht des Vaters las. Ich wollte unbedingt wissen, wollte verstehen, wovon sie sprachen: und da hörte ich denn zum erstenmal den Namen S–z. Aus den weiteren Gesprächen erfuhr ich, daß man mindestens fünfzehn Rubel zahlen mußte, wenn man diesen S–z hören wollte. Ferner entsinne ich mich noch, wie der Vater plötzlich irgendwie die Geduld verlor, mit der Hand geringschätzig durch die Luft schlug und halb spöttisch sagte, er kenne diese fremdländischen Wunder, die angeblich unerreichbaren Größen mit ihren fabelhaften Talenten, kenne auch diesen S–z. Das seien lauter Juden, die auf russisches Geld Jagd machten, was ihnen hier besonders leicht fiele, da die Russen in ihrer Einfalt sowieso schon jeden Unsinn bewunderten, um wieviel mehr noch das, was der Franzose aus Chauvinismus in den Himmel höbe, ohne beurteilen zu können, was Talent sei und was nicht. Damals wußte ich bereits, was das bedeutete: kein Talent haben. Die Gäste lachten und bald gingen sie alle wieder fort, während der Vater ganz verstimmt zurückblieb. Ich erriet, daß er aus irgendeinem Grunde auf diesen S–z böse war, und so trat ich, um ihm zu gefallen und seinen Kummer zu zerstreuen, an den Tisch, nahm das Programm, versuchte das Gedruckte zu buchstabieren und las laut den Namen S–z. Dann lachte ich, sah den Vater an, der in Nachdenken versunken auf dem Stuhl saß, und sagte: »Ach, das ist gewiß auch so einer wie Karl Fjódorytsch, der wird's auch nie zu etwas bringen!« Der Vater zuckte zusammen, als hätte ich ihn erschreckt, entriß mir das Programm, schrie mich an und trampelte mit den Füßen, ergriff seinen Hut und wollte schon aus dem Zimmer gehen, kehrte aber sogleich zurück und rief mich auf den Flur hinaus. Dort küßte er mich, sagte mir, ich sei ein gutes Kind, ein kluges Kind, und ich würde ihn deshalb bestimmt nicht betrüben wollen, er erwarte von mir einen großen Dienst – worin dieser aber bestehen sollte, das sagte er nicht. Zudem bedrückte es mich, ihn anzuhören: ich sah und fühlte, daß seine Freundlichkeit nicht aufrichtig war, und das erschütterte mich geradezu. Ich fühlte mich seinetwegen beunruhigt, und das quälte mich.

Am folgenden Tage beim Mittagessen – also am Tage vor dem Konzert – war der Vater wie zerschlagen. Er war so ganz anders und sah immer wieder nach der Mutter hin. Schließlich – ich wunderte mich nicht wenig – fing er sogar an, mit ihr zu sprechen (ich wunderte mich deshalb, weil er sonst fast nie mit ihr sprach). Nach dem Essen aber ließ er es sich plötzlich angelegen sein, um meine Gunst zu werben: jeden Augenblick rief er mich, bald unter diesem, bald unter jenem Vorwand auf den Treppenflur und nachdem er sich vorher umgesehen, als hätte er gefürchtet, daß jemand kommen könnte, streichelte und küßte er mich, nannte mich ein gutes Kind und ein folgsames Kind, ganz gewiß, sagte er, liebte ich meinen Papa und deshalb würde ich auch bestimmt das tun, worum er mich bitten werde. Alles das versetzte mich in eine höchste Spannung, die schließlich unerträglich wurde. Endlich, als er mich zum zehntenmal auf den Treppenflur gerufen hatte, fand die Sache ihre Erklärung. Mit schuldbewußter, gequälter Miene, sich fortwährend unruhig nach allen Seiten umsehend, fragte er mich, ob ich wisse, wo die Mutter jene fünfundzwanzig Rubel aufbewahrte, die sie vor einem Tag nach Haus gebracht. Ich erstarrte vor Schreck, als ich diese Frage vernahm. Da hörten wir plötzlich ein Geräusch auf der Treppe, der Vater erschrak, ließ mich stehen und eilte fort. Er kam erst gegen Abend zurück, verwirrt, betreten, niedergeschlagen und besorgt, setzte sich schweigend auf einen Stuhl und seine Blicke suchten nun wieder mich, ja, er sah mich geradezu frohen Mutes an. Da erfaßte mich wieder eine sonderbare Angst und ich wich absichtlich seinem Blick aus. Als es schon ganz dunkel geworden war, rief mich die Mutter, die den ganzen Tag im Bett gelegen hatte, zu sich und gab mir etwas Kupfergeld, für das ich ihr aus dem kleinen Laden ein wenig Tee und Zucker kaufen sollte. Tee wurde bei uns sehr selten getrunken. Die Mutter erlaubte sich diesen Luxus – denn das war er bei unseren beschränkten Mitteln – nur dann, wenn sie sich krank fühlte und fieberte. Ich nahm das Geld und kaum war ich auf dem Flur, da lief ich, was ich laufen konnte, lief in der Furcht, daß man mir nachkommen könnte. Meine Vorahnung täuschte mich auch nicht: der Vater holte mich auf der Straße ein und zog mich ins Haus zurück.

»Njetotschka!« begann er mit unsicherer Stimme. »Mein Täubchen! Höre: gib mir dieses Geld, ich werde es dir gleich morgen ...«

»Papachen! Papachen!« rief ich flehend und zitternd und ich warf mich vor ihm auf die Knie, um ihn zu beschwören, »Papachen! Ich kann nicht! Ich darf nicht! Mama ist krank, sie muß Tee trinken ... Man kann doch das Geld nicht Mama wegnehmen, wirklich nicht, glaub mir! Ein anderes Mal, nächstens werde ich dir ...«

»Du willst nicht? Du willst nicht?« flüsterte er wie in rasender Wut. »Also du willst mich nicht mehr lieben? Nun gut! Jetzt verlasse ich dich! Bleib denn allein bei Mama, ich werde von euch fortgehen und dich nehme ich nicht mit. Hörst du, böses Mädchen, hörst du, was ich sage?«

»Papachen!« rief ich entsetzt, »nimm das Geld, nimm! Was soll ich jetzt tun?« stammelte ich, mich an seinen Rockschoß klammernd, »Mama wird doch weinen; sie ist doch krank, sie wird mich doch wieder schelten!«

Ich glaube, er hatte diesen Widerstand nicht erwartet, aber das Geld nahm er; dann – wohl in der Furcht, meinem Jammern und Weinen nicht standhalten zu können – verließ er mich schnell und lief auf die Straße. Ich stieg die Treppen hinauf, aber vor unserer Stubentür verließen mich meine Kräfte. Ich wagte nicht, einzutreten, ich konnte nicht eintreten; alles, was an Herz in mir war, war erschüttert und in Aufruhr gebracht. Ich vergrub das Gesicht in den Händen und wankte zum Fenster, wie damals, als ich den Vater hatte sagen hören, er wünsche, die Mutter sterbe bald. So stand ich, die Ellbogen auf das Fensterbrett gestützt, wie benommen und erstarrt, und doch lauschte ich und gab acht auf jedes noch so leise Geräusch unten auf der Treppe. Endlich hörte ich jemand schnell heraufkommen. Das war er; ich erkannte ihn am Gang.

»Bist du hier?« flüsterte er, als er mich erblickte.

Ich warf mich ihm entgegen.

»Da!« stieß er rauh hervor und steckte mir das Geld in die Hand, »nimm es! Nimm es zurück! Ich bin jetzt nicht mehr dein Vater, hörst du? Ich will nicht mehr dein Vater sein! Du liebst Mama mehr als mich! So geh zu Mama! Ich will von dir nichts mehr wissen!« Damit stieß er mich fort und eilte wieder die Treppe hinunter. Ich lief ihm weinend nach.

»Papa! Papa! lieber Papa! Ich werde gehorchen!« rief ich schluchzend, »ich liebe dich mehr als Mama! Nimm das Geld, behalt es! – Papa! ...«

Er hörte mich nicht mehr – ich sah nur, daß er verschwunden war.

Diesen ganzen Abend war ich wie krank und zitterte in Fieberschauern. Ich weiß noch, die Mutter sagte mir irgend etwas, rief mich zu sich: ich war aber nicht bei Besinnung, ich hörte nichts und sah nichts. Es endete mit einem Anfall: ich fing an zu weinen, zu schreien – Mama erschrak sehr und wußte nicht, was sie tun sollte. Sie nahm mich zu sich ins Bett; ich umschlang ihren Hals und schlief denn auch allmählich ein, doch zuckte ich im Schlaf noch jeden Augenblick zusammen oder erschrak über irgend etwas. So verging die Nacht. Am anderen Morgen erwachte ich erst sehr spät, als die Mutter schon fortgegangen war. Sie ging um diese Zeit immer ihrer Arbeit nach. Der Vater und ein Unbekannter saßen im Zimmer und beide sprachen sehr laut. Ich konnte es kaum abwarten, bis der Fremde endlich aufbrach, und als wir allein waren, lief ich zum Vater und bat ihn leise, unter Tränen, mir doch zu verzeihen.

»Und wirst du auch wieder ein gutes Kind sein wie früher?« fragte er mich streng.

»Ja, Papa, ja!« stammelte ich. »Ich werde dir sagen, wo Mamas Geld liegt. Sie hat es in ihrem Kasten, in der Schatulle, dort lag es wenigstens gestern.«

»Gestern? Wo?« rief er und sprang auf. »Wo lag es?«

»Aber der Kasten ist verschlossen, Papa!« sagte ich schnell. »Du mußt warten, bis Mama mich am Abend schickt, um das Geld zu wechseln, denn das Kupfergeld, das habe ich gesehen, ist ausgegangen.«

»Ich brauche fünfzehn Rubel, Njetotschka! Hörst du? Nur fünfzehn Rubel! Verschaff' sie mir heute; morgen werde ich dir alles zurückgeben. Ich werde gleich gehen und dir Bonbons bringen, Nüsse auch... auch eine Puppe werde ich dir kaufen... und morgen wieder eine... und jeden Tag werde ich dir Naschwerk bringen, wenn du ein gutes und folgsames Kind sein wirst!«

»Ach nein, das ist nicht nötig, Papa, das ist nicht nötig! Ich will kein Naschwerk, ich werde es nicht essen, ich werde es dir zurückgeben!« rief ich, während die Tränen mich fast erstickten, denn mein Herz krampfte sich zusammen und wollte vergehen. Ich fühlte in diesem Augenblick, daß ich ihm nicht leid tat und daß er mich auch gar nicht liebte, da er doch nicht sah, wie ich ihn liebte, und sogar glauben konnte, daß ich für Naschwerk ihm dienen werde. In diesem Augenblick begriff ich zehnjähriges Kind ihn vollkommen, ich durchschaute ihn ganz und gar und schon fühlte ich, daß diese Erkenntnis mich nun für immer durchdrungen, daß ich ihn nicht mehr lieben konnte, daß ich meinen früheren Papa für immer verloren hatte. Er aber war geradezu begeistert von der Aussicht, durch mich das Geld zu bekommen. Er sah nun, daß ich für ihn zu allem bereit war, daß ich alles für ihn tun werde, aber nur Gott weiß es, wie schwer dieses „alles“ damals für mich war. Ich wußte, was dieses Geld für meine arme Mutter bedeutete; ich wußte, daß sie krank werden konnte vor Aufregung und Sorge, wenn ihr dieses Geld abhanden kam, und meine Reue schrie in mir. Er aber sah nichts davon, er hielt mich immer noch für ein dreijähriges Kind, während ich schon alles begriff. Seine Freude kannte keine Grenzen: er küßte mich, redete mir zu, nicht zu weinen, versprach mir, heute noch mit mir von der Mutter fortzugehen – wahrscheinlich um meiner in dieser Richtung unermüdlich arbeitenden Phantasie zu schmeicheln. Schließlich zog er aus seiner Tasche ein Konzertprogramm: und nun erzählte er und beteuerte, daß dieser Mensch, zu dem er am Abend gehen werde, sein Feind sei, sein Todfeind, aber seinen Feinden werde der Anschlag gegen ihn nicht gelingen. Er glich entschieden selber einem Kinde, während er von seinen Feinden sprach. Als er dann aber bemerkte, daß ich nicht wie gewöhnlich während seiner Erzählungen lächelte, sondern ernst und schweigend zuhörte, da nahm er seinen Hut und ging aus dem Zimmer, da er noch irgendeinen eiligen Gang vorhatte, wie er sagte, aber im Fortgehen küßte er mich noch einmal und nickte mir mit einem ungewissen Lächeln zu, als hätte er sich meiner doch nicht ganz sicher gefühlt, und wie um der Möglichkeit vorzubeugen, daß ich meine Absicht etwa wieder änderte.

Ich sagte bereits, daß er wie ein Wahnsinniger war: das fühlte ich schon am Tage vor dem Konzert. Das Geld brauchte er, um ein Billett zu diesem Konzert kaufen zu können – als wenn sein Vorgefühl ihm ganz richtig die Ahnung eingegeben hätte, daß dieses Konzert sein ganzes Schicksal entscheiden mußte! Darüber verlor er so den Kopf, daß er mir am Vorabend das bißchen Kupfergeld wegnehmen wollte, als hätte er sich schon damit das Billett verschaffen können. Noch stärker machte sich sein seltsames Wesen bei Tisch bemerkbar, als wir wie gewöhnlich spät am Nachmittag zu Mittag aßen. Er konnte einfach nicht stillsitzen und aß keinen Bissen, jeden Augenblick stand er auf und setzte sich, wie sich besinnend, wieder hin; bald griff er nach dem Hut, als wolle er fortgehen, bald war er seltsam zerstreut, bald flüsterte er vor sich hin, bald sah er plötzlich auf und suchte mich mit den Augen, um mir dann zuzuzwinkern und verschiedene Zeichen zu machen, vor lauter Ungeduld, endlich in den Besitz des Geldes zu gelangen, und als ärgere er sich über mich, daß ich es noch immer nicht der Mutter entwendet hatte. Sogar der Mutter fiel sein fremdes Wesen auf und sie sah ihn verwundert an. Ich aber war wie zum Tode verurteilt. Nach dem Essen zog ich mich in meinen Winkel zurück und, zitternd vor Fieber, zählte ich die Sekunden bis zu der Zeit, wo die Mutter mich gewöhnlich nach Kleinigkeiten in den Laden schickte. In meinem Leben habe ich nicht qualvollere Stunden verbracht: sie werden ewig und unverwischbar in meiner Erinnerung stehen. Was durchfühlte ich da nicht alles in Gedanken! Es gibt Zeitspannen – man könnte sie mit einer Anzahl Minuten bemessen –, wo man in seiner Erkenntnis viel mehr erlebt als in ganzen Jahren. Mein Gefühl wußte, daß ich etwas Schlechtes und Häßliches zu tun im Begriff war; er selbst hatte ja noch meine guten Instinkte bestärkt, als er mich das erstemal kleinmütig zum Schlechten verleitet, um mir dann, vielleicht erschrocken, jedenfalls aber das Geschehene bereuend, zu erklären, daß ich sehr schlecht gehandelt hatte. Begriff er denn nicht, wie schwer es ist, eine Natur zu betrügen, die begierig ist, ihre Eindrücke ganz zu erfassen, und die schon viel Schlechtes und Gutes durchfühlt und durchdacht hat? Ich begriff doch, daß es die äußerste Not war, die ihn bewog, mich nochmals ins Laster zu stoßen und somit meine arme, schutzlose Kindheit zu opfern! – die ihn bewog, es nochmals zu wagen, meinem noch ungefestigten Gewissen diesen Stoß zu versetzen. Und während ich dort in meinem Winkel kauerte, fing ich an, bei mir darüber nachzudenken: warum versprach er mir noch eine Belohnung für das, was ich schon aus eigenem, freiem Willen tun wollte? Neue Empfindungen, neue, bis dahin noch nie empfundene

Triebe, neue Fragen erhoben sich scharenweis in mir, und ich quälte mich mit ihnen. Dann mußte ich plötzlich an die Mutter denken. Ich stellte mir ihre Verzweiflung vor, wenn ihr dieser mühselig erarbeitete Lohn genommen würde. Endlich legte die Mutter die Arbeit, die sie schon über ihre Kräfte verrichtete, aus der Hand und rief mich. Ich erbebte und ging zu ihr. Sie nahm aus der Kommode das Geld und indem sie es mir gab, sagte sie:

»Geh, Njetotschka. Nur laß dir um Gottes willen nicht falsch zurückgeben, wie neulich, und sieh dich vor, daß du auch nichts verlierst.«

Ich sah flehend zum Vater hinüber, aber er nickte mir zu, lächelte zustimmend und rieb sich die Hände vor Ungeduld. Die Uhr schlug sechs, das Konzert sollte um acht beginnen. Auch er muß während dieses Wartens viel durchgemacht haben.

Ich blieb auf der Treppe stehen, um auf ihn zu warten. Er war so aufgeregt und ungeduldig, daß er alle Vorsicht vergaß und mir hastig und fast auf dem Fuß folgte. Ich gab ihm das Geld: auf der Treppe war es dunkel, sein Gesicht konnte ich nicht sehen; aber ich fühlte, daß er am ganzen Körper zitterte, als er das Geld empfing. Ich stand erstarrt wie im Krampf, und rührte mich nicht vom Fleck. Ich kam erst zu mir, als er mich nach oben schickte, um ihm seinen Hut aus dem Zimmer zu holen. Er wollte nicht einmal mehr hineingehen.

»Papa! Wirst du . . . denn nicht mitkommen ins Zimmer?« fragte ich mit versagender Stimme, mich noch an meine letzte Hoffnung klammernd – an seinen Beistand.

»Nein . . . geh du lieber allein . . . was? Wart' wart'!« rief er, sich schnell besinnend, »wart', ich werde dir gleich Naschwerk bringen – aber du geh nur erst ins Zimmer und bring mir meinen Hut her.«

Mir war, als presse eine eiskalte Hand mein Herz zusammen. Plötzlich – stieß ich ihn fort und eilte wie gejagt die Treppe hinauf. Als ich ins Zimmer trat – sah ich verstört aus, und wenn ich damals gesagt hätte, daß man mir das Geld genommen, da hätte die Mutter es mir wohl geglaubt. Aber ich konnte keinen Laut hervorbringen. In einem Anfall der Verzweiflung, die mich plötzlich wie ein Krampf packte, warf ich mich über das Bett der Mutter und vergrub das Gesicht in den Händen. Nach einer Weile hörte ich die Tür leise kreischen, und der Vater trat ins Zimmer. Er kam, um sich seinen Hut zu holen.

»Wo ist das Geld?!« rief plötzlich die Mutter, die jetzt blitzartig erriet, daß etwas Ungewöhnliches geschehen war. »Wo ist das Geld? Sprich! Gesteh!« Und sie riß mich vom Bett und stellte mich vor sich hin, mitten ins Zimmer.

Ich schwieg, den Blick zu Boden gesenkt; ich wußte kaum, was in mir vorging und was man mit mir tat.

»Wo ist das Geld?!« schrie sie mich an und plötzlich – sah sie sich nach dem Vater um, der schon nach dem Hut griff. »Wo ist das Geld?« wiederholte sie. »Ah! Dir hat sie es gegeben? Du Verruchter! Mein Mörder du! Mein Henker! So willst du auch sie verderben! Das Kind! sie, sie?! Nein doch! So gehst du mir nicht fort!«

Und schon war sie bei der Tür, verschloß sie und steckte den Schlüssel zu sich.

»Sprich! Gestehe!« wandte sie sich an mich – mit einer Stimme, die vor Erregung kaum hörbar war, »gestehe mir alles! So sprich doch, sprich! Oder ... ich weiß nicht, was ich mit dir mache!«

Sie ergriff meine Hände und zerdrückte sie beinahe, um mich zum Geständnis zu zwingen. Sie war außer sich und sich gewiß nicht vollkommen bewußt dessen, was sie tat. Ich aber schwor mir, zu schweigen, kein Wort vom Vater zu sagen, – doch schlug ich schüchtern zum letztenmal die Augen zu ihm auf ... Ein Blick von ihm, nur ein Wort, irgend etwas, was ich von ihm erwartete und worum ich bei mir im stillen betete – und ich wäre glücklich gewesen trotz aller Schmerzen, trotz jeder Folter ... Doch – mein Gott! Mit einer gefühllosen, drohenden Geste befahl er mir, zu schweigen, als hätte ich in diesem Augenblick noch irgendeines anderen Drohung fürchten können. Es schnürte mir die Kehle zu, benahm mir den Atem, meine Füße – ich fühlte sie nicht mehr ... bewußtlos fiel ich hin ... Der Anfall, den ich tags zuvor gehabt, wiederholte sich.

Ich erwachte, als plötzlich an unsere Tür geklopft wurde. Die Mutter öffnete sie und erblickte einen Menschen in einer Livree, der etwas zögernd ins Zimmer trat, sich verwundert umsah und nach dem Musiker Jefimoff fragte. Der Vater sagte, daß er derjenige sei, den er suche. Da überreichte ihm der Diener ein Kuvert und erklärte, Herr B., der augenblicklich beim Fürsten H. weile, habe ihn geschickt. Das Kuvert enthielt ein Billett zum Konzert des berühmten S–z.

Das Erscheinen dieses Dieners in der glänzenden Livree, dieses Abgesandten vom Fürsten H., der ihn zu dem armen Musiker schickte – all das machte im ersten Augenblick einen großen Eindruck auf die Mutter. Ich sagte bereits, daß die arme Frau meinen Vater immer noch liebte. Selbst nach ganzen acht Jahren der Enttäuschungen, des Kummers und Leids hatte sich ihr Herz noch nicht verändert: ja, sie konnte ihn immer noch lieben! Weiß Gott, vielleicht sah sie nun wieder eine Veränderung in seinem Leben bevorstehen. Sogar der Schatten einer Hoffnung konnte sie schon beeinflussen. Wer weiß, vielleicht hatte er sie in seiner Verschrobenheit einfach angesteckt mit seinem unerschütterlichen Selbstbewußtsein! Und es wäre doch auch gar nicht anders möglich gewesen, als daß dieses Selbstbewußtsein auf sie, die schwache Frau, nicht einen gewissen Einfluß gehabt hätte – was Wunder, wenn sie da auf diese Aufmerksamkeit des Fürsten gleich tausend Pläne für ihn baute. Sofort war sie bereit, wieder gut zu ihm zu sein, ihm alles zu verzeihen, die Qual der ganzen Zeit ihres gemeinsamen Lebens, sogar diese letzte Schandtat miteinbegriffen (daß er ihr einziges Kind zu opfern sich nicht scheute), war bereit, getragen von der Flut ihrer wieder hervorbrechenden Hoffnung, diese Schandtat als ein einfaches, kleines Vergehen aufzufassen, als einen Kleinmut, wenn man will, den die Armut, das elende Leben und seine verzweifelte Lage entschuldigen konnten. So verzieh sie ihm, und empfand in diesem Augenblick unendliches Mitleid für den verkommenen Mann.

Der Vater geriet in Aufregung. Auch ihn überraschte die Aufmerksamkeit B.s und des Fürsten. Er wandte sich ohne weiteres an die Mutter, flüsterte ihr etwas zu und sie verließ das Zimmer. Nach etwa zwei Minuten kehrte sie zurück, brachte das gewechselte Geld und der Vater gab dem Diener sogleich einen Silberrubel, worauf dieser nach einer höflichen Verbeugung fortging. Die Mutter verließ nun wieder für einen Augenblick das Zimmer und kehrte mit einem Bügeleisen zurück, suchte das beste Vorhemd ihres Mannes heraus und bügelte es auf. Sie band ihm eigenhändig die weiße Batistkrawatte um den Hals, die sich seit undenklichen Zeiten noch erhalten hatte samt einem schwarzen, schon recht abgetragenen Frack, der für ihn noch vor seinem Eintritt ins Orchester angefertigt worden war. Nachdem er die Toilette beendet hatte, nahm er den Hut, doch vor dem Fortgehen bat er noch um ein Glas Wasser. Er war bleich und setzte sich in vollkommener Erschöpfung auf einen Stuhl. Das Wasser mußte übrigens ich ihm reichen. Vielleicht hatte sich schon ein feindseliges Gefühl ins Herz der Mutter geschlichen und ihre erste Aufwallung abgekühlt?

Dann ging der Vater. Wir waren allein. Ich zog mich wieder in meinen Winkel zurück und von dort aus sah ich lange schweigend auf die Mutter. Zum erstenmal sah ich sie in einer solchen inneren Aufregung: ihre Lippen bebten, die bleichen Wangen hatten sich gerötet und von Zeit zu Zeit bemerkte ich an ihr nervöse Zuckungen. Zuletzt brach ihre Qual das Schweigen und ihr ganzes Elend drängte sich in Klagen unter dumpfem, verzweifeltem Aufschluchzen hervor.

»Ich, ich allein bin an allem schuld, ich Unselige!« klagte sie sich an. »Und was soll aus ihr werden? Was wird aus ihr, wenn ich sterbe?« Sie blieb plötzlich mitten im Zimmer stehen wie ins Herz getroffen von diesem einen Gedanken. »Njetotschka! Mein Kind! Mein armes Kind! Du Unglückliche, du Arme!« sagte sie, meine Hände erfassend und mich krampfhaft umarmend. »Bei wem lasse ich dich, wenn ich dich schon bei Lebzeiten nicht erziehen, nicht beschützen und pflegen kann? Mein armer Liebling! Oh, du verstehst mich nicht! Oder doch? Wirst du behalten, was ich dir jetzt sage, Njetotschka? Wirst du dich später noch dessen erinnern?«

»Ja, Mamachen, ja!« beteuerte ich und faltete die Hände, wie um es zu beschwören.

Lange und fest hielt sie mich in ihren Armen, als bangte ihr vor dem Gedanken, daß sie sich von mir trennen mußte. Mein Herz wollte brechen.

»Mamachen, Mama ...«, stammelte ich stockend, denn das Schluchzen saß mir in der Kehle, »warum ... warum liebst du Papa nicht?« Und die unterdrückten Tränen liefen mir über die Wangen.

Ein Stöhnen entrang sich ihrer Brust. Und wieder, von neuer Qual gepeinigt, setzte sie ihre Wanderung durch das Zimmer fort.

»Die Arme, die Arme! Und ich hab' es nicht einmal bemerkt, wie sie herangewachsen ist! Sie weiß, sie weiß alles! Mein Gott! Und was waren das hier für Eindrücke, welch ein Beispiel!« Und sie rang die Hände in ihrer Verzweiflung.

Dann kam sie wieder zu mir und küßte mich in wahnsinniger Liebe, küßte meine Hände, auf die ihre Tränen fielen, bat, flehte um Verzeihung ... Ich hatte noch nie soviel Leid, noch nie einen Menschen so vor Leid zusammenbrechen gesehen ... Schließlich versank sie gleichsam ermattet in stumpfes Brüten. So verging wohl eine ganze Stunde. Endlich stand sie müde auf, sichtlich erschöpft, und sagte mir, ich solle schlafen gehen. Ich ging in meinen Winkel, tat wie sie geheißen, wickelte mich fest in die Decke – aber einschlafen konnte ich nicht. Mich quälten die Gedanken an sie und die Gedanken an den Vater. Mit Ungeduld erwartete ich seine Rückkehr. Entsetzen erfaßte mich bei dem Gedanken an ihn. Ungefähr nach einer halben Stunde nahm die Mutter das Licht und trat leise an mein Bett, um zu sehen, ob ich schlafe. Ich schloß schnell die Augen und stellte mich schlafend, damit sie sich beruhige. Als sie sich dann von meinem Schlaf überzeugt hatte, ging sie leise zum Schrank, öffnete ihn und schenkte sich ein Glas Wein ein. Sie trank und legte sich dann schlafen. Das brennende Licht blieb auf dem Tisch und die Tür blieb unverschlossen, wie das immer geschah, wenn der Vater spät nach Hause kam.

Ich lag in halber Bewußtlosigkeit, doch kein Schlaf schloß meine Augen. Kaum sank ich in Schlummer, da wachte ich auch schon wieder auf, erschreckt durch furchtbare Traumgesichte. Die Beklemmung wuchs und wurde immer bedrückender. Ich wollte schreien, doch der Schrei erstarb in meiner Brust. Endlich – schon spät in der Nacht – hörte ich, wie unsere Tür geöffnet wurde. Ich weiß nicht mehr, wieviel Zeit darüber verstrich, als ich aber die Augen plötzlich ganz aufschlug, da erblickte ich den Vater. Wie es mir schien, war er sehr bleich. Er saß auf dem Stuhl gleich neben der Tür und war in Gedanken versunken. Im Zimmer herrschte Totenstille. Das tropfende Talglicht erhellte traurig unser Heim.

Ich sah lange auf den Vater, aber er rührte sich noch immer nicht. Er saß unbeweglich, immer in derselben Stellung, den Kopf auf die Brust gesenkt und die Hände starr auf die Knie gestützt. Zwei-, dreimal wollte ich ihn anrufen, aber ich konnte es nicht. Meine Erstarrung wich nicht von mir. Plötzlich erwachte er gleichsam aus seiner Versunkenheit, sah auf und erhob sich vom Stuhl. Eine Weile stand er mitten im Zimmer – es war, als suche er nach einem Entschluß. Dann trat er plötzlich ans Bett der Mutter, horchte, und nachdem er sich überzeugt, daß sie schlief, ging er zum Koffer, in dem seine Geige lag. Er öffnete den Verschluß, nahm den schwarzen Violinkasten und stellte ihn auf den Tisch; dann sah er sich wieder um; sein Blick war trüb und unstet, wie ich ihn noch nie gesehen hatte.

Er nahm die Violine, legte sie aber gleich wieder hin, kehrte zurück zur Tür und verschloß sie. Dann, als er den offenstehenden Schrank bemerkte, ging er leise hin, sah dort das Glas und den Wein stehen, schenkte sich ein und trank. Darauf griff er zum drittenmal zur Geige, legte sie aber zum drittenmal wieder hin und ging nochmals zum Bett der Mutter. Starr vor Angst erwartete ich, was nun geschehen werde.

Er stand lange horchend, zu lange, wie mir schien. Dann schlug er plötzlich die Decke von ihrem Gesicht zurück und befühlte es mit der Hand. Ich zuckte zusammen. Er beugte sich nochmals über sie, ganz tief, sein Kopf berührte sie fast; als er sich aber zum letztenmal aufrichtete, da glitt es wie ein Lächeln über sein unheimlich bleiches Gesicht. Leise und behutsam breitete er die Decke wieder über die Schlafende, bedeckte den Kopf, die Füße ... ich aber begann zu zittern, in einer dunklen, unklaren Angst: ich fürchtete für die Mutter, fürchtete ihren tiefen Schlaf, mit bangem Herzklopfen sah ich unverwandt auf diese unbewegliche Linie der Decke, die in eckigen Umrissen über den Gliedmaßen ihres Körpers lag ... Wie ein Blitz durchzuckte plötzlich ein furchtbarer Gedanke mein Gehirn!

Nachdem er alle Vorbereitungen beendet, ging er wieder zum Schrank und trank den Rest des Weines aus. Er zitterte am ganzen Körper, als er an den Tisch trat. Man konnte ihn kaum wiedererkennen – so totenblaß war er. Wieder nahm er die Geige. Ich hatte sie schon gesehen und wußte, daß sie ein Instrument zum Spielen war, aber jetzt erwartete ich von ihr etwas Schreckliches, Unheimliches, Wunderbares ... und ich fuhr zusammen unter ihren ersten Tönen. Der Vater begann zu spielen. Doch die Töne sprangen seltsam und unterbrochen durcheinander; auch hielt er jeden Augenblick inne, wie um sich an etwas zu erinnern; – bis er mit zerquältem Antlitz den Bogen hinlegte und so eigentümlich auf das Bett sah. Dort schien ihn etwas immer noch zu beunruhigen. Wieder ging er zum Bett ... Jede seiner Bewegungen verfolgte ich und ließ ihn nicht aus den Augen, obgleich mir das Herz nun beinah stillstand vor Angst.

Plötzlich begann er eilig nach irgend etwas zu suchen – und wieder durchzuckte mich jener furchtbare Gedanke. Ich fragte mich: warum wachte sie denn nicht auf, als er ihr Gesicht befühlte? Dann sah ich, daß er alles zusammenschleppte, was es an Kleidern bei uns gab: er nahm die Jacke der Mutter, seinen alten Rock und seinen Schlafrock, sogar mein Kleid, das ich über eine Stuhllehne geworfen hatte, und mit all dem deckte er sie zu, so daß von ihr unter dem Kleiderhaufen nichts mehr zu sehen war. Sie lag immer noch reglos, ohne ein Glied zu rühren.

Sie schlief einen tiefen Schlaf.

Es war mir, als atmete er freier auf, sobald auch diese Arbeit getan war. Jetzt störte ihn nichts mehr, nur irgend etwas beunruhigte ihn noch: er rückte das Licht von seinem Platz und setzte es etwas weiter, und sich selbst stellte er mit dem Gesicht zur Tür, um vom Bett nichts mehr zu sehen. Dann nahm er die Geige und wie mit einer Geste der Verzweiflung schlug er mit dem Bogen auf die Saiten ... Die Musik begann.

Das war aber nicht Musik ... Ich erinnere mich deutlich jener Nacht, erinnere mich alles dessen, was ich damals sah und hörte, und um wieviel mehr noch dessen, was einen so erschütternd tiefen Eindruck auf mich machte. Nein, das war keine Musik, wie ich sie später zu hören Gelegenheit gehabt habe! Das waren nicht Töne einer Geige, sondern es war, als wenn zum erstenmal in unserer dunklen Wohnung jemandes grauenhafte Stimme erdröhnte. Oder waren meine Empfindungen falsch, vielleicht krankhaft und überreizt, oder hatte das, was ich bereits erlebt und gesehn, meine Gefühle auf diese erschütternden und erlösungslos qualvollen Eindrücke schon derartig vorbereitet. Gleichviel! – ich bin trotzdem fest überzeugt, daß ich Gestöhn, eines Menschen Schreie und Schluchzen hörte. Tiefste Verzweiflung schrie aus diesen Tönen, und als es schließlich zum furchtbaren Finale kam, in dem alles hervorbrach, was es an schluchzendem Weh, was es an Qual in zerquälten Herzen und an Sehnsucht in hoffnungslosem Sehnen gibt, und als all das sich plötzlich wie zu einem einzigen Ausdruck vereinigte ... da konnte ich es nicht mehr aushalten – ich erbebte, Tränen entströmten meinen Augen und mit einem verzweifelten Schrei stürzte ich zum Vater und umklammerte ihn mit meinen Armen. Er schrie auf und ließ seine Geige sinken.

Eine Weile stand er wie geistesabwesend. Dann begannen seine Augen nach allen Seiten hin zu springen und zu laufen, als suche er etwas – plötzlich erfaßte er die Geige, holte mit ihr über meinem Kopfe aus ... noch ein Augenblick, und er hätte mich wohl auf der Stelle erschlagen.

»Papa!« schrie ich auf, »Papachen!«

Er erzitterte am ganzen Körper und trat taumelnd zwei Schritte zurück.

»Ach! Da bist ja auch du noch! So ist noch nicht alles aus! So bist du mir noch geblieben!« schrie er, mich an den Schultern mit Wucht emporhebend.

»Papachen!« rief ich, in der Luft von ihm gehalten, »nicht, nicht! Ich fürchte mich! Ach, bitte, nicht!«

Mein Weinen schien Eindruck auf ihn zu machen. Er stellte mich vorsichtig wieder hin und sah mich eine Weile stumm an, als erkenne er mich – und erinnere sich nach und nach an etwas Vergessenes. Und plötzlich war es, als drehe ihn innerlich irgend etwas um, als träfe ihn plötzlich ein furchtbarer Gedanke – aus seinen trüben Augen brach ein Strom von Tränen, und er beugte sich zu mir nieder und begann mir aufmerksam ins Gesicht zu sehen.

»Papachen!« bettelte ich angstvoll, »sieh mich nicht so an, Papachen! Laß uns von hier fortgehen! Komm schnell! Komm, wir wollen laufen!«

»Ja, laufen wir, laufen wir! Es ist Zeit! Gehen wir, Njetotschka! Schnell, schnell!« Und eine Hast kam über ihn, als sei er erst jetzt darauf verfallen, was er zu tun hatte. Geschäftig sah er sich nach allen Seiten um, – ein Taschentuch der Mutter, das auf dem Fußboden lag, hob er schnell auf und steckte es zu sich, dann erblickte er noch eine Kopfbedeckung und auch diese hob er auf und verbarg sie bei sich, als rüste er sich zu einer weiten Reise und wolle sich nun mit allem versorgen, was er vielleicht brauchen konnte.

Ich zog mir im Nu mein Kleid an und begann gleichfalls in großer Eile zusammenzuraffen, was mir für die Reise notwendig erschien.

»Hast du alles? Hast du alles?« fragte er, mich zur Eile antreibend, »ist alles fertig? Dann schnell, schnell!«

Ich machte eilig mein Bündel fertig, warf mir ein Tuch um den Kopf und schon waren wir im Begriff, das Zimmer zu verlassen, als es mir plötzlich einfiel, daß ich ja auch noch das Bild, das an der Wand hing, mitnehmen mußte. Der Vater war damit sogleich einverstanden. Er war jetzt ganz still, sprach nur flüsternd und trieb mich nur zur Eile an. So holten wir beide einen Stuhl herbei, stellten auf ihn die Bank – und dann erst gelang es uns, als wir endlich mit Mühe und Not auf dieses wacklige Gestell hinaufgeturnt waren, das Bild zu erreichen. Damit hatten wir alle Vorbereitungen getroffen. Er nahm mich an der Hand und wir wollten schon gehen – aber plötzlich blieb er stehen. Er rieb sich lange die Stirn, als müsse er sich auf irgend etwas besinnen, was wir noch vergessen hatten. Endlich fiel es ihm ein: er suchte unter dem Kopfkissen der Mutter nach dem Schlüsselbund, schloß die Kommode auf und begann eilig nach etwas zu suchen und zu wühlen. Endlich kehrte er zu mir zurück und brachte mir einiges Geld, das er in der Schatulle gefunden hatte.

»Hier, nimm, nimm das, verwahre es«, flüsterte er, »verlier's nicht, und vergiß es nicht, vergiß es nicht!«

Er gab mir zuerst das Geld in die Hand, nahm es aber wieder zurück und steckte es mir in das Leibchen. Ich weiß noch, daß ich zusammenzuckte, als dieses Silber meinen Körper berührte, und es war, als begriffe ich jetzt zum erstenmal, was Geld ist. Wir waren nun wieder fertig zum Aufbruch, doch plötzlich hielt er mich nochmals zurück.

»Njetotschka!« – er dachte ersichtlich mit großer Anstrengung nach. »Mein Kindchen, ich hab's vergessen ... Ja, was denn? ... was war's doch? ... Ich weiß nicht mehr ... Ja, ja, richtig! da fällt's mir ein! ... Komm her, Njetotschka!«

Er führte mich nach dem Winkel, wo das Heiligenbild hing, und sagte, ich solle niederknien.

»Bete, mein Kind, bete! Es wird für dich besser sein! ... Ja, wirklich, es wird besser sein«, flüsterte er mir zu, auf das Heiligenbild deutend, und dabei sah er mich so seltsam an. »Bete, Njetotschka, bete, bete!« sagte er mit eigentümlich flehender, beschwörender Stimme.

Ich warf mich auf die Knie, faltete die Hände, und, erfüllt von Entsetzen, von Verzweiflung, die sich meiner bemächtigt hatten, schlug ich mit der Stirn auf den Boden und lag minutenlang wie erstarrt. Ich nahm krampfhaft alle meine Gedanken zusammen, sammelte alle meine Gefühle in meinem Gebet – aber die Angst überwältigte mich. Ich erhob mich wie gemartert von Leid. Ich wollte nicht mehr mit ihm gehen; ich fürchtete ihn; ich wollte dableiben. Schließlich brach das, was mich so quälte und bedrückte, mit Gewalt aus mir hervor.

»Papa!« rief ich unter strömenden Tränen, »aber Mama? ... – Was wird mit Mama? Wo ist sie? Wo ist meine Mama?«

Die Tränen erstickten meine Stimme, ich brachte nichts mehr hervor.

Auch er sah mich unter Tränen an. Dann faßte er mich an der Hand, führte mich zum Bett, schob den draufgeworfenen Haufen Kleider fort und schlug die Decke zurück. Mein Gott! Sie lag tot da, schon erkaltet und erstarrt. Das Gesicht hatte bereits bläuliche Leichenfarbe. Da warf ich mich wie eine Irrsinnige über sie und umklammerte ihren Leichnam. Der Vater hieß mich niederknien.

»Verneige dich vor ihr, Kind! nimm Abschied von ihr ...«

Ich verneigte mich tief. Der Vater tat es zugleich mit mir ... Er war unheimlich bleich; seine Lippen bewegten sich und schienen zu flüstern.

»*Ich* war es *nicht,* Njetotschka, *ich nicht«,* sagte er zu mir, mit zitternder Hand auf die Leiche deutend. »Hörst du, *ich nicht: ich bin nicht schuld daran.* Behalt das, Njetotschka.«

»Papa, laß uns jetzt gehen«, flüsterte ich angstvoll. »Es ist Zeit!«

»Ja, jetzt ist's Zeit, schon längst Zeit!« sagte er schnell, faßte fest meine Hand und beeilte sich, das Zimmer zu verlassen. »So, jetzt brechen wir auf! Gott sei Dank, Gott sei Dank, jetzt hat alles ein Ende!«

Wir stiegen die Treppen hinunter. Der verschlafene Hausmeister öffnete uns die Tür, während er uns etwas mißtrauisch musterte und sich fragen mochte, weshalb der Vater sich so beeilte, daß ich ihm kaum nachkam. Wir gingen unsere Straße bis zum Ende und gelangten auf den Kai des Kanals. Es hatte geschneit; der Schnee lag weiß auf der Straße, und es schneite auch jetzt noch in feinen Flöckchen. Es war eine kalte Nacht; mich fror bis ins Mark und ich lief dem Vater nach, mich krampfhaft an seinem Frackschoß festhaltend. Die Geige hatte er unterm Arm und immer wieder blieb er stehen, um das Futteral, das zurückglitt, nach vorn zu ziehen.

Wir gingen etwa eine Viertelstunde. Da bog er vom Trottoir auf den abschüssigen Weg, der zum Kanal hinabführt, und setzte sich auf den letzten Prellstein. Zwei Schritte von uns war ein Durchgang. Ringsum war keine Menschenseele zu sehen. Gott! Als erlebte ich es noch in diesem Augenblick, so deutlich erinnere ich mich jenes furchtbaren Gefühls, das mich dort plötzlich erfaßte! Endlich also ging das in Erfüllung, wovon ich schon ein Jahr lang geträumt: wir hatten unser armseliges Heim verlassen ... Aber war es denn das, was ich ersehnt, was ich erträumt und erhofft, was meine Kinderphantasie aufgebaut, wenn ich mir das Glück desjenigen, den ich so unkindlich liebte, vorzustellen versucht hatte? Doch am meisten quälte mich plötzlich der Gedanke an die Mutter. Warum hatten wir sie verlassen? fragte ich mich, – so ganz allein? Warum hatten wir ihren

Leib wie eine unnütze Sache dort liegen lassen? Und ich weiß noch, das quälte und beunruhigte mich mehr als alles andere.

»Papachen«, begann ich, unfähig, meine qualvolle Sorge länger zu ertragen, »Papachen!«

»Was willst du?« fragte er rauh.

»Warum haben wir, Papa, warum haben wir Mama dort gelassen? Warum verließen wir sie?« fragte ich weinend. »Papachen! Laß uns nach Haus zurückkehren! Laß uns jemand zu ihr rufen.«

»Ja, ja!« rief er plötzlich auffahrend und er erhob sich vom Prellstein, als sei ihm etwas Neues eingefallen, das alle seine Zweifel aufhob. »Ja, Njetotschka, so geht das nicht: wir müssen zur Mama zurückkehren; sie hat es dort kalt! Geh zu ihr, Njetotschka, dort ist ein Licht, du weißt doch! Fürchte dich nicht, ruf jemand zu ihr und dann komm wieder her zu mir. Geh allein, ich werde dich hier erwarten ... Ich werde nirgendwohin fortgehen ...«

Ich ging, aber kaum war ich wieder auf dem Trottoir, als plötzlich ein Etwas durch mein Herz fuhr ... Jäh blickte ich mich um und da – sah ich ihn laufen, schon auf der anderen Seite, sah ihn von mir fortlaufen! Er verließ mich also, verließ mich in diesem Augenblick! Ich schrie aus aller Kraft und lief ihm in furchtbarer Angst nach. Ich war außer Atem, er aber lief immer schneller, immer schneller ... ich verlor ihn schon aus den Augen. Ich fand seinen Hut, den er im Laufen verloren hatte. Ich hob ihn auf und lief wieder weiter. Ich rang nach Atem, und meine Füße wollten versagen. Ich hatte die Empfindung, daß etwas Schreckliches mit mir geschah: es schien mir die ganze Zeit, daß das ein Traum sei, und zuweilen hatte ich sogar dasselbe Gefühl wie in einem Traum, wenn mir träumte, daß ich von irgend jemand fortlief, meine Füße aber brechen wollten, während meine Verfolger mich bereits erreichten – und ich selbst jäh in einen Abgrund stürzte. Qual wollte mich zerreißen: er tat mir so leid, mein Herz schrie nach ihm und es wollte brechen, als ich mir vorstellte, wie er lief, so ohne Mantel, ohne Hut, und noch dazu von mir fort, von mir, seinem geliebten Kinde ... Ich wollte ihn schließlich nur erreichen, um ihn noch einmal mit meinen Armen fest zu umschlingen und ihn zu küssen und ihm zu sagen, daß er mich nicht fürchten solle: um ihn meiner Liebe zu versichern, ihn zu beruhigen, um ihm zu sagen, daß ich ihm ja nicht weiter nachlaufen wolle, wenn er das nicht wünsche, daß ich vielmehr allein zur Mutter zurückgehen werde. Ich sah, wie er in eine Straße einbog. Als ich gleichfalls an diese Ecke kam und auch in die Straße einbog, sah ich ihn noch einmal, doch weit von mir, dahinlaufen ... Dann verließen mich meine Kräfte: ich fing an zu weinen, zu schreien. Ich weiß noch, daß ich während des Laufens mit zwei Herren zusammenstieß, die mitten auf dem Trottoir stehenblieben und verwundert uns beiden nachschauten.

»Papa! Papachen!« rief ich zum letztenmal, doch plötzlich glitt ich aus auf dem Trottoir und fiel hin, gerade vor dem Portal eines Hauses. Ich fühlte nur noch, wie Blut mein ganzes Gesicht überströmte. Im nächsten Augenblick verlor ich das Bewußtsein.

. . . . . . . . . . . . . . . . . . . . . .

Ich erwachte in einem weichen, warmen Bett und erblickte vor mir freundliche, liebevolle Gesichter, die über mein Erwachen sehr froh zu sein schienen. Ich sah eine alte kleine Frau mit einer Brille auf der Nase, einen großen Herrn, der mit tiefem Mitleid auf mich blickte, dann eine wunderschöne junge Dame und zuletzt einen kleinen alten Herrn, der meine Hand am Gelenk festhielt und auf seine Uhr sah. Ich war zu einem neuen Leben erwacht. Der eine von den beiden Herren, die mir begegnet waren, während ich dem Vater nachlief, war Fürst H. gewesen, und gerade vor dem Portal seines Hauses war ich hingefallen. Als man nach vieler Mühe endlich erfahren hatte, wer ich war, entschloß sich der Fürst, der meinem Vater das Billett geschickt hatte und nun nicht wenig bestürzt war über den seltsamen Zufall, mich in sein Haus aufzunehmen und mich zusammen mit seinen

Kindern zu erziehen. Nachforschungen nach dem Vater ergaben, daß er irgendwo außerhalb der Stadt angehalten und festgenommen worden war, wobei er sich in einem Anfall von Tobsucht wie rasend gewehrt hatte. Er wurde in ein Hospital geschafft, wo er nach zwei Tagen starb.

Er starb, weil ein solcher Tod die natürliche Folge seines Lebens war. Er mußte so sterben, als alles, was ihn im Leben bis dahin aufrechterhalten hatte, mit einem Mal zusammengebrochen, wie ein Phantasma, wie ein Traum vergangen war, wie ein körperloses leeres Phantasiegebilde. Er starb, als auch seine letzte Hoffnung dahinschwand, als das Werk seiner Einbildung wie mit einem einzigen Schlage vor seinen eigenen Augen zerschmettert worden war und ihm plötzlich alles das klar zur Erkenntnis kam, womit er sich sein Leben lang belogen und worauf er sich sein Leben lang gestützt hatte. Die Wahrheit blendete ihn mit ihrem unerträglichen Licht, und das, was Irrtum gewesen war, wurde nun auch für ihn selbst – Lüge. An jenem Abend hatte er die Kunst eines wirklichen Genies gehört, das unmittelbar von sich zu ihm sprach und das ihn zugleich auf ewig verurteilte. Mit dem letzten Ton, der den Saiten der Geige des großen S-z entflog, tat sich vor ihm das ganze Geheimnis der Kunst auf, und der Genius, der ewig junge, mächtige und echte, erdrückte ihn mit seiner Wahrheit. Als ob alles, was ihn sein ganzes Leben lang nur in geheimen, ungreifbaren Qualen gepeinigt, alles, was ihn bis dahin nur wie ein Spuk geschreckt und in seinen Träumen unfühlbar, unerhaschbar gequält hatte, was sich ihm, wenn auch nur von Zeit zu Zeit, ins Bewußtsein gedrängt, wovor er aber stets mit Entsetzen geflohen war, wovor er sich hinter der Lüge seines ganzen Lebens zu verschanzen gesucht, und alles, was ihm sein Vorgefühl gesagt, was er aber bis dahin nicht hatte einsehen wollen, – als ob all das plötzlich strahlend hell vor ihm aufgeleuchtet wäre und sich seinen Augen offenbart hätte, die sich bis dahin so eigensinnig geweigert hatten, das Licht als Licht anzuerkennen, und die Finsternis als Finsternis! Die Wahrheit aber war unerträglich für seine Augen, die zum erstenmal in all das hineinsahen, was gewesen, in das, was war und und in das, was ihn erwartete: sie blendete ihn und verbrannte seine Vernunft. Sie traf ihn jäh wie ein Blitz, und sie zündete auch wie ein Blitz. So war denn das geschehen, was er sein Leben lang mit Bangen und Schauder erwartet hatte. Das Richtschwert, das schon immer über seinem Kopf gehangen, als habe er zeit seines Lebens in unsagbaren Qualen jeden Augenblick erwartet, daß es auf ihn niederfallen werde, – nun endlich war es wirklich gefallen! Der Schlag war tödlich. Er wollte fliehen vor dem Gericht über sich, aber es gab für ihn kein Wohin, denn seine letzte Hoffnung war verschwunden, seine letzte Entschuldigung ihm genommen. Diejenige, deren Leben so viele Jahre auf ihm gelastet, die ihn angeblich nicht leben ließ, die, nach deren Tode er seinem blinden Glauben nach plötzlich aufleben, ja, gewissermaßen auferstehen würde, – die war nun tot. Jetzt war er endlich allein, nichts bedrückte ihn mehr: jetzt war er endlich frei! Da wollte er zum letztenmal in krampfhafter Verzweiflung ein Urteil über sich fällen, wollte wie ein unparteiischer Richter ohne Ansehen der Person unerbittlich streng und gerecht über sich selbst Gericht halten. Doch sein entkräfteter Bogen war unfähig, seinen innersten musikalischen Willen zu gestalten ... Und in dem Augenblick, als er das erkannte, ergriff der Wahnsinn, der schon zehn Jahre lang ihn umlauert hatte, von ihm Besitz.

## IV

Meine Genesung machte nur langsame Fortschritte; und auch dann noch, als ich schon nicht mehr zu Bett lag, waren meine Sinne noch lange Zeit wie gelähmt und ich konnte nicht begreifen, was nun eigentlich mit mir geschehen war. Es gab Augenblicke, wo es mir schien, daß ich träume, und ich weiß noch, wie sehr ich wünschte, daß alles Geschehene wirklich nur ein Traum gewesen sein möge! Wenn ich abends einschlief, dann hoffte ich, plötzlich wieder in unserer ärmlichen Dachstube zu erwachen und den Vater und die Mutter zu erblicken ... Allmählich aber wurde mir doch meine neue Lage klarer und ich begriff nach und nach, daß ich ganz allein zurückgeblieben war und bei fremden Menschen lebte. Da fühlte ich es denn zum erstenmal, daß ich eine Waise war.

Wißbegierig begann ich, all das Neue, das mich nun umgab, zu betrachten und zu beobachten. Anfangs erschien mir das Ganze so seltsam und märchenhaft, alles verwirrte mich: sowohl die neuen Gesichter wie die neue Lebensart und die Gemächer des alten fürstlichen Hauses, die mir noch heute so deutlich vor Augen stehen, – so groß und hoch und prächtig, aber auch so düster und dunkel waren sie, daß ich, ich weiß es noch wie heute, im Ernst fürchtete, durch irgendeinen langen, langen Saal gehen zu müssen, in dem ich mich, wie mir schien, vollständig zu verlieren glaubte. Meine Krankheit war noch nicht ganz überstanden, und deshalb waren auch meine Eindrücke so lastend, wie es bei meiner Stimmung und dem Düster-Feierlichen dieses Hauses wohl eben nicht anders sein konnte. Hinzukam, daß eine mir selbst unklare Sehnsucht und Bangigkeit in meinem kleinen Kinderherzen immer größer wurde. Mit Verwunderung blieb ich zuweilen vor einem Gemälde, einem Spiegel, einem Kamin von kunstvoller Arbeit stehen, oder vor einer Statue, die sich gleichsam nur zu dem Zweck in einer tiefen Nische versteckt hatte, um von dort aus mich besser beobachten zu können oder mich irgendwie zu erschrecken. – Ich blieb stehen und dann wußte ich plötzlich selbst nicht mehr, weshalb ich stand, was ich wollte, woran ich dachte, und nach diesem Erwachen befiel mich immer eine gewisse Angst und Verwirrung und mein Herz schlug laut.

Von den Menschen, die ich während meiner Krankheit außer dem alten kleinen Hausarzt hin und wieder zu sehen bekam, machte ein schon ältlicher Herr den größten Eindruck auf mich. Er war immer ernst, aber zugleich war er so gütig, und er konnte mich bisweilen mit so tiefem, aufrichtigem Mitleid ansehen! Sein Gesicht war mir bald das liebste von allen. Gern hätte ich mit ihm gesprochen, aber ich wagte nicht anzufangen: er sah fast immer niedergeschlagen aus, auch sprach er wenig, meist nur ein paar Worte, und niemals erschien ein Lächeln auf seinen Lippen. Das war der Fürst H., der mich gefunden und in seinem Hause aufgenommen hatte. Als ich mich schon auf dem Wege der Besserung befand, wurden seine Besuche seltener. Und als er, wie es hieß, zum letztenmal kam, brachte er mir Konfekt, ferner ein Kinderbuch mit Bildern mit und küßte und bekreuzte mich und bat mich, doch nicht mehr so traurig zu sein. Während er mir tröstend zuredete, sagte er mir, daß ich bald eine Freundin haben werde, ein kleines Mädchen wie ich, seine Tochter Kátja, die vorläufig noch in Moskau sei. Darauf sprach er mit einer ältlichen Französin, der Erzieherin seiner Kinder, und mit dem mich pflegenden Mädchen, wies auf mich und verließ uns. Seitdem sah ich ihn ganze drei Wochen nicht. Der Fürst lebte in seinem Hause sehr zurückgezogen. Die größere Hälfte des Hauses bewohnte die Fürstin, aber auch sie sah ihren Mann oft wochenlang nicht ein einziges Mal. Mit der Zeit fiel es mir auf, daß auch die Dienstboten, daß überhaupt alle Hausbewohner selten von ihm sprachen, als hätte er gar nicht im Hause gelebt. Alle achteten ihn und augenscheinlich liebten sie ihn sogar, indessen schienen sie ihn doch für so etwas wie einen Sonderling zu halten. Und es war, als wisse auch er, daß er sehr seltsam erschien, irgendwie unähnlich den anderen Menschen, und als vermeide er es deshalb nach Möglichkeit, sich zu zeigen ... Ich werde an einer anderen Stelle noch auf ihn zurückkommen und sehr viel und recht ausführlich von ihm erzählen müssen.

Eines Morgens zog man mir neue feine Wäsche an und ein schwarzes wollenes Kleid mit weißem Trauerbesatz –

ein Kleid, auf das ich mit trauriger Verwunderung sah. Mein Haar wurde sorgfältig gebürstet, und dann führte man mich aus den oberen Zimmern nach unten in die Gemächer der Fürstin. Ich stand wie gebannt, als die mich Führende schließlich meine Hand freigab: eine solche Pracht, solch einen Reichtum ringsum hatte ich noch nie gesehen. Dieser Eindruck währte aber nur einen Augenblick und ich erbleichte, als ich die Stimme der Fürstin vernahm, die mich näher herantreten hieß. Schon während des Ankleidens hatte ich gefühlt und gefürchtet, daß mich irgendeine Qual erwartete, obschon ich selber nicht begreife, wie ich auf diesen Gedanken kam. Überhaupt trat ich mit einem seltsamen Mißtrauen in die Welt meines neuen Lebens, und dieses Mißtrauen brachte ich ohne Ausnahme allem entgegen, was an Neuem an mich herantrat.

Die Fürstin war sehr freundlich zu mir und küßte mich. Da wagte ich denn, sie etwas weniger befangen anzusehen. Sie war dieselbe schöne Dame, die ich schon an meinem Bett gesehen hatte, als ich aus meiner Bewußtlosigkeit zu mir kam. Ich küßte ihre Hand, zitterte aber dabei doch so sehr, daß ich auf ihre Fragen keine einzige Antwort zu geben vermochte – ich konnte mich einfach nicht so weit sammeln. Ich mußte mich auf ein niedriges Taburett neben sie hinsetzen. Ich glaube, dieser Platz war schon im voraus für mich bestimmt. Dem Anschein nach hatte die Fürstin nur den einen Wunsch, mich ganz für sich zu gewinnen und mir vollständig die Mutter zu ersetzen. Ich dagegen konnte nicht begreifen, daß ich zwar bereits in ihrer Gunst stand, durch mein Verhalten aber in ihrer Einschätzung nichts gewann. Man gab mir ein schönes Bilderbuch und sagte, ich solle die Bilder betrachten. Die Fürstin selbst schrieb an einem Brief, hielt aber hin und wieder im Schreiben inne, um verschiedene Fragen an mich zu stellen, auf die ich jedoch nichts Gescheites zu antworten wußte – ich war verwirrt, stockte, verlor den Faden und wagte nicht, von neuem anzufangen. Kurz, obschon mein früheres Leben ein recht ungewöhnliches gewesen war und die größere Rolle das Schicksal in ihm gespielt hatte, indem es die Wege der Eltern, man kann wohl sagen, mystisch verband, und obgleich dieses Leben überhaupt viel Interessantes und Unerklärliches, ja sogar etwas Phantastisches gehabt hatte, so erschien ich doch in diesem Augenblick – es wirkte ordentlich komisch inmitten der ganzen melodramatischen Situation, in der ich mich befand – als ein ganz gewöhnliches, schüchternes oder eingeschüchtertes und genau genommen sogar dummes Kind. Namentlich letzteres gefiel der Fürstin äußerst wenig, und ich glaube, sie hatte mich sehr bald satt, was natürlich nur meine Schuld war. Gegen drei Uhr kamen die ersten Gäste – es war der Empfangstag der Fürstin – und sie war nun wieder sehr freundlich und lieb zu mir. Auf die Fragen der Fremden nach mir, antwortete sie: oh, das sei ein sehr interessanter Fall – und dann erzählte sie auf französisch alles Weitere. Während ihrer Erzählung sahen mich alle an, man schüttelte die Köpfe, Ausrufe des Bedauerns wurden laut. Ein junger Herr richtete seine Lorgnette auf mich und musterte mich eingehend; ein wohlriechender alter kleiner Herr wollte mich küssen, ich aber saß erbleichend und errötend, mit niedergeschlagenen Augen da, wagte mich nicht zu rühren und zitterte am ganzen Körper. Mein Herz schlug dumpf und tat mir zum Zerbrechen weh. Ich versetzte mich in mein früheres Leben, in unsere ärmliche Dachkammer, ich dachte an den Vater, an unsere langen, schweigsamen Abende, an die Mutter, und als ich an die Mutter dachte – da schwammen meine Augen plötzlich in Tränen und die Kehle war mir wie zugeschnürt. Ach, und ich wäre so gern fortgelaufen, verschwunden, allein geblieben ... Dann, als der letzte Besuch gegangen war, wurde das Gesicht der Fürstin wieder merklich strenger. Sie sah mich jetzt nichts weniger als freundlich an, sprach trocken zu mir, indes ihre durchdringend blickenden fast schwarzen Augen auf mir ruhten, die bisweilen wohl eine Viertelstunde lang auf mich gerichtet waren, und ihre fest zusammengepreßten schmalen Lippen mich ganz besonders einschüchterten. Am Abend wurde ich nach oben zurückgeführt. Ich fieberte im Einschlafen, erwachte in der Nacht aus wirren Träumen, weinte und war so unglücklich! Am nächsten Tage aber begann wieder dasselbe Spiel, man brachte mich wieder zur Fürstin. Schließlich wurde es ihr langweilig, ihren Gästen von mir zu erzählen, und ebenso den Gästen, ihr Mitleid und Bedauern zu äußern. Überdies war ich auch noch ein so gewöhnliches Kind, »ohne jegliche Naivität«, wie, ich weiß noch, die Fürstin sich in einem Gespräch mit einer älteren Dame unter vier Augen auf deren Frage ausdrückte, ob es sie denn wirklich nicht langweile, sich mit mir »abzugeben«? Da wurde ich denn am Abend fortgeführt und brauchte nicht wieder zu ihr zurückzukehren. Ich hatte meine Rolle in ihrer Gunst ausgespielt. Übrigens durfte ich überall hingehen und mich aufhalten, wo ich wollte. Und ich konnte auch nicht stillsitzen: eine tiefe, krankhafte Unruhe, die wohl aus dem Heimweh und einer unbestimmten Sehnsucht irgendwohin entstand, peinigte mich und ich war froh, wenn ich endlich von allen fortgehen konnte, nach unten in die großen Räume. Ich weiß noch, ich hätte so gern mit den Dienstboten gesprochen, aber ich fürchtete, sie könnten böse werden, und so schwieg ich lieber und blieb allein. Mein liebster Zeitvertreib war: mich irgendwo in einem Winkel zu verstecken, wo es möglichst unauffällig war – hinter einem Stuhl oder einem anderen Gegenstand, der mich vollständig verbarg – und mich dann dort gleich in die Erinnerung zu versenken und über alles, was mit mir geschehen war, nachzudenken. Doch sonderbar! – Das Ende meines Zusammenseins mit den Eltern, diese furchtbaren letzten Tage unseres gemeinsamen Lebens, die hatte ich wie vergessen, wenigstens als lebendige Vorgänge lebten sie nicht mehr in mir. Freilich wußte ich noch alles – entsann mich der Nacht und der Geige und des Vaters, ich wußte, wie ich ihm das Geld verschafft hatte; aber alle diese Vorgänge, sagen wir, begreifen, sie mir erklären – das konnte ich nicht ... Es wurde mir nur noch schwerer ums Herz, und wenn ich in der Erinnerung zu jenem Augenblick gelangte, wo der Vater mich vor der toten Mutter niederknien hieß, dann erschauerte ich plötzlich vor Kälte. Ich zitterte und hätte schreien mögen. Das Atmen wurde mir schwer, so eng wurde mir die Brust und so laut pochte mein Herz, daß ich schließlich erschrocken aus meinem Winkel hinausstrebte und wieder nach oben lief. Übrigens, ich sagte, daß man mich allein ließ, das ist aber nicht ganz wörtlich zu nehmen: ich wurde die ganze Zeit mit peinlicher Gewissenhaftigkeit beaufsichtigt, denn der Fürst hatte es so angeordnet, daß man mir volle Freiheit geben, jedoch mich gleichzeitig nie aus den Augen lassen solle. Es fiel mir auf, daß von Zeit zu Zeit jemand von den Dienstboten oder von den anderen, die im Hause lebten, in das Zimmer sah, wo ich mich gerade aufhielt, und dann wieder fortging, ohne ein Wort zu sagen. Diese Aufmerksamkeit wunderte mich und zum Teil beängstigte sie mich sogar. Ich begriff nicht, warum man das tat. So dachte ich mir denn, man wolle mich zu irgendeinem Zweck aufbewahren und dann später Gott weiß was mit mir angeben. Ich weiß noch, deshalb wollte ich auch das Haus immer weiter durchsuchen, um ein Versteck auszukundschaften, in dem ich mich im Notfall verbergen konnte.

So verirrte ich mich einmal und kam ganz unvermutet ins Treppenhaus. Da war alles aus weißem Marmor, die Treppe selbst mit Läufern bedeckt und mit Blumen und Vasen geschmückt. Auf jedem Absatz der Treppe saßen je zwei große Menschen, die sehr bunt gekleidet waren, in Handschuhen und blendend weißen Halsbinden. Ich sah sie in höchster Verwunderung an und konnte trotz eifrigen Nachdenkens nicht begreifen, warum sie dort saßen, schwiegen und nur einander ansahen, sonst aber nichts taten.

An diesen einsamen Streifzügen durch das fürstliche Palais fand ich mit der Zeit immer mehr Gefallen. Aber es gab da noch einen anderen Grund, weshalb ich so gern aus den oberen Zimmern fortlief. Dort oben lebte eine alte

Tante des Fürsten, ein altes Fräulein, das so gut wie nie das Haus, ja, fast nicht einmal ihre Zimmer verließ. Diese alte Dame war womöglich die wichtigste Person im Hause, und ich fürchtete sie sehr. Im Verkehr mit ihr beobachteten alle eine geradezu feierliche Etikette und sogar die Fürstin, die so stolz und selbstbewußt auf alle herabsah, mußte genau zweimal wöchentlich, an bestimmten Tagen, der Tante persönlich ihren Besuch machen. Sie kam gewöhnlich vormittags; es entspann sich ein trockenes Gespräch, das häufig von feierlichem Schweigen unterbrochen wurde, während die Alte ein Gebet flüsterte oder den Rosenkranz durch ihre Finger gleiten ließ. Der Besuch dauerte so lange, wie die Tante es gerade für gut befand: sie erhob sich dann von ihrem Platz und küßte die Fürstin auf den Mund, womit sie zu verstehen gab, daß die Fürstin sie nun verlassen konnte. Anfangs hatte die Fürstin diese Tante sogar jeden Tag besuchen müssen, dann aber war auf Wunsch der alten Dame eine Änderung und Erleichterung erfolgt: die Fürstin brauchte hinfort an den übrigen fünf Tagen der Woche nicht mehr persönlich zu erscheinen, sondern mußte sich nur an jedem Morgen durch einen Diener nach dem Befinden des alten fürstlichen Fräuleins erkundigen. Überhaupt verbrachte sie ihr Leben fast wie in einer Klosterzelle. Mit fünfunddreißig Jahren hatte sie sich auch wirklich einmal in ein Kloster zurückgezogen und siebzehn Jahre daselbst verlebt, jedoch nicht den Schleier genommen. Dann hatte sie das Kloster wieder verlassen und war nach Moskau gezogen, um bei ihrer Schwester, einer verwitweten Gräfin L., deren Gesundheit mit jedem Jahr mehr zu wünschen übrigließ, zu wohnen und sich auch mit der ältesten Schwester, einer gleichfalls unverheirateten Fürstin H., zu versöhnen, nachdem sie etwa zwanzig Jahre lang in Feindschaft mit ihr gelebt hatte. Man sagt aber, die drei alten Damen sollen keinen Tag in Eintracht verbracht haben, tausendmal seien sie schon im Begriff gewesen, auseinanderzugehen, was sie dann aber doch nicht taten, da schließlich eine jede von ihnen den beiden anderen unentbehrlich geworden war, eben weil die Streitigkeiten die Langeweile und damit die trüben Stunden des Alterns verscheuchten. Aber ungeachtet dieses ihres wenig anziehenden Lebens und des feierlichen Stumpfsinns, der in ihrem Moskauer Palais herrschte, hielt es dennoch die ganze Moskauer Gesellschaft für ihre Pflicht, die Besuche bei den drei alten Damen fortzusetzen. Man sah in ihnen einfach die Hüterinnen aller aristokratischen Überlieferungen und Gesetze des alten Bojarentums. Die Gräfin soll übrigens eine prächtige Frau gewesen sein, wenigstens lebte sie noch nach ihrem Tode in vielen guten Erinnerungen fort. Petersburger, die nach Moskau kamen, machten bei ihnen ihren ersten Besuch. Wer in ihrem Hause empfangen wurde, der wurde überall empfangen. Nach dem Tode der Gräfin trennten sich die unverheirateten Schwestern: die ältere blieb in Moskau und trat dort ihren Teil von der Hinterlassenschaft der kinderlosen Gräfin an, und die jüngere, die zeitweilige Klosterfrau, siedelte nach Petersburg zu ihrem Neffen, dem Fürsten H., über. Dafür mußten die beiden Kinder des Fürsten, Katja und Alexander, nach dem Tode der Gräfin in Moskau bei der Großtante bleiben, zu deren Zerstreuung und Trost in der Einsamkeit. Die Fürstin, die ihre Kinder leidenschaftlich liebte, durfte kein Wort dawider reden und mußte für die ganze Zeit der Trauer auf ihre Kinder verzichten. Ich vergaß zu sagen, daß das ganze Haus noch Trauer trug als ich hinkam, aber die Frist nahte sich schon ihrem Ende.

Die alte kleine Dame kleidete sich nur in Schwarz, und die Kleider waren alle von gewöhnlichem, schwarzem Wollstoff. Dazu trug sie feingefältelte und gesteifte weiße Krägelchen, die ihr das Aussehen einer Stiftsdame verliehen. Der Rosenkranz kam nie aus ihrer Hand, und feierlich fuhr sie regelmäßig zum Morgengottesdienst, fastete nahezu täglich, empfing verschiedene höhere Geistliche und andere ehrbare Personen und las in frommen Büchern. Sie führte, mit einem Wort, ein richtiges Klosterleben. Deshalb herrschte auch in den oberen Zimmern eine unheimliche Stille; nicht einmal eine Tür durfte kreischen: die Alte hatte ein Gehör wie eine Fünfzehnjährige und ließ sogleich nach der Ursache des geringsten Geräusches fragen. Deshalb sprachen dort alle nur flüsternd und schlichen auf den Fußspitzen, ja, die arme Französin, auch ein altes Dämchen, mußte sogar auf ihr geliebtes Schuhwerk verzichten – auf Stiefel mit hohen Absätzen! Denn: Absätze waren verpönt. Zwei Wochen nach meiner Aufnahme im Hause begann die alte Dame sich plötzlich nach mir zu erkundigen: wer ich sei, was ich tue, wie ich ins Haus gekommen usw., usw. Ihre Wißbegier wurde sogleich mit größter Diensteifrigkeit befriedigt. Darauf erschien der zweite Abgesandte bei der Französin, um zu fragen, warum die Prinzessin mich bis jetzt noch nicht zu Gesicht bekommen habe. Da war die Aufregung groß: mir wurde schnell das Haar gekämmt, wurden Gesicht und Hände gewaschen, obschon sie ganz sauber waren, man zeigte mir, wie ich mich verbeugen, wie ich die Hand küssen mußte, auch sollte ich freundlich dreinschauen und munter sprechen – kurz, man brachte mich vollständig aus dem Gleichgewicht. Darauf machte sich von uns aus eine Abgesandte auf den Weg, um die Prinzessin zu fragen, ob sie nicht das Waisenkindchen zu sehen wünsche? Die Antwort lautete zunächst verneinend, danach aber gab sie eine andere Stunde an: man solle mich am nächsten Tage nach der Morgenandacht zu ihr bringen. Ich schlief die ganze Nacht nicht, und man sagte mir später, ich hätte viel phantasiert, wohl weil ich im Traum schon zu ihr gegangen sei, denn ich hätte sie aus Gott weiß welchem Grunde immer wieder um Verzeihung gebeten. Endlich erfolgte meine Vorstellung. Ich erblickte eine hagere, kleine Dame, die in einem riesengroßen Lehnstuhl saß. Sie nickte mir zu und setzte sich die Brille auf, um mich besser betrachten zu können. Ich weiß noch, daß ich ihr gar nicht gefiel. Sie machte die Bemerkung, ich sei ganz verwildert, verstände weder die Hand zu küssen noch zu knixen. Es folgten Fragen, auf die ich keine Silbe zu antworten wußte; als sie mich aber nach meinen Eltern zu fragen anfing, da begann ich zu weinen. Das war der alten Dame sehr unangenehm. Übrigens versuchte sie mich zu trösten und sagte mir, ich solle auf Gott vertrauen. Darauf fragte sie, wann ich zum letztenmal in der Kirche gewesen sei, und da ich ihre Frage kaum verstand (denn in der Beziehung wußte ich noch so gut wie nichts), geriet sie in Entsetzen über meine bisherige Erziehung. Sie ließ die Fürstin zu sich bitten. Es folgte eine ernste Beratung, die damit endete, daß man beschloß, mich sogleich am nächsten Sonntag in die Kirche zu führen. Bis dahin wollte die alte Dame für mich beten. Zugleich sagte sie, man solle mich wegbringen, ich hätte einen sehr ungünstigen Eindruck auf sie gemacht. Das war freilich kein Wunder, anders hätte es wohl gar nicht sein können. Aber ihr Mißfallen war doch schon mehr als augenscheinlich. Am selben Tage noch ließ sie sagen, ich sei zu unartig, man höre mich im ganzen Hause – während ich die Zeit über mäuschenstill gesessen hatte. Natürlich hatte es der alten Dame nur so geschienen. Indes erfolgte diese Bemerkung auch am nächsten Tage. Zum Unglück ließ ich noch eine Tasse fallen, die auf dem Parkett zerschlug. Darüber gerieten die Französin und alle Dienerinnen fast außer sich, und ich wurde sogleich ins entlegenste Zimmer gebracht, wohin mir alle händeringend und kopfschüttelnd folgten.

Ich erinnere mich nicht mehr, wie die Sache schließlich auslief. Jedenfalls lag hier der andere Grund, weshalb ich mich so viel lieber unten in den großen Räumen aufhielt, denn dort, das wußte ich, beunruhigte ich keinen Menschen.

Einmal saß ich unten in einem Saal ganz allein. Ich saß, das Gesicht wieder in den Händen vergraben, den Kopf gesenkt, und rührte mich nicht. Ich weiß nicht, wie viele Stunden darüber vergingen. Ich dachte und dachte vergeblich, denn mein junger unreifer Verstand konnte meinen Gram nicht bewältigen; dabei wurde es mir immer schwerer ums Herz und mein Kummer wurde immer größer. Da vernahm ich plötzlich eine leise Stimme über mir:

»Was fehlt dir, mein armes Kind?«

Ich sah auf: es war der Fürst. Aus seinem gütigen Gesicht sprach soviel tiefes Mitleid, so aufrichtige Teilnahme! Aber ich sah ihn so unglücklich, so traurig an, daß seine großen blauen Augen feucht wurden.

»Arme kleine Waise!« sagte er leise und streichelte meinen Kopf.

»Nein, nein, nicht Waise! Nein!« stammelte ich, und ich stöhnte auf, denn alles erhob sich in mir und ich wollte mich gleichsam losringen von etwas Ungreifbarem, das mich zu umklammern drohte. Ich glitt vom Stuhl, hielt seine Hand umfaßt, küßte sie, daß meine Tränen sie benetzten, und wiederholte nur flehend:

»Nein, nein, nicht Waise! Nicht!«

»Mein Kind, – was hast du nur, meine arme Kleine? Was fehlt dir, Njétotschka?«

»Wo ist Mama? Wo ist meine Mama?« rief ich, laut aufschluchzend, unfähig, meinen Kummer noch länger zu verbergen, und kraftlos sank ich vor ihm auf die Knie. »Wo ist meine Mama? Sag' mir, wo ist meine Mama?«

»Verzeih mir, mein Kind! ... Ach, du arme Kleine, da habe ich sie daran erinnert ... Mein Gott, was habe ich getan! Komm, gehen wir, Njetotschka, komm mit mir!«

Er faßte mich an der Hand und führte mich mit sich fort. Er war sichtlich erschüttert. Wir gelangten in einen Raum, in dem ich noch nie gewesen war.

Es war die Hauskapelle. Draußen herrschte bereits Dämmerung. Im Licht der Lämpchen strahlten hell die goldenen Einfassungen und die Edelsteine der Heiligenbilder. Aus all diesem Glanz und Gold schauten dunkel und matt die Antlitze der Heiligen. Alles erinnerte hier so wenig an die anderen Zimmer, war so unähnlich dem, was ich bis dahin überhaupt gesehen hatte, war so geheimnisvoll und ernst, daß ich bestürzt stillstand und der Schreck sich meines Herzens bemächtigte. Meine Nerven waren ja ohnehin schon in krankhafter Erregung.

Der Fürst ließ mich vor dem Muttergottesbilde niederknien und blieb neben mir stehen.

»Bete, Kind, bete hier; oder laß uns gemeinsam beten«, sagte er mit leiser, stockender Stimme.

Ich konnte aber nicht beten: ich war so bestürzt, so erschrocken ... mir fielen die Worte des Vaters ein, in jener letzten Nacht, an der Leiche der Mutter, und ich bekam einen neuen Nervenanfall. Ich mußte wieder das Bett hüten, und während dieser zweiten Periode meiner Krankheit wäre ich beinah gestorben. Die Ursache dieser Verschlimmerung war folgende:

Eines Morgens schlug ein bekannter Name an mein Ohr: „... S–z ..." Jemand von den Hausgenossen hatte den Namen an meinem Bett genannt. Ich fuhr zusammen: die Erinnerungen stürmten auf mich ein, ich sah wieder alles vor mir, und träumend und mich quälend lag ich in Fieberphantasien, ich weiß nicht, wie viele Stunden. Als ich erwachte, mußte es schon sehr spät sein: im Zimmer war es dunkel. Die Nachtlampe war erloschen, das Mädchen, das im Zimmer gesessen hatte, war nicht da. Plötzlich hörte ich ferne Musik. Bisweilen verstummten die Töne ganz, dann aber wurden sie wieder deutlicher und deutlicher, als näherten sie sich mir. Ich weiß nicht, welch ein Gefühl sich meiner bemächtigte, noch welch eine Absicht in meinem fiebernden Kopf plötzlich entstand. Ich erhob mich, stieg aus dem Bett (woher ich die Kraft dazu nahm, weiß ich nicht), zog mir schnell mein Trauerkleidchen an und verließ tastend das Zimmer. Im zweiten und dritten Zimmer traf ich auch keine Menschenseele. Endlich erreichte ich den Korridor. Die Musik wurde lauter und lauter. In der Mitte des Korridors war die Treppe; auf diesem Wege hatte ich mich immer nach unten in die großen Säle geschlichen. Die Treppe war hell erleuchtet; unten hörte ich Schritte. Ich verbarg mich in einem Winkel, um nicht gesehen zu werden, und bei der ersten Möglichkeit schlich ich nach unten ins Vestibül. Die Musik tönte aus dem angrenzenden großen Saal; von dorther kam auch Geräusch und ein Stimmengewirr, als hätten sich an tausend Menschen dort versammelt. Die große Tür, die aus dem Vestibül in den Saal führte, war verhängt mit doppelten purpurroten Samtportieren. Ich hob die erste auf, die auf der Vestibülseite hing, und stellte mich zwischen beide Portieren. Mein Herz schlug so stark, daß ich mich kaum auf den Füßen hielt. Nach ein paar Minuten hatte ich meine Aufregung so weit bezwungen, daß ich schon wagte, den Rand der anderen Portiere, die an der Saalseite der Tür hing, ein wenig umzubiegen ... Mein Gott! Dieser riesengroße, düstere Saal, den am Tage zu betreten ich mich kaum getraut hatte, flimmerte jetzt im Licht von tausend Kerzen. Wie ein Meer von Licht strahlte es mir entgegen, so daß meine Augen, die sich an das Dunkel gewöhnt hatten, im ersten Moment bis zum Schmerz geblendet waren. Aromatische Luft schlug mir wie ein heißer, duftender Wind entgegen. Eine Unmenge Menschen wogte dort durcheinander und alle sahen, wir mir schien, froh, heiter, glücklich aus. Die Damen hatten so schöne, so helle Toiletten, überall sah ich vor Vergnügen leuchtende Augen. Ich stand wie verzaubert. Und doch war mir, als hätte ich das alles schon irgendwo, irgendwann wie im Traum gesehen ... Mir fielen die Stunden der Dämmerung ein, unsere Dachstube, das hohe Fenster, tief unten die Straße mit den strahlenden Laternen, die Fenster des gegenüberliegenden Hauses mit den roten Vorhängen, die Equipagen vor dem Portal, der Hufschlag und das Schnaufen der stolzen Pferde, die Rufe und das Durcheinander auf der Straße, die Schattenbilder hinter den Fenstern auf den leuchtend roten seidenen Vorhängen, und dazu eine gedämpfte ferne Musik ... Also hier war dieses Paradies! fuhr es mir durch den Sinn, hierher also wollte ich mit dem armen Vater gehen ... So war denn das alles kein Traum? ... Ja, ich hatte das alles in meinen Träumen schon gesehen! ... Hellauf lohte meine Phantasie, deren Feuer von der Krankheit bereits doppelt geschürt sein mochte, und Tränen einer geradezu schrankenlosen Seligkeit rollten mir über die Wangen. Ich suchte mit den Augen den Vater in dieser Gesellschaft: ‚Er muß hier sein, er ist gewiß hier', dachte ich, und mein Herz schlug so stark vor Erwartung und Spannung, daß ich zu ersticken glaubte ... Die Musik verstummte, doch gleich darauf erhob sich ein großes Getöse, und dann ging es wie ein Geflüster durch den ganzen Saal. Ich betrachtete voll Neugier und Unruhe die Gesichter, die ich sehen konnte, und bemühte mich, jemanden zu erkennen. Plötzlich ging eine neue große Erregung durch den Saal. Ich erblickte auf einer Erhöhung einen großen, hageren Greis. Sein bleiches Gesicht lächelte, er verbeugte sich etwas steif und grüßte nach allen Seiten. In der Hand hatte er eine Geige. Tiefes Schweigen trat ein; es war, als hielten alle den Atem an, alle sahen auf den Greis, alle schienen etwas zu erwarten. Da erhob er die Geige, hob den Arm und berührte mit dem Bogen die Saiten. Die Musik begann, und ich fühlte, wie etwas mir das Herz zusammenpreßte. Mit einem Gefühl von unsagbarer Angst und mit verhaltenem Atem horchte ich auf diese Töne: etwas Bekanntes erklang in meinen Ohren, als hätte ich das schon irgendwo gehört, und wie eine Vorahnung stieg es in mir auf, wie eine Erwartung von etwas Furchtbarem, etwas Entsetzlichem, das sich auch in meinem Herzen entscheiden sollte. Schon klang die Geige lauter; schneller und greller folgten die Töne. Da klang es bereits wie eines Menschen Gestöhn, darauf wie klagendes Schluchzen, wie jemandes vergebliches Flehen, aber die Menge blieb stumm, während die Töne über sie hinklangen ... dann stöhnten sie auf und versanken wie in Verzweiflung. Immer bekannter, immer bekannter wurde mir etwas im Herzen. Aber das Herz weigerte sich noch, daran zu glauben ... Ich biß die Zähne zusammen, um nicht aufzustöhnen vor Schmerz, ich klammerte mich an die Portiere, um nicht hinzufallen ... Ich schloß die Augen, und schlug sie plötzlich wieder auf: ich glaubte nichts anderes, als daß es ein Traum sei, aus dem ich in einem furchtbaren, mir aber schon bekannten Augenblick erwachen werde, und ich sah wie im Traum wieder jene letzte Nacht, ich hörte dieselben Töne ... Ich schlug wieder die Augen auf, um mich zu überzeugen – sah die Menschenmenge ... Nein, das waren andere Menschen, andere Gesichter ... Und doch war es mir, als ob alle ganz wie ich etwas erwarteten, ganz wie ich sich in tiefer Sehnsucht quälten, wie ich diesen Tönen der Verzweiflung entgegenschreien wollten: doch aufzuhören, die Seele nicht zu zerreißen. Aber das zitternde Beschwören und Flehen der Töne wurde nur noch herzzerreißender, verzweifelter und haltloser ... bis plötzlich der letzte furchtbare, rasende Schrei ertönte und mir fast die Sinne nahm ... Kein Zweifel! das war derselbe, derselbe Schrei! Ich erkannte ihn, ich hatte ihn schon einmal gehört, wie damals in jener Nacht durchbohrte er mich. ‚Der Vater! der Vater!' durchzuckte es mich wie ein Blitz, ‚er ist hier, das ist er, er ruft mich, das ist seine Geige!' Und wie ein Stöhnen erhob es sich aus dieser Menschenmasse, ohrenbetäubendes Getöse erschütterte den Saal. Lautes, verzweifeltes Weinen brach aus meiner Brust. Ich hielt es nicht mehr aus, ich schlug die Portiere zurück und stürzte in den Saal.

»Papa, Papa! das bist du! Wo bist du?« rief ich wie von Sinnen.

Ich weiß nicht, wie ich zu ihm hinkam: man ließ mich durch, man trat vor mir auseinander, und ich warf mich mit einem gequälten Schrei ihm entgegen – ich glaubte, den Vater zu umarmen ... Plötzlich sah ich, daß mich jemandes lange, hagere Hände erfaßten und hoch in die Luft hoben. Jemandes schwarze Augen sahen mich an und schienen mich verbrennen zu wollen mit ihrem Feuer. Ich starrte ihn an: ‚Nein! Das ist nicht der Vater! Das ist sein Mörder!' fuhr es mir durch den Sinn. Da geriet ich so außer mir, eine so rasende Verzweiflung erfaßte mich – und plötzlich schien es mir, daß über mir ein Lachen erklang und dieses Lachen vom ganzen Saal widerhallte, wie ein einziger brausender Beifall ... Ich verlor das Bewußtsein.

## V

Das war die zweite und letzte Periode meiner Krankheit. Als ich wieder erwachte, erblickte ich das Gesicht eines Kindes vor mir, eines Mädchens in ungefähr meinem Alter, und unwillkürlich streckte ich ihr die Hände entgegen. Schon der erste Blick auf diese Altersgenossin erfüllte meine Seele wie mit einem Glücksgefühl, wie mit einer süßen Vorahnung. Es war ein ideal schönes Gesichtchen, eine geradezu ergreifende, eine strahlende Schönheit – von jener Schönheit, vor der man plötzlich stehen bleibt, wie durchbohrt in süßer Verwirrung, wie erschrocken vor Entzücken, und der man dankbar ist allein schon für ihr Vorhandensein, dafür, daß unsere Augen sie schauen dürfen, und daß sie uns begegnet ist. Es war die Tochter des Fürsten, Kátja, die während meines Krankseins aus Moskau zurückgekehrt war. Sie lächelte mir zu, als sie meine unwillkürliche Bewegung sah, und meine geschwächten Nerven erbebten bei diesem Lächeln in süßem Entzücken.

Die kleine Prinzeß rief sogleich ihren Vater, der keine zwei Schritte vom Bett mit dem Arzt sprach.

»Gottlob! Endlich! Nun, Gott sei Dank!« rief der Fürst, meine Hand erfassend, und sein Gesicht verriet aufrichtige Freude. »Das freut mich, das freut mich, das ist doch ein Glück!« fuhr er schnell zu sprechen fort – es war seine Art, schnell, wenn auch meist leise zu sprechen. »Und dies kleine Mädchen hier ist meine Katja, mein Töchterchen. Nun könnt ihr Freundschaft schließen; jetzt hast du eine Spielgefährtin. Aber du mußt nun auch schnell gesund werden, Njétotschka. Du böses kleines Mädchen, wie wir uns um dich geängstigt haben! . . .«

Meine Genesung machte auch wirklich sehr schnelle Fortschritte. Nach ein paar Tagen konnte ich schon das Bett verlassen. Jeden Morgen kam Katja an mein Bett, immer mit einem Lächeln oder gar Lachen, das nicht von ihren Lippen wich. Auf ihr Erscheinen wartete ich wie auf ein

Glück! Ich hätte sie so gern geküßt! Aber das mutwillige Prinzeßchen kam immer nur auf kurze Zeit; sie konnte fast überhaupt nicht stillsitzen. Ewige Unruhe, laufen, springen, lachen und tollen, daß man es im ganzen Hause hörte, das war für sie einfach Lebensbedingung. Deshalb erklärte sie mir auch gleich am ersten Tag, daß es sie furchtbar langweile, bei mir zu sitzen: sie werde daher nur sehr selten zu mir kommen, und auch das nur deshalb, weil ich ihr leid tue – da ginge es eben nicht anders, denn gar nicht kommen, das ginge wiederum auch nicht. Aber wenn ich gesund sein würde, dann sollten wir, so versprach sie, sehr gut miteinander auskommen. So war denn auch jeden Morgen ihr erstes Wort:

»Na, bist du jetzt gesund?«

Da ich aber immer noch mager und bleich war und das Lächeln sich nur schüchtern, mit zaghafter Angst gepaart, in meinem traurigen Gesicht hervorwagte, so runzelte das Prinzeßchen die Stirn, schüttelte mißbilligend das Köpfchen und ihr kleiner Fuß stampfte oft ungeduldig auf.

»Aber ich sagte dir doch gestern, daß du heute gesund sein sollst! Was? Man gibt dir wohl nichts zu essen?«

»Ja, wenig«, antwortete ich schüchtern, denn ich fürchtete mich schon vor ihr. Ich hatte nur den einen Wunsch: ihr zu gefallen, und deshalb fürchtete ich für jedes Wort, für jede Bewegung. Ihr Kommen entzückte mich mit jedem Tage mehr. Solange sie bei mir saß, ließ ich sie nicht aus den Augen, und wenn sie fortgegangen war, sah ich immer noch dorthin, wo sie zuletzt gestanden oder gesessen hatte. Ja, in der Nacht sah ich sie sogar schon in meinen Träumen. Im Wachen aber, wenn sie nicht bei mir war, ersann ich ganze Gespräche mit ihr, war ihr Freund, tollte, spielte und weinte mit ihr, wenn man uns schalt oder für irgendeine besondere Untat bestrafen wollte. Kurz, ich dachte an sie und sah sie im Traum und träumte von ihr, als wäre ich in sie verliebt gewesen. Ich wollte um jeden Preis bald gesund werden und schnell zunehmen, wie sie es wünschte. Wenn sie zuweilen morgens in mein Zimmer gestürmt kam und ich dann wieder ihre ungeduldige Frage hörte: »Bist noch nicht gesund? Ach Gott, immer noch bist du so mager!« dann wurde ich ängstlich, als wäre dies meine Schuld. Es konnte aber auch schwerlich etwas Ernsteres geben als die Verwunderung Katjas darüber, daß ich nicht binnen vierundzwanzig Stunden genas, worüber sie sich bereits allen Ernstes zu ärgern anfing.

»Na, dann – willst du, ich bringe dir heute eine Pastete?« sagte sie mir einmal. »Iß sie, davon wirst du bald wieder dick.«

»Bring sie«, sagte ich, froh darüber, daß ich sie nochmals zu sehen bekommen würde.

Nach der Erkundigung, ob ich schon gesund sei, setzte sich das Prinzeßchen gewöhnlich mir gegenüber auf einen Stuhl und begann mich mit ihren dunklen Augen ernsthaft zu betrachten. Und auch jedesmal, wenn sie mir etwas sagte oder mich fragte, betrachtete sie mich zuvor von oben bis unten mit der naivsten Verwunderung. Aber unsere Unterhaltung kam nie so recht in Gang. Ich fürchtete mich vor Katja und ihren schroffen Ausfällen, während ich andrerseits fast verging vor Verlangen, mit ihr zu sprechen.

»Warum schweigst du?« begann sie, nachdem wir uns eine Zeitlang stumm betrachtet hatten.

»Was macht dein Papa?« fragte ich, froh über die plötzlich gefundene Frage, mit der ich nun jedesmal ein Gespräch anfangen konnte.

»Nichts. Es geht ihm gut. Ich habe heute zwei Tassen Tee getrunken, nicht eine. Und du wieviel?«

»Eine.«

Wieder Schweigen.

»Heute hätte mich Falstaff beinahe gebissen.«

»Ist das ein Hund?«

»Ja, ein Hund. Hast du ihn denn noch nicht gesehn?«

»Nein, ich hab' ihn wohl nicht gesehn.«

Ich wußte nichts mehr zu sagen, und das Prinzeßchen sah mich wieder mit Verwunderung an.

»Sag', gefällt es dir, wenn ich mit dir spreche?«

»Ja, sehr; komm öfter, wenn du kannst.«

»Das hat man mir auch gesagt, daß es dich freuen würde, wenn ich zu dir käme, aber du, steh schneller auf! Die Pastete werde ich dir heute ganz bestimmt bringen ... Aber warum schweigst du denn immer?«

»So.«

»Du denkst wohl viel?«

»Ja, ich denke ...«

»Mir aber sagt man immer, daß ich viel spreche und wenig denke. Ist es denn schlecht, wenn man spricht?«

»Nein. Ich bin froh, wenn du sprichst.«

»Hm! Ich werde Madame Léotard fragen, die weiß alles. Aber woran denkst du denn?«

»Ich denke an dich«, sagte ich nach kurzem Schweigen.

»Und das macht dir Spaß?«

»Ja.«

»Dann liebst du mich wohl?«

»Ja.«

»Aber ich liebe dich noch nicht. Du bist so mager! Wart', ich werde dir gleich die Pastete bringen! Na, adieu!«

Und das Prinzeßchen, das mich fast im Fluge abküßte, war schon verschwunden.

Nach dem Essen brachte sie mir auch wirklich die Pastete. Sie kam hereingelaufen, ausgelassen wie ein Kobold, lachend und jauchzend vor Freude, daß sie mir etwas zu essen brachte, was mir zu essen verboten worden war.

»Iß, iß mehr, iß viel, das ist meine eigene Pastete, ich habe sie nicht gegessen. Na, adieu!« Und schon war sie fort.

Ein anderes Mal kam sie wie ein Wirbelwind ins Zimmer, gleichfalls nach dem Essen. Ihre schwarzen Locken waren wie vom Sturm verwirrt, ihre Augen blitzten und die Bäckchen glühten wie Purpur: sie mußte nach ihren Lernstunden schon etliche Stunden gelaufen und gesprungen sein.

»Kannst du Federball spielen?« rief sie atemlos, übersprudelnd und in größter Eile.

»Nein«, sagte ich, und es tat mir schrecklich leid, daß ich nicht Ja sagen konnte.

»Ach, wie du bist! Na, werd' gesund, dann bring' ich es dir bei! Ich kam nur deshalb. Ich spiele jetzt mit Madame Léotard. Adieu, man wartet auf mich!«

Endlich durfte ich das Bett verlassen, obschon ich mich noch immer schwach und kraftlos fühlte. Mein erster Gedanke war, mich jetzt nie mehr von Katja zu trennen. An ihr war etwas, was mich unwiderstehlich zu ihr hinzog. Ich konnte mich kaum sattsehen an ihr, worüber Katja sich sehr zu wundern schien. Dieser Drang zu ihr war so stark und ich gab mich diesem neuen Gefühl so leidenschaftlich hin, daß es von ihr natürlich nicht unbemerkt bleiben konnte, und anfangs erschien es ihr denn auch unerhört seltsam. Ich weiß noch, einmal während eines gemeinsamen Spiels hielt ich es plötzlich nicht mehr aus und warf mich ihr an den Hals, um sie zu küssen. Sie befreite sich aus meiner Umarmung, erfaßte meine Hände – und mit zusammengezogenen Brauen, als hätte ich sie beleidigt, fragte sie mich:

»Was fällt dir ein? Warum küßt du mich?«

Ich fuhr bei ihrer schnellen Frage schuldbewußt zusammen und sagte kein Wort. Die Prinzeß zuckte mit ihren kleinen Schultern, zum Zeichen ihres Nichtbegreifenkönnens (dieses Achselzucken war ihr schon zur Angewohnheit geworden), dann preßte sie überernst ihre kleinen weichen Lippen zusammen, ließ die Spielsachen liegen und setzte sich in die Sofaecke, von wo aus sie mich sehr lange betrachtete, wobei sie anscheinend tief und ernsthaft über etwas nachdachte, ganz als habe sie da ein schwieriges Problem zu lösen, das plötzlich in ihren Gedanken aufgetaucht war. Es war dies gleichfalls so ihre Angewohnheit in allen unklaren Fällen. Ich aber konnte mich an diese schroffen Äußerungen ihres Charakters lange nicht gewöhnen.

In der ersten Zeit beschuldigte ich nur mich allein und dachte, daß ich wirklich sehr viel Absonderliches an mir hätte. Aber wenn dies auch zum Teil zutreffen mochte, so quälte ich mich doch in einer gewissen Ratlosigkeit mit der einen Frage: warum ich mit Katja nicht gleich Freundschaft schließen und ihr ein für allemal gefallen konnte? Meine Mißerfolge in der Beziehung taten mir weh bis zu körperlichem Schmerz und ich hätte über jedes unbedachte Wort Katjas, über jeden mißtrauischen Blick von ihr weinen mögen. Mein Leid wuchs nicht nur mit jedem Tage, sondern sogar mit jeder Stunde, denn mit Katja ging alles sehr schnell. Schon nach ein paar Tagen merkte ich, daß sie mich gar nicht mehr leiden konnte, ja, daß ich ihr schon verhaßt wurde. In der Seele dieses kleinen Mädchens geschah alles schnell, schroff, manch einer würde sagen brutal, und vielleicht mit Recht, wenn nicht in allen diesen blitzschnellen Veränderungen eines geraden, naiv-offenherzigen Charakters zugleich eine angeborene, eine gewisse vornehme Grazie gewesen wäre. Unsere Entfremdung begann damit, daß zuerst Zweifel in ihr aufstiegen, und aus den Zweifeln wurde Verachtung, und zwar wie ich glaube, deshalb, weil ich kein einziges Spiel zu spielen verstand. Die Prinzeß liebte zu tollen, zu laufen; sie war stark, lebhaft, gewandt, ich aber war in allem gerade das Gegenteil davon. Ich war noch von der Krankheit her schwach, war still und nachdenklich: Kinderspiele machten mir kein Vergnügen. Mit einem Wort, mir fehlten alle Eigenschaften, deren ich bedurft hätte, um Katja zu gefallen. Außerdem konnte ich es nicht ertragen, andere mit mir unzufrieden zu sehen: dann wurde ich traurig, verlor allen Mut und hatte erst recht nicht mehr die Kraft, das Verfehlte wieder gutzumachen und den schlechten Eindruck zu verwischen, – kurz, ich verfiel dem Unglück ganz. Das war nun etwas, was Katja nicht begreifen konnte. Anfangs schien es sie eher zu verblüffen, sie sah mich dann, wie es ihre Art war, mit stummer Verwunderung an, nachdem sie sich, wie es zuweilen vorkam, eine ganze Stunde lang mit mir abgemüht hatte, um mich zum Beispiel das Reifenspiel zu lehren, das ich immer noch nicht begreifen wollte. Und da ich gleich traurig wurde und Tränen mir in die Augen traten, so wandte sie sich, nachdem sie über mich nachgedacht und doch weder durch ihr Denken noch durch mich selbst einen Aufschluß erhalten hatte, einfach von mir ab und spielte allein weiter, ohne mich noch zum Mitspielen aufzufordern, ja sogar ohne überhaupt noch mit mir zu sprechen, – und das nicht nur an diesem einen Tage, sondern gleich ein paar Tage lang. Von diesem Verhalten war ich so betroffen, daß ich ihre Geringschätzung kaum ertragen konnte. Meine neue Einsamkeit wurde nun fast noch bedrückender als die frühere in der Dachstube, und ich begann wieder zu trauern und zu grübeln: wieder bedrückten dunkle Gedanken mein Herz.

Madame Léotard, die uns beaufsichtigte, bemerkte schließlich diese Veränderung in unserem Verhalten zueinander. Und da ihr natürlich mein fremdes Wesen zuerst auffiel, vor allem meine Verlassenheit, so wandte sie sich ohne weiteres an die Prinzeß und schalt sie sehr, weil sie mit mir nicht umzugehen verstünde. Die Prinzeß runzelte die Stirn, zuckte mit den Schultern und erklärte darauf, sie könne mit mir nichts anfangen. Zu spielen verstände ich nicht, ich dächte immer, Gott weiß woran, sie aber werde lieber auf den Bruder warten, der bald aus Moskau zurückkehren müsse; dann könne sie mit ihm ganz anders spielen, mit ihm sei es viel lustiger.

Madame Léotard aber gab sich mit dieser Antwort nicht zufrieden und hielt ihr vor, daß sie mich allein sitzen lasse und nicht bedenke, daß ich noch krank wäre. Deshalb könne ich auch nicht so lustig und ausgelassen sein wie sie, Katja, was übrigens auch viel besser sei; denn das, was Katja anrichtete, sei unerhört; sie habe dies verbrochen und jenes angestiftet und vorvorgestern hätte die Bulldogge sie deshalb zur Strafe fast aufgefressen. Kurz, Madame Léotard schalt ohne Nachsicht und schloß ihre Strafpredigt damit, daß sie sie zu mir schickte, mit der Weisung, sich sogleich mit mir zu versöhnen.

Katja hatte die Standrede mit großer Aufmerksamkeit

angehört, als sage man ihr nun wirklich etwas Neues, und es schien ihr einzuleuchten, daß in diesem Neuen etwas richtig und gerecht war. Sie ließ ihren Reifen, den sie durch das Zimmer gerollt hatte, liegen, trat auf mich zu, sah mich ernst an und fragte etwas ungläubig:

»Willst du denn spielen?«

»Nein«, sagte ich schnell, noch erschrocken von der Standrede der Madame Léotard.

»Was willst du denn?«

»Ich werde hier sitzen, denn mir fällt das Laufen schwer. Nur sei mir deshalb nicht böse, Katja, ich habe dich sehr lieb.«

»Nun gut, dann werde ich allein spielen«, sagte sie langsam, gleichsam überlegend und als wundere sie sich darüber, wenn sich jetzt beinahe herausstellte, daß sie an gar nichts schuld wäre. »Nun denn, adieu, ich werde dir nicht böse sein.«

»Adieu«, sagte ich, stand auf und reichte ihr die Hand.

»Vielleicht wollen wir uns küssen?« fragte sie nach kurzem Nachdenken, wohl in der Erinnerung an jenen Zwischenfall mit dem Kuß und zugleich, um mir etwas Angenehmes zu erweisen und dadurch schneller den Zwist mit mir beizulegen.

»Wie du willst«, sagte ich in scheuer Hoffnung.

Sie trat an mich heran und küßte mich todernst, ohne auch nur im geringsten zu lächeln. Und als sie so alles getan, was man von ihr verlangte, ja sogar noch mehr als das, nur um einem armen Mädchen ein Vergnügen zu bereiten, da lief sie zufrieden und froh von mir fort. Bald darauf hörte man wieder in allen Zimmern ihr Lachen und Tollen, bis sie sich erschöpft und atemlos auf ein Sofa warf, um sich zu erholen und neue Kräfte zu sammeln. Dann sah sie mich aber doch die ganze Zeit mißtrauisch an, da ich ihr offenbar wunderlich erschien. Es war, als hätte sie gern mit mir gesprochen, als hätte sie gern gewisse Fragen gestellt, die ihr in bezug auf mich durch den Sinn fuhren, aber ich weiß nicht, weshalb sie diesmal nichts fragte und sich bezwang.

Katja lernte gewöhnlich morgens. Madame Léotard unterrichtete sie nur in der französischen Sprache. Der ganze Unterricht bestand im Durchnehmen der Grammatik und im Lesen der Fabeln von Lafontaine. Man unterrichtete sie deshalb nur in diesem Fach, weil es ohnehin schon schwer gewesen war, sie dazu zu bewegen, wenigstens zwei Stunden täglich zu lernen. Auf diesen Ausgleich war sie schließlich nur auf Bitten des Vaters eingegangen, und auf Befehl der Mutter. Ihr Versprechen aber erfüllte sie sehr gewissenhaft. Sie war außergewöhnlich begabt, sie begriff leicht und behielt das Begriffene. Aber auch in der Art ihres Lernens hatte sie ihre kleinen Eigenheiten: wenn sie zum Beispiel irgend etwas einmal nicht sofort begriff, dann begann sie gleich selbst nachzudenken, denn eher tat sie alles Mögliche, als daß sie andere um eine Erklärung dessen bat, was sie sich selbst mit eigenem Verstande nicht zu erklären vermochte; sie schien sich dann einfach zu schämen. Ja, es soll sogar vorgekommen sein, daß sie sich tagelang mit einer Frage quälte und sich über sich selbst ärgerte, weil sie sie nicht ohne fremde Hilfe beantworten konnte: denn nur im äußersten Fall, wenn sie schon ganz müde geworden war vom Denken, ging sie zu Madame Léotard und bat sie, ihr die Sache zu erklären, der ihr eigener Verstand noch nicht gewachsen war. Und so war sie in allem. Sie hatte schon viel nachgedacht, was man ihr freilich auf den ersten Blick gar nicht zugetraut hätte. Und doch konnte sie mitunter noch furchtbar naiv sein: zuweilen stellte sie für ihr Alter unglaublich dumme Fragen, und zuweilen wiederum verrieten ihre Antworten den spitzfindigsten Scharfblick und das weitsichtigste, feinfühligste Verständnis.

Da ich mit der Zeit auch zu lernen anfangen konnte, so nahm mich Madame Léotard eines Tages gewissermaßen ins Verhör, und nachdem sie festgestellt hatte, daß ich schon sehr gut las, aber noch sehr schlecht schrieb, erklärte sie, es sei höchste Zeit, daß ich mit dem Französischen anfange.

Ich widersprach natürlich nicht und am nächsten Vormittage setzten wir uns, Katja und ich, an den Lerntisch zu beiden Seiten von Madame Léotard. Unglücklicherweise war Katja gerade an diesem Tage so zerstreut und auch schwerfällig im Begreifen, daß Madame Léotard sie gar nicht wiedererkannte. Ich aber lernte im Nu das französische Alphabet, denn ich hatte nur den einen Wunsch, es Madame Léotard recht zu machen. Sie aber ärgerte sich die ganze Zeit über Katja und zum Schluß wurde sie so böse, daß sie sie heftig schalt:

»Nehmen Sie sich an ihr ein Beispiel«, sagte sie, auf mich weisend, »ein noch halbkrankes Kind lernt zum erstenmal und hat in einer Stunde zehnmal mehr begriffen als Sie. Schämen Sie sich!«

»Sie weiß mehr als ich?« fragte Katja verwundert, »aber sie lernt doch erst das Alphabet!«

»In wieviel Stunden haben Sie das Alphabet gelernt?«

»In drei.«

»Und sie in einer einzigen. Folglich begreift sie dreimal schneller als Sie und wird Sie im Nu überholen. Das sehen Sie doch ein?«

Katja dachte einen Augenblick nach und plötzlich wurde sie feuerrot. Überhaupt war Erröten, Beschämtsein das erste bei ihr, gleichviel ob es sich um einen Mißerfolg, einen Ärger, um eine Kränkung handelte oder ob man sie bei einer Unart ertappte und schalt. Diesmal traten ihr fast Tränen in die Augen, aber sie schwieg und sah mich nur einmal so an, als wolle sie mich verbrennen mit ihrem Blick. Da erriet ich, was sie empfand. Die Arme war über alle Maßen stolz und ehrgeizig!

Als wir Madame Léotard verließen, versuchte ich, ein Gespräch mit ihr anzuknüpfen, um ihren Ärger zu verscheuchen und ihr zu zeigen, daß es mich nichts anging, was die Französin sagte, aber Katja schwieg, als hätte sie mich überhaupt nicht gehört.

Etwa nach einer Stunde kam sie in das Zimmer, wo ich

mit einem Buch saß, jedoch ohne zu lesen, denn ich dachte die ganze Zeit nur an Katja. Ich war doch noch so bestürzt und erschrocken bei dem Gedanken, der nicht von mir wich, daß Katja nun wieder nicht mit mir sprechen wollte.

Sie sah mich finster an, setzte sich wie gewöhnlich auf das Sofa und betrachtete mich eine gute halbe Stunde lang. Länger hielt ich es nicht aus: ich hob den Kopf und sah sie fragend an.

»Kannst du tanzen?« fragte sie mich darauf.

»Nein.«

»Aber ich.«

Schweigen.

»Kannst du denn Klavier spielen?«

»Nein, auch nicht.«

»Aber ich spiele Klavier. Das ist sehr schwer zu erlernen.«

Ich schwieg.

»Madame Léotard sagt, du seist klüger als ich.«

»Madame Léotard war nur böse auf dich«, sagte ich.

»Wird Papa auch böse sein?«

»Das weiß ich nicht«, antwortete ich.

Wieder Schweigen. Plötzlich stampfte die Prinzeß ungeduldig mit dem Fuß auf.

»So wirst du jetzt über mich lachen, weil du schneller begreifen kannst als ich?« rief sie, unfähig ihren Ärger zu verbergen.

»Ach nein, nein!« Ich sprang auf, um zu ihr zu laufen und sie zu umarmen.

»Und Sie schämen sich nicht, so etwas zu denken und so zu fragen, Prinzeß?« ertönte plötzlich die Stimme der Madame Léotard, die uns schon eine Weile aus dem anderen Zimmer beobachtet und das Gespräch gehört hatte. »Schämen Sie sich! Sie beneiden das arme Kind und prahlen vor ihr, daß Sie tanzen und Klavier spielen können. Wie häßlich von Ihnen! Ich werde das alles dem Fürsten erzählen.«

Die Prinzeß errötete.

»Das war schlecht von Ihnen! Sie haben sie mit Ihren

Fragen absichtlich gekränkt. Ihre Eltern waren arm und konnten keine Gouvernanten für sie halten; sie hat alles aus sich selbst gelernt, weil sie ein kluges Kind ist. Sie sollten sie lieben und gut zu ihr sein. Sie aber wollen mit ihr nur streiten und sie kränken. Schämen Sie sich! Schämen Sie sich! Sie ist doch eine Waise! Sie hat keinen Menschen, der ihr nahe steht. Es fehlte nur noch, daß Sie auch damit zu prahlen anfangen, daß Sie eine Prinzeß sind und sie nicht. Ich lasse Sie allein. Denken Sie darüber nach, was ich Ihnen gesagt habe, und bessern Sie sich.«

Die Prinzeß dachte genau zwei Tage lang nach. Zwei Tage lang hörte man sie weder lachen noch tollen. In der Nacht hörte ich, wie sie sogar im Traum mit Madame Léotard stritt. Ja, es schien fast, als magere sie ein wenig ab in diesen zwei Tagen, wenigstens wurde ihr zartes Gesichtchen merklich blasser. Am dritten Tage begegneten wir uns zufällig unten in den großen Räumen. Die Prinzeß kam von der Mutter, und als sie mich erblickte, blieb sie stehen und setzte sich nicht weit von mir auf einen Stuhl. Ich erwartete mit Bangen, was nun kommen werde.

»Njétotschka, weshalb hat man mich deinetwegen gescholten?« fragte sie plötzlich.

»Oh, das geschah nicht meinetwegen, Kátenjka«, sagte ich schnell, um mich zu rechtfertigen.

»Aber Madame Léotard sagt doch, ich hätte dich beleidigt.«

»Nein, Kátenjka, du hast mich nicht beleidigt.«

Die Prinzeß zuckte mit der Achsel – ein Zeichen, daß sie mich nicht verstand.

»Warum weinst du denn immer?« fragte sie nach kurzem Schweigen.

»Ich werde nicht mehr ... wenn du es nicht willst«, sagte ich und die Tränen traten mir schon in die Augen.

Sie hatte dafür wieder nur ein Achselzucken.

»Hast du auch früher immer geweint?«

Ich antwortete nicht.

»Warum lebst du bei uns?« fragte sie plötzlich, wieder nach neuem kurzen Schweigen.

Ich sah sie verwundert an und fühlte so etwas wie einen Stich im Herzen.

»Weil ich eine Waise bin«, sagte ich schließlich, nachdem ich mich zusammengenommen.

»Hattest du Eltern?«

»Ja.«

»Nun, und – die haben dich nicht geliebt?«

»Nein ... sie liebten mich«, antwortete ich mit Mühe.

»Sie waren aber arm?«

»Ja.«

»Sehr arm?«

»Ja.«

»Und bei denen hast du nichts gelernt?«

»Nur lesen.«

»Hattest du Spielsachen?«

»Nein.«

»Hattest du Kuchen?«

»Nein.«

»Wieviel Zimmer hattet ihr?«

»Ein Zimmer.«

»Nur ein Zimmer?«

»Ja.«

»Und hattet ihr Dienstboten?«

»Nein, wir hatten keine Dienstboten.«

»Aber wer hat euch denn bedient?«

»Ich ging selbst ... einkaufen ...«

Die Fragen der Prinzeß zerrissen mir immer mehr das Herz. Dazu kamen die Erinnerungen ... und meine Verlassenheit und die Verwunderung der Prinzeß – all das traf und verletzte mein Herz, daß es wie aus Wunden blutete. Ich zitterte fieberhaft vor Erregung und die Tränen drohten mich zu ersticken.

»Dann bist du wohl froh, daß du bei uns wohnst?«

Ich schwieg.

»Hattest du schöne Kleider?«

»Nein.«

»Schlechte?«

»Ja.«

»Ich habe dein Kleid gesehn, man hat es mir gezeigt.«

»Warum fragst du mich dann noch?« rief ich aufstehend, erschüttert von einem neuen, noch nie empfundenen Gefühl, »warum fragst du dann noch?« fuhr ich fort, und das Blut stieg mir vor Unwillen heiß ins Gesicht. »Warum lachst du über mich?«

Die Prinzeß war gleichfalls errötet und erhob sich auch, aber sie beherrschte sich schnell.

»Nein ... ich lache nicht«, sagte sie. »Ich wollte nur wissen, ob es wahr ist, daß deine Eltern arm waren?«

»Warum fragst du mich nach meinen Eltern?« rief ich und Tränen rollten mir über die Wangen vor Schmerz. »Warum fragst du mich *so* nach ihnen? Was haben sie dir getan, Katja?«

Katja stand betreten vor ihrem Stuhl und wußte nicht, was sie antworten sollte. Da trat der Fürst ins Zimmer.

»Was fehlt dir, Njétotschka?« fragte er, als er meine Tränen bemerkte. »Was fehlt dir, weshalb weinst du?« fragte er nochmals und sah Katja an, die feuerrot geworden war. »Wovon spracht ihr? Worüber habt ihr gestritten? Njetotschka, worüber weinst du?«

Ich konnte nicht antworten, aber ich ergriff die Hand des Fürsten und küßte sie unter Tränen.

»Katja, sag' du, und sprich die Wahrheit: was ist hier vorgefallen?«

Katja verstand nicht zu lügen.

»Ich sagte ihr, daß ich gesehen habe, was für ein schlechtes Kleid sie trug, als sie noch bei ihrem Papa und ihrer Mama lebte.«

»Wer hat es dir gezeigt? Wer hat es dir zu zeigen gewagt?«

»Ich habe es selbst gesehen«, sagte Katja trotzig.

»Nun gut! Ich kenne dich, du willst niemanden angeben. Und was weiter?«

»Und dann fing sie an zu weinen und fragte: warum ich mich über ihren Papa und ihre Mama lustig machte.«

»Also hast du dich über sie lustig gemacht?«

Das hatte sie zwar nicht getan, aber offenbar war es ihre Absicht gewesen, da auch ich es nach der ersten Frage so aufgefaßt hatte. Sie antwortete dem Vater keine Silbe, und dies war ebenso gut wie ein Geständnis.

»Du gehst sofort zu ihr und bittest sie um Verzeihung«, befahl der Fürst, auf mich weisend.

Die Prinzeß stand bleich und stumm da und rührte sich nicht.

»Nun?« sagte der Fürst.

»Ich will nicht«, sagte Katja schließlich halblaut, aber mit fest entschlossener Miene.

»Katja!«

»Nein, ich will nicht, ich will nicht!« schrie sie plötzlich mit blitzenden Augen und stampfte mit beiden Füßen. »Ich will nicht, Papa, ich will nicht um Verzeihung bitten! Ich liebe sie nicht! Ich will nicht mit ihr zusammenwohnen ... Ich bin nicht schuld, daß sie den ganzen Tag weint. Ich will nicht, ich will nicht!«

»Komm mit«, sagte der Fürst, sie an der Hand fassend, um sie in sein Kabinett zu führen. »Njetotschka, geh nach oben«, wandte er sich zu mir.

Ich wollte ihn zurückhalten, wollte für Katja um Verzeihung bitten, doch der Fürst wiederholte streng seinen Befehl; da ging ich nach oben, eiskalt vor Schreck, wie eine Tote. In unserem Zimmer sank ich auf das Sofa und umklammerte meinen Kopf mit den Händen. Ich zählte die Minuten. Ich erwartete Katja mit fieberhafter Ungeduld, ich wollte mich ihr zu Füßen werfen. Endlich kam sie: sie ging ohne ein Wort an mir vorüber und setzte sich in den fernsten Winkel. Ihre Augen waren rot und die Wangen geschwollen von Tränen. Da schwand meine ganze Entschlossenheit. Ich sah Katja angstvoll an, und meine Angst lähmte mich.

Ich beschuldigte mich, ich mühte mich krampfhaft, mir vor mir selbst zu beweisen, daß ich allein an allem schuld sei. Tausendmal wollte ich zu Katja gehen, und tausendmal sank mir der Mut, da ich nicht wußte, wie sie sich zu mir verhalten würde. So verging ein Tag und noch einer. Am Abend dieses zweiten Tages wurde Katja wieder munterer und nahm sogar ihr Reifenspiel wieder vor. Bald aber ließ sie den Reifen liegen und zog sich wieder in ihren Winkel zurück. Kurz bevor wir zu Bett gingen, wandte sie sich plötzlich zu mir und kam sogar zwei Schritte auf mich zu: ihre weichen Lippen zuckten, als setze sie zum Sprechen an, aber sie blieb stehen, wandte sich wieder ab und ging zu Bett. Nach diesem Tage verging noch ein Tag, und die erstaunte Madame Léotard nahm Katja zu guter Letzt ins Verhör: ob sie krank sei oder was mit ihr geschehen, daß sie sich mit einemmal so still verhalte? Katja antwortete ausweichend irgend etwas, was ich nicht hören konnte, doch kaum hatte Madame Léotard ihr den Rücken gekehrt, da wurde sie rot und begann zu weinen. Sie lief aus dem Zimmer, um von mir nicht weinend gesehen zu werden. Einmal aber mußte doch die Erlösung kommen; und dies geschah denn auch am dritten Tag nach unserem Streit: nach dem Essen kam sie in mein Zimmer und näherte sich mir zaghaft.

»Papa hat mir befohlen, dich um Verzeihung zu bitten«, sagte sie. »Wirst du mir verzeihen?«

Ich erfaßte schnell ihre beiden Hände und stieß in atemloser Hast hervor:

»Ja! Ja!«

»Papa befahl mir, dich zu küssen, – wirst du mich küssen?«

Als Erwiderung auf ihre Frage küßte ich ihre Hände. Als ich aufsah, bemerkte ich in ihrem Gesicht eine seltsame Bewegung. Ihre Lippen und ihr Kinn bebten, in ihren Augen standen Tränen, aber sie unterdrückte schnell ihre Erregung, und flüchtig erschien dann sogar ein Lächeln auf ihren Lippen.

»Ich werde gehen und Papa sagen, daß ich dich geküßt und um Verzeihung gebeten habe«, sagte sie leise, fast wie zu sich selbst. »Ich habe ihn schon drei Tage nicht gesehen. Er sagte, ich dürfe nicht eher zu ihm kommen, als bis ich sein Gebot erfüllt habe«, fügte sie nach kurzem Nachdenken hinzu.

Und sie ging zögernd und mit nachdenklichem Gesichtchen zum Vater, als wäre sie selbst noch nicht sicher, wie nun der Empfang beim Vater ausfallen werde.

Eine Stunde später hörte ich oben wieder den alten Lärm, Katjas Lachen und Laufen, Falstaffs Gebell, ja, irgend etwas wurde umgeworfen und zerschlagen, Bücher fielen von einem Tisch, der Reifen rollte wieder federleicht durch alle Räume – kurz, ich hörte, daß Katja sich mit dem Vater versöhnt hatte, und mein Herz erbebte vor Freude.

Aber zu mir kam sie nicht und vermied es sichtlich, mit mir zu sprechen. Dafür hatte ich die Ehre, in hohem Maße ihre Neugier zu erregen. Immer öfter setzte sie sich nun mir gegenüber in die Sofaecke, um mich in Ruhe zu betrachten. Und ihre Beobachtungen wurden immer naiver. Das verwöhnte, eigenwillige Kind, das von allen im Hause verzogen und gehätschelt und wie ein kostbarer Schatz gehegt wurde, konnte es nicht begreifen, wie es kam, daß ich schon ein paarmal auf ihrem Wege mit ihr zusammengestoßen war, während sie das gar nicht gewollt hatte. Sie hatte aber ein gutes, prächtiges Herzchen, das allein schon mit seinem guten Instinkt immer den richtigen Weg fand. Den größten Einfluß auf sie hatte der Vater, den sie geradezu vergötterte. Von der Mutter wurde sie bis zum Wahnsinn geliebt, nur war die Mutter gleichzeitig unglaublich streng, und von ihr hatte Katja den Eigensinn, den Stolz und die Charakterfestigkeit geerbt; dafür aber mußte sie auch alle Launen der Mutter ertragen, obschon diese oft in moralische Tyrannei ausarteten. Allein, sie ertrug sie. Die Fürstin hatte eine sonderbare Auffassung von dem, was Erziehung ist, und so war

Katjas Erziehung eine eigenartige Mischung von grenzenloser Verwöhnung und unerbittlicher Strenge. Was gestern erlaubt war, war heute plötzlich verboten, und zwar ganz grundlos, so daß das Gerechtigkeitsgefühl im Kinde völlig mißachtet und ständig verletzt wurde ... Doch davon später. Ich will hier nur bemerken, daß das Kind sein Verhalten zu den Eltern danach richtete. Dem Vater gegenüber war sie ganz so, wie sie war, sie gab sich ihm rückhaltlos, mit vollen Händen: da war in ihrem Wesen nichts Verborgenes, nichts Zurückhaltendes. Im Verkehr mit der Mutter dagegen war sie das gerade Gegenteil: verschlossen, mißtrauisch und widerspruchslos gehorsam. Aber ihr Gehorsam war nicht aufrichtig, sie gehorchte nicht aus Überzeugung, sondern sozusagen einem notwendigen System gemäß. Ich werde später noch darauf zurückkommen und mich dann klarer auszudrücken versuchen. Übrigens sei es hier noch zur besonderen Ehre meiner Katja gesagt, daß sie schließlich ihre Mutter vollkommen verstand, und wenn sie ihr gehorchte, so tat sie das schon mit der vollen Erkenntnis der grenzenlosen Mutterliebe, die die Fürstin zu ihr hatte und die sich bis zur krankhaften Exaltation steigern konnte – dem aber trug die Prinzeß in nachsichtiger Großmut Rechnung. Leider sollte dies später ihrem heißen Köpfchen wenig helfen!

Ich habe aber fast noch gar nicht erwähnt, was in mir vorging. Ein neues, mir unerklärliches Gefühl erregte mich damals in einer ganz ungewohnten Weise, und ich übertreibe wohl nicht, wenn ich sage, daß ich unter diesem neuen Gefühl wie unter einer Pein litt. Kurz (man verzeihe mir das Wort!), ich war in meine Katja verliebt! Ja, das war Verliebtheit, richtige Verliebtheit, Verliebtheit mit Tränen und Entzücken, leidenschaftliche Verliebtheit! Was zog mich so zu ihr hin? Woraus entstand diese meine Liebe? Sie begann mit dem ersten Blick auf Katja, als alle meine Sinne plötzlich so ... so süß betroffen waren von dieser Schönheit. Alles an ihr war schön: keine einzige ihrer schlechten Eigenschaften war angeboren, alle waren sie nur angenommen und alle standen sie mit ihrem Instinkt auf Kriegsfuß. Aus allem ersah man die gute Veranlagung, die nur zeitweilig eine falsche Form annehmen konnte; doch alles an ihr, angefangen mit jenem inneren Kampf, leuchtete in froher Zuversicht, alles versprach, in Zukunft Schönheit zu sein. Alle Menschen hatten Freude an ihr, alle liebten sie, verwöhnten sie. Wenn man uns spazieren führte, gewöhnlich gegen drei Uhr, blieben die Menschen, die uns begegneten und sie erblickten, beinahe betroffen stehen, und nicht selten hörten wir hinter uns einen Ausruf der Bewunderung. Sie war zum Glücklichsein geboren, sie mußte dazu geboren sein: das war die erste Empfindung eines jeden, der sie sah. Vielleicht hatte sich damals, als ich aus tiefem Schlaf erwachte und sie erblickte, zum erstenmal mein ästhetisches Empfinden geregt, war mein Gefühl für das Schöne durch ihre Schönheit erweckt worden, – und dies wird wohl die ganze Ursache meiner Liebe gewesen sein.

Der größte Fehler der Prinzeß, oder, richtiger gesagt, der Grundzug ihres Charakters, der sich gewaltsam in seine natürliche Form prägen wollte und sich deshalb naturgemäß in einem unnormalen, eben in einem Kampfzustand befand, war der *Stolz.* Dieser Stolz erstreckte sich bis in naive Kleinigkeiten, schlug oft in Eigenliebe um und wurde zu einer unbewußten Überhebung, so daß zum Beispiel Widerspruch, gleichviel welcher Art, sie nicht kränkte und auch nicht einmal ärgerte, sondern nur in Verwunderung setzte. Sie begriff nicht, wie etwas anders sein konnte, als wie sie es wünschte. Aber das Gerechtigkeitsgefühl siegte doch immer in ihrem Herzen. Wenn sie sich einmal überzeugt hatte, daß sie wirklich unrecht getan, dann fügte sie sich ohne zu murren und mit fester Entschlossenheit dem Urteilsspruch ihrer Erzieher. Daß sie aber anfangs im Verkehr mit mir sich selbst nicht immer ganz treu blieb, erkläre ich mir mit ihrer unüberwindlichen Abneigung gegen mich, die zeitweilig die Geradheit und Einheit ihres ganzen Wesens störte. Anders aber konnte es wohl gar nicht sein: sie war viel zu leidenschaftlich in ihren Empfindungen, und so waren es immer erst die Zusammenstöße mit der Wirklichkeit, die ihr allmählich die Augen öffneten und sie auf den richtigen Weg zurückführten. Alles, was sie unternahm und anfing, hatte ein gutes Endergebnis, nur wurden diese Endergebnisse regelmäßig mit fortwährenden Abweichungen und unter ständigen Verirrungen erkauft.

Katja hatte mich bald genügend beobachtet und entschloß sich deshalb, mich fortab in Ruhe zu lassen. Sie tat, als wäre ich überhaupt nicht da. Sie sprach mit mir kein überflüssiges Wort, ja, fast nicht einmal das Notwendige. An ihren Spielen beteiligte ich mich nicht mehr, aber sie hatte mich nicht etwa mit Gewalt verdrängt, sondern es so geschickt einzurichten verstanden, daß es den Anschein hatte, als wäre ich selbst damit einverstanden gewesen. Der Unterricht wurde fortgesetzt, aber wenn man mich ihr noch wegen meiner Aufmerksamkeit und meines schnellen Begreifens als Beispiel vorhielt, so würdigte sie mich nicht mehr der Ehre, sich dadurch in ihrer Eigenliebe gekränkt zu fühlen, obschon diese Eigenliebe eine peinlich ausgeprägte war, so daß sogar unsere Bulldogge, Sir John Falstaff, sie verletzen konnte. Falstaff war ein kaltblütiger Phlegmatiker, dabei aber böse wie ein Tiger; ja, wenn man ihn reizte, ging er so weit, daß er nicht einmal mehr seinem Herrn gehorchte. Und noch ein bedeutsamer Charakterzug: er liebte entschieden keinen einzigen Menschen im ganzen Hause; sein größter Feind aber war zweifellos die alte Prinzessin, die Tante des Fürsten... Doch davon später. Die ehrgeizige Katja gelüstete es nun eines Tages, den unfreundlichen Falstaff zu besiegen. Es war ihr unangenehm, daß es ein Wesen gab, sei es auch nur ein vierbeiniges, das ihre Autorität nicht anerkannte, sich ihr nicht unterwarf, ja, sie nicht einmal liebte. So beschloß denn die Prinzeß, Falstaff anzugreifen. Sie wollte über alle herrschen, warum sollte nun Falstaff allein ungestört seine Freiheit genießen dürfen? Aber die unbeugsame Bulldogge ergab sich ihr doch nicht.

Eines Tages nach dem Essen saßen wir beide unten im großen Saal, während Falstaff mitten im Saal auf dem Fußboden lag und faul seine Nachmittagssiesta genoß. Da fiel es der Prinzeß plötzlich ein, ihn sich unterwerfen zu wollen. Sie ließ ihr Spiel liegen und begann sogleich mit dem Versuch, sich Falstaff zu nähern: vorsichtig, auf den Fußspitzen schleichend, umschmeichelte sie Falstaff mit den zärtlichsten Kosenamen, winkte liebevoll beschwichtigend mit der Hand und ging immer näher, immer näher. Falstaff aber fletschte schon von ferne seine furchtbaren Zähne. Prinzeßchen blieb stehen. Ihr ganzes Vorhaben bestand ja nur darin, zu Falstaff zu gelangen und ihn einmal zu streicheln (eine Kühnheit, die er bisher noch keinem gestattet hatte, außer der Fürstin) und ihn dazu zu bringen, daß er ihr folge. Das war nun eine schwere Aufgabe, verbunden mit einer ernsten Gefahr, denn Falstaff hätte sich keineswegs gescheut, ihr eine Hand abzubeißen oder auch das ganze Prinzeßchen zu zerfleischen. Er war stark wie ein Bär, und ich verfolgte von meinem Platz aus nicht grundlos mit angstvoller Spannung Katjas Vorgehen. Ich wußte, wie schwer es war, sie zum Verzicht auf eine Absicht, wenn sie sich eine solche einmal in den Kopf gesetzt hatte, zu bewegen, und selbst das Gebiß Falstaffs, das dieser ihr in äußerst unmanierlicher Weise zeigte, war für sie noch kein genügendes Abwehrmittel. Sie begriff nur, daß sie sich doch nicht so geradeswegs ihm nähern konnte, und so änderte sie nach kurzem Zögern ihre Taktik, indem sie nun im Kreise um ihn herumging und diese Kreise immer enger zog. Als sie aber bei der dritten Umkreisung der Grenze zu nahe kam, die Falstaff als nächste und eben noch erlaubte Distanz zu sich nicht überschritten wissen wollte, da zeigte er wieder die Zähne. Die Prinzeß stampfte mit den Füßchen auf, kehrte ihm geärgert den Rükken und setzte sich aufs Sofa, um nachzudenken.

Da fiel ihr nach einigen Minuten ein neues Mittel ein; sie verließ sofort den Saal und kehrte mit einem ganzen Vorrat von Kringeln, Kuchen und Pasteten zurück. Kurz, sie änderte die Waffen. Doch auch die neuen Waffen ließen Falstaff völlig kalt, wohl weil er ohnehin schon viel zu satt war. Den Kringel, den sie ihm zuwarf, würdigte er nicht einmal eines Blickes; und als die Prinzeß wieder an der besagten äußersten Grenze anlangte, erfolgte ein diesmal noch energischerer Protest: er erhob den Kopf, zeigte die Zähne, knurrte und machte eine Bewegung, als wolle er gleich aufspringen. Die Prinzeß wurde rot vor Zorn, ließ den ganzen Vorrat liegen und setzte sich wieder auf ihren Platz.

Sie war sichtlich sehr erregt. Ihr kleiner Fuß schlug ununterbrochen auf den Teppich, ihre Wangen glühten und in die Augen traten vor Ärger fast Tränen. Da geschah es, daß sie plötzlich meinen Blick auffing – alles Blut stieg ihr heiß ins Gesicht. Sie sprang auf und ging mit entschlossenen Schritten gerade auf die furchtbare Dogge zu.

Vielleicht war es diesmal die Überraschung, die Falstaff lähmte. Er ließ den Feind die Grenze überschreiten, und erst als sie nur noch zwei Schritte von ihm entfernt war, empfing er die Unbedachte mit dem unheimlichsten Knurren. Katja blieb für eine Sekunde stehen, aber nur für eine Sekunde ... dann ging sie entschlossen vorwärts. Ich erstarb vor Schreck. Sie war aber so beseelt von ihrem Entschluß, wie ich sie noch nie gesehen hatte: ihre Augen blitzten in trotziger Siegesgewißheit. Sie hätte ein entzückendes Modell für einen Künstler abgegeben. Mutig widerstand sie dem drohenden Blick des bösen Tieres, und auch sein unheimliches Gebiß schreckte sie nicht ab. Die Dogge hob den Kopf. Aus der breiten Brust kam ein unheildrohendes Knurren; im nächsten Moment, so schien es, werde das Tier sie zerfleischen. Doch die Prinzeß legte stolz ihre kleine Hand auf seinen Rücken und strich ihm dreimal über das Fell. Einen Augenblick verharrte Falstaff in Unentschlossenheit. Dieser Augenblick war der furchtbarste! Dann stand das Tier schwerfällig auf, streckte sich und verließ in phlegmatischer Ruhe den Saal, vermutlich in der Erwägung, daß mit Kindern zu kämpfen sich doch nicht lohne. Die Prinzeß blieb triumphierend auf dem eroberten Platz stehen und warf mir nur einen unbeschreiblichen Blick zu, einen siegesgesättigten, siegesberauschten Blick. Ich war noch bleich wie ein Handtuch. Sie bemerkte das und lächelte. Aber da breitete sich mit einemmal auch über ihr Gesichtchen Totenblässe. Kaum konnte sie noch bis zum Sofa gehen, auf das sie nahezu ohnmächtig niedersank.

Meine Liebe zu ihr kannte keine Grenzen. Seit diesem Tage, wo ich eine solche Angst um sie ausgestanden hatte, konnte ich mich nur noch mit Mühe beherrschen. Ich verging vor Sehnsucht, tausendmal wollte ich mich ihr an den Hals werfen, aber eine unerklärliche Scheu hielt mich regungslos und wie gebannt auf meinem Platz zurück. Ich erinnere mich noch, daß ich ein Zusammensein mit ihr absichtlich zu vermeiden suchte, damit sie meine Erregung nicht sähe; trat sie aber zufällig in das Zimmer, in das ich mich zurückgezogen hatte, dann fuhr ich zusammen und mein Herz begann so stark zu pochen, daß ich wie von einem Schwindel erfaßt wurde. Ich glaube, dies alles entging Katja nicht, und nachdem sie es bemerkt hatte, war sie die nächsten zwei Tage, wie mir schien, etwas verwirrt. Bald aber hatte sie sich auch damit abgefunden. So verging ein ganzer Monat, in dem ich einsam litt. Meine Gefühle besitzen eine gewisse unerklärliche Dehnbarkeit, wenn man sich so ausdrücken kann; meine Natur ist bis zur letzten Möglichkeit geduldig, so daß ein plötzlicher Ausbruch der Gefühle nur im wirklich äußersten Fall eintritt. Man muß nämlich wissen, daß Katja und ich in dieser ganzen Zeit kaum fünf Worte miteinander gewechselt haben. Nach und nach wurde es mir aber infolge gewisser Anzeichen immer klarer, daß ihr Verhalten zu mir nicht auf Gleichgültigkeit oder Feindseligkeit zurückzuführen sei, sondern daß es nur eine absichtliche Fernhaltung ihrerseits war: ganz als habe sie sich das Wort gegeben, mich in gewissen Schranken zu halten. Ich aber schlief schon nicht mehr in den Nächten und am Tage konnte ich meine Verwirrung selbst vor Madame Léotard nicht verbergen. Meine Liebe zu Katja verstieg sich bis zu Seltsamkeiten: so nahm ich einmal heimlich ihr Taschentuch, ein anderes Mal ihre Haarschleife an mich, und diese Gegenstände küßte ich dann nachts unter Tränen. Anfangs kränkte mich ihre Gleichgültigkeit so sehr, daß ich mich wirklich verletzt fühlte; hernach aber war alles in mir verwirrt und ich konnte mir selbst nicht mehr über meine Empfindungen Rechenschaft geben. So kam es, daß meine alten Eindrücke allmählich von den neuen verdrängt wurden, und die Erinnerung an mein früheres trauriges Leben verlor mit der Zeit ihre krankhafte Intensität, da sie der neuen Wirklichkeit weichen mußte.

Ich weiß noch, wenn ich in der Nacht erwachte, stand ich bisweilen leise auf und schlich auf den Zehen zum Bett der Prinzeß. Stundenlang konnte ich dann stehen und die Schlafende in dem milden Licht unserer Nachtlampe betrachten. Manchmal setzte ich mich sogar auf ihr Bett und beugte mich über ihr Gesicht, und ihr warmer regelmäßiger Atem berührte mich wie ein traumhaft sanftes Wehen. Leise, bebend vor Unsicherheit, küßte ich dann wohl oft ihre Händchen, ihre kleinen Schultern, Wangen, auch ihr Füßchen küßte ich, wenn die Decke sich verschoben hatte und das Füßchen hervorsah. Bald glaubte ich zu bemerken (ich beobachtete sie doch unausgesetzt, wenn auch heimlich), daß sie von Tag zu Tag mehr nachsann und ihr Charakter seine frühere gefestigte Gleichmäßigkeit eingebüßt hatte: es kam vor, daß wir sie oft einen ganzen Tag nicht tollen hörten, dann aber machte sie wieder solchen Lärm, wie ich ihn zuvor noch nie gehört hatte. Sie wurde reizbar, anmaßend, sie wurde abwechselnd blaß und rot und trieb es mit mir oft bis zu kleinen Grausamkeiten: bald wollte sie plötzlich nicht gleichzeitig mit mir essen und nicht neben mir sitzen, ganz als flöße ich ihr Abscheu ein; bald ging sie zur Mutter und saß dort fast ganze Tage, obschon sie genau wußte, wie sehr mich die Sehnsucht nach ihr verzehrte; bald wiederum setzte sie sich mir gegenüber und betrachtete mich stundenlang, so daß ich vor tödlicher Verwirrung nicht wußte, wo ich mich lassen sollte, immer nur errötete und erblaßte und doch nicht aus dem Zimmer zu gehen wagte. Zweimal hatte Katja sich bereits über Fieber beklagt, während man sie früher nie krank gesehen hatte. Da erfolgte eines Morgens eine besondere und bedeutungsvolle Wandlung: auf unbedingten Wunsch der Prinzeß zog sie nämlich nach unten zur Mutter, die fast ohnmächtig wurde vor Angst, als Katja über Erkältung klagte. Ich muß bemerken, daß die Fürstin mit mir sehr unzufrieden war und die ganze Veränderung, die sie an Katja bemerkte, meinem schädlichen Einfluß zuschrieb, oder doch dem Einfluß meines »düsteren Charakters«, wie sie sich ausdrückte. Sie hätte uns schon viel früher getrennt, hielt es aber für ratsamer, die Trennung noch aufzuschieben, da sie damit, wie sie wußte, beim Fürsten auf hartnäckigen Widerstand gestoßen wäre. Obschon der Fürst ihr in allem ihren Willen ließ, konnte er bisweilen doch mit geradezu eigensinniger Starrheit auf seinem Willen bestehen. Sie kannte den Fürsten darin gut.

Dieser Umzug der Prinzeß machte mich so betroffen, daß ich eine ganze Woche in der schrecklichsten Gemütsverfassung zubrachte. Ich quälte mich mit meiner Sehnsucht nach ihr und zerbrach mir den Kopf über der Frage, wodurch ich Katja wohl solchen Abscheu einflößte. Mein Schmerz zerriß mir die Seele und ein bitterer Unwille über das mir angetane Unrecht begann sich in meinem gekränkten Herzen zu erheben. Es entstand plötzlich ein gewisser Stolz in mir, und wenn ich mit Katja vor unserem Spaziergang zusammentraf, dann sah ich sie so frei, so ernst an, so anders als früher, daß es sie offenbar betroffen machte. Natürlich trat diese meine Veränderung nur hin und wieder zutage, wie in sich durchdrängenden Ausbrüchen, dann aber tat mir das Herz von neuem weh und der Schmerz wuchs und wuchs; ich wurde noch schwächer und noch kleinmütiger als ich vorher gewesen war. Da, eines Morgens, zu meiner größten, mich freudig verwirrenden Überraschung, kehrte die Prinzeß zu uns nach oben zurück. Ihr erstes war, daß sie gleich unter unbändigem Lachen Madame Léotard an den Hals flog und lachend erklärte, nun werde sie wieder bei uns wohnen; dann grüßte sie mich mit einem Nicken, sah aber schnell wieder fort und erbettelte sich die Erlaubnis, an diesem Tage nichts lernen zu müssen. Den ganzen Vormittag tollte sie umher. Ich habe sie nie lebhafter und ausgelassener gesehen. Gegen Abend wurde sie still, nachdenklich und wieder breitete eine gewisse Traurigkeit einen Schatten über ihr reizendes Gesichtchen. Als die Fürstin am Abend bei uns erschien, um zu fragen, wie es ihr gehe, da sah ich, daß Katja sich aus allen Kräften bemühen mußte, froh und lustig zu scheinen. Nachher aber, als wir allein zurückblieben, brach sie plötzlich in Tränen aus. Ich war bestürzt. Die Prinzeß bemerkte, daß ich sie beobachtete, und verließ das Zimmer. Es waren Anzeichen, daß sich eine unerwartete Krisis in ihr vorbereitete. Die Fürstin beriet mit den Ärzten, ließ sich von Madame Léotard jeden Tag ausführlich Bericht erstatten, und wünschte, daß sie Katja nicht aus den Augen lasse. Nur ich ahnte den wahren Grund dieser Veränderung. Mein Herz begann vor Hoffnung laut zu pochen.

In der Tat, unser kleiner Roman näherte sich der entscheidenden Wendung. Am dritten Tage nach Katjas Rückkehr zu uns nach oben fiel es mir auf, daß sie mich den ganzen Vormittag mit so guten Augen ansah und so lange ihre Blicke auf mir ruhen ließ ... Ein paarmal trafen sich unsere Blicke, jedesmal erröteten wir dabei und schlugen die Augen nieder, als schämten wir uns. Da lachte zu guter Letzt Prinzeßchen auf und ging fort. Um drei Uhr kleidete man uns für den Spaziergang an. Plötzlich trat Katja an mich heran.

»Dein Schuhband hat sich gelöst«, sagte sie zu mir, »komm, ich werde es zubinden.«

Ich wollte mich bücken, um selber die Schleife zu binden, tief errötend darüber, daß Katja nun endlich wieder etwas zu mir sprach, doch sie kam mir zuvor.

»Gib her!« sagte sie in lachender Ungeduld und kniete schnell nieder, zog meinen Fuß zu sich und band die Schleife von neuem. Mir stockte der Atem; ich wußte nicht, was tun, und ich empfand nur eine süße Wonne in meiner Erschrokkenheit. Als die Schleife fertig war, stand sie auf und musterte mich vom Kopf bis zu den Füßen.

»Da ist auch das Hälschen bloß«, sagte sie, mit dem Finger an meinen Hals tippend. »Nein, laß nur, ich werde es dir schon richtig binden.«

Ich widersprach nicht. Sie löste die Schleife meines Halstüchleins und band es von neuem nach ihrem Geschmack.

»So kann man sich ja einen Husten holen!« sagte sie mit einem schelmischen Lächeln, und aus ihren dunklen feuchten Augen streifte mich ein spitzbübischer Blick.

Ich war wie von Sinnen: ich wußte nicht, wie mir geschah, noch was in Katja vorging. Zum Glück dauerte unser Spaziergang nicht lange, sonst hätte ich es nicht ausgehalten und sie auf der Straße geküßt. Als wir aber die Treppe hinaufstiegen, gelang es mir, sie heimlich auf die Schulter zu küssen. Sie bemerkte es, zuckte zusammen, sagte jedoch kein Wort. Am Abend wurde sie festlich angekleidet und nach unten geführt. Bei der Fürstin waren Gäste. Doch noch am selben Abend stand dem ganzen Hause eine große Aufregung bevor.

Katja bekam einen Nervenanfall. Die Fürstin war außer sich vor Schreck. Der Arzt kam und wußte nicht, was er sagen sollte. Man schrieb alles den üblichen Kinderkrankheiten zu, auch dem Alter Katjas, ich aber dachte darüber ganz anders. Am nächsten Morgen erschien Katja wieder so wie immer, rosig, lustig, von unerschöpflicher Gesundheit, dafür aber mit solchen Launen und Eigenheiten, wie sie noch niemand an ihr beobachtet hatte.

Erstens wollte sie den ganzen Vormittag Madame Léotard nicht gehorchen. Darauf erklärte sie mit einemmal, zur Großtante, der alten Prinzessin, gehen zu wollen. Und richtig, diesmal wurde der Prinzeß der Zutritt zu den Gemächern der Großtante gewährt, freilich ganz gegen die Gepflogenheit der alten Dame, die ihre Großnichte gar nicht leiden konnte, ewig an ihr etwas auszusetzen fand und sie gewöhnlich überhaupt nicht sehen wollte. Diesmal aber, wie gesagt, entschloß sie sich, Gott weiß weshalb, sie zu empfangen. Anfangs ging auch alles gut, die erste Stunde verlief im schönsten Frieden, denn dem Schelm war es plötzlich eingefallen, für alle seine Ungezogenheiten, den verursachten Lärm und alle Störungen freiwillig um Verzeihung zu bitten. Und die Großtante verzieh ihr auch feierlich und sichtlich tief gerührt. Das war aber der Spitzbübin noch zu wenig. Und es fiel ihr ein, auch solche Streiche zu beichten, die sie noch gar nicht verbrochen hatte, die vorerst nur als Pläne in ihrem Köpfchen lebten. So nahm sie den Ausdruck einer reumütigen Büßerin an und beichtete, daß die fromme Dame ob solchen Insichgehens anfangs ganz verzückt war, denn es schmeichelte ihrer Eigenliebe nicht wenig, über Katja diesen Sieg davonzutragen, über Katja, den Abgott des ganzen Hauses, den Liebling aller Menschen, deren Launen gegenüber sogar die Fürstin machtlos war!

Katja gestand also, daß sie die Absicht gehabt habe, eine Visitenkarte an das Kleid der Großtante zu kleben; dann, Falstaff unter ihrem Bett zu verbergen; dann ihre Brille zu zerbrechen; dann, alle ihre frommen Bücher fortzuschleppen und an deren Stelle die französischen Romane der Mama zu legen; dann, Knallerbsen in ihren Zimmern auszustreuen; dann, ein Spiel Karten in ihre Tasche zu stecken, usw., usw. Kurz, eine Sünde war schlimmer als die andere. Die Großtante wurde starr und bleich und schließlich gelb vor Ärger, – bis Katja zuletzt doch nicht mehr an sich halten konnte, in tolles Lachen ausbrach und wie ein Wirbelwind davonlief. Die alte Prinzessin ließ sogleich die Fürstin zu sich bitten, und aus dem Vorfall wurde eine große Geschichte, in deren Verlauf die Fürstin ihre Anverwandte fast unter Tränen bat, Katja diese Unart zu verzeihen und nicht auf einer Strafe zu bestehen, schon wegen ihres krankhaften Zustandes nicht. Die Prinzessin jedoch wollte davon nichts wissen und erklärte, am nächsten Tage noch das Haus zu verlassen, welche Drohung sie erst dann zurückzog, als die Fürstin ihr auf Ehrenwort versprach, die Bestrafung nur bis zur völligen Genesung der Tochter hinauszuschieben, dann aber dem gerechten Wunsch der alten Dame gewissenhaft nachzukommen. Dennoch erhielt Katja sogleich einen strengen Verweis und mußte unten bei der Fürstin bleiben. Aber der Schelm blieb dort nicht lange.

Als ich etwas später gleichfalls nach unten ging, traf ich sie bereits auf der Treppe. Sie hatte die Tür aufgesperrt und rief Falstaff. Ich aber erriet sofort, daß sie eine furchtbare Rache plante. Und wirklich: die Sache verhielt sich folgendermaßen.

Unter allen Feinden der alten Dame gab es entschieden keinen unversöhnlicheren als Falstaff. Er war zwar gegen niemand freundlich, liebte die Menschen grundsätzlich nicht, war hochmütig, stolz, ja sogar bis zur Rücksichtslosigkeit anmaßend. Er liebte, wie gesagt, niemanden, verlangte aber von allen Respekt, den ihm auch alle, aber möglichst von weitem, entgegenbrachten, wobei sie dem Respekt noch eine Dosis Furcht beizumischen pflegten. Da traf nun eines Tages die alte Prinzessin ein und mit einemmal veränderte sich seine ganze Lebenslage. Ihm ward schnödes Unrecht angetan: man verbot ihm formell den Zutritt zur oberen Etage.

In der ersten Zeit war Falstaff außer sich vor Empörung über diese Beleidigung und kratzte eine ganze Woche lang an der Tür, die ihm am Ende der Treppe den Zugang versperrte. Bald jedoch erriet er, wer und was die Veranlassung zu dieser Maßregel gewesen war, und als am nächsten Sonntag die alte Prinzessin ihre Gemächer verließ, um sich zum Gottesdienst in ihre Kirche zu begeben, da stürzte sich Falstaff mit einem Wutgeheul auf die Arme. Nur dem glücklichen Zufall, daß mehrere Diener anwesend waren, hatte sie es zu verdanken, daß sie der schrecklichen Rache des gekränkten Köters entging. Falstaff wurde schmählich hinausgejagt und von dem Tage an wurde er jedesmal ins entfernteste Zimmer gezerrt, bevor die alte Dame ihre Gemächer verließ. Sämtliche Dienstboten erhielten die strengsten Vorschriften. Dennoch fand dieses rachedurstige Tier zwei oder dreimal Gelegenheit, in das verbotene Gebiet einzubrechen. War er erst auf der Treppe, so raste er wie der Blitz durch die ganze Zimmerflucht bis zum Schlafgemach der Alten. Kein Dienertroß konnte ihn dann noch zurückhalten. Zum Glück war die Tür zu dem Schlafzimmer immer verschlossen, und Falstaff konnte weiter nichts tun, als so lange fürchterlich heulen, bis die Diener ihn wieder fortgeschafft hatten. Die alte Dame aber, die während des Geheuls so schrie, als werde sie von Falstaff schon lebendig aufgefressen, wurde jedesmal krank von dem Schreck und von der ausgestandenen Angst. Mehrmals schon hatte sie ihr Ultimatum an die Fürstin gestellt und einmal war sie sogar so weit gegangen (in einem Augenblick der Kopflosigkeit vermutlich), daß sie erklärt hatte, entweder sie oder Falstaff müsse das Haus verlassen; aber die Fürstin hatte in eine Trennung von Falstaff nicht eingewilligt.

Die Fürstin hatte im allgemeinen für andere nicht gerade viel Liebe übrig, aber diesen Falstaff liebte sie, nächst den Kindern, mehr als alles auf der Welt. Vor etwa sechs Jahren war der Fürst einmal von einem Spaziergang mit einem kleinen jungen Hund zurückgekehrt, einem schmutzigen, kranken Wesen von wahrhaft mitleiderregendem Aussehen, der aber nichtsdestoweniger eine Bulldogge reinster Rasse war. Der Fürst hatte ihn irgendwie gerettet. Der Hund freilich benahm sich äußerst unmanierlich und deshalb wurde er auf Wunsch der Fürstin auf den Hinterhof geschafft und dort an die Kette gelegt. Der Fürst hatte nichts dagegen einzuwenden. Zwei Jahre darauf nun, als die Familie den Frühling in einem Landhause an der Newa verbrachte, fiel der kleine Alexander – Katjas jüngerer Bruder, gewöhnlich Ssascha genannt – in den Fluß. Die Fürstin sah es, schrie auf und wollte sich sogleich in die Fluten stürzen, nur mit

Gewalt konnte man sie davon abhalten, denn es wäre ihr Tod gewesen. Die Strömung aber riß das Kind schon mit sich fort, und nur das Kleidchen sah man noch an einer Stelle an der Oberfläche auftauchen. In größter Hast versuchte man ein Boot loszubinden, aber eine Rettung des Kindes wäre ein Wunder gewesen. Da jagte plötzlich in großen Sätzen die riesige Bulldogge ans Ufer und sprang ins Wasser, schwamm in mächtigen Stößen dem ertrinkenden Knaben nach, packte ihn mit dem Gebiß und schwamm im Triumph ans Ufer zurück. Die Fürstin stürzte vor ihm nieder, umarmte den schmutzigen, nassen Hund und küßte ihn wie von Sinnen. Allein Falstaff, der übrigens damals noch auf den prosaischen, ja sogar höchst plebejischen Namen „Frix" hörte, war ein ausgesprochener Feind aller Zärtlichkeiten und erwiderte die Liebe der Fürstin damit, daß er sie in die Schulter biß, soweit sein Rachen sie nur fassen konnte. Die Fürstin litt bis an ihr Lebensende an der Narbe, aber ihre Dankbarkeit für die Rettung des Sohnes kannte trotzdem keine Grenzen. Falstaff mußte in die Gemächer der fürstlichen Familie übersiedeln, wurde gereinigt, gewaschen und bekam ein Halsband aus getriebenem Silber. Er hielt sich fortan zumeist im Boudoir der Fürstin auf, lag dort auf einem prachtvollen Bärenfell, und bald brachte es die Fürstin so weit, daß sie ihn ungestraft streicheln durfte. Als sie erfuhr, daß ihr Liebling „Frix" hieß, war sie entsetzt über diese Geschmacklosigkeit, und sogleich mußten alle helfen, einen anderen, passenderen Namen ausfindig zu machen, wenn möglich einen klassischen, recht altertümlichen. Hektor und Cerberus waren leider schon zu abgedroschen, es mußte ein ganz besonderer Name sein, wie er dem Günstling einer Fürstin zukam. Nach langer vergeblicher Liebesmüh schlug der Fürst zu guter Letzt, im Hinblick auf die ungeheure Gefräßigkeit der Dogge, den Namen „Falstaff" vor. Der Name fand den größten Beifall und wurde gewählt. Falstaff führte sich hinfort auch weit besser auf. Als reinblütiger Engländer war er naturgemäß schweigsam und ernst, griff niemanden als erster an, sondern verlangte nur, daß man sein Ruhelager auf dem Bärenfell achte, und ihm überhaupt die schuldige Ehrfurcht bezeuge. Von Zeit zu Zeit jedoch bemächtigte sich seiner so etwas wie ein Spleen, und Falstaff gedachte mit bitteren Gefühlen der Tatsache, daß sein unversöhnlicher Feind, der ihm seine souveränen Rechte genommen, immer noch unbestraft weiterlebte. Dann schlich er heimlich bis zur Treppentür, die nach oben führte, und da er diese gewöhnlich verschlossen fand, legte er sich dort in ihrer Nähe irgendwohin, möglichst unbemerkbar in einen Winkel, oder wo er sonst am wenigsten auffiel, und nun wartete er arglistig auf einen vergeßlichen Dienstboten, der die Tür vielleicht zu schließen vergaß. Bisweilen wartete er in seiner Rachsucht drei Tage lang vergeblich, denn es war allen aufs strengste eingeschärft, die Tür nicht offen stehen zu lassen. Auf diese Weise hatte er zuletzt seine Wut schon zwei Monate verbeißen müssen, vor zwei Monaten nämlich war er zum letztenmal nach oben gerast.

»Falstaff, Falstaff!« rief die Prinzeß, die Tür offen haltend, in den freundlichsten Tönen Falstaff auf die Treppe bittend.

In diesem Augenblick hatte Falstaff bereits gewittert, daß die Treppentür aufgemacht wurde und war schon im Begriff, über seinen Rubikon zu springen. Aber die Aufforderung dazu von seiten der kleinen Prinzeß erschien ihm dermaßen unbegreiflich, daß er im ersten Moment entschieden seinen Ohren nicht traute. Er war schlau wie eine Katze, und um sich den Anschein zu geben, als habe er die Fahrlässigkeit, die die Tür offen stehen ließ, gar nicht bemerkt, ging er zum Fenster, legte die Vorderpfoten auf das Fensterbrett und begann, das Haus gegenüber zu betrachten ... Kurz, er benahm sich wie die argloseste Seele der Welt, etwa wie ein gleichgültiger Spaziergänger, der für einen Augenblick stehenbleibt, um die Architektur eines schönen Gebäudes zu bewundern. Indessen schlug aber und wiegte sich sein Herz schon in süßester Hoffnung. Wie groß war daher seine Überraschung, seine Freude, wie geriet er förmlich außer sich vor Übermut, als die Tür vor ihm sogar sperrangelweit aufgemacht wurde und er überdies noch leise gerufen, gebeten, angefleht wurde, das verbotene Gebiet zu betreten und seinen gerechten Rachedurst unverzüglich zu stillen! Er heulte auf vor Freude, fletschte die Zähne, und raste, es war unheimlich anzuschauen, in wahrem Siegesrausch wie der Wind an uns vorüber.

Er raste mit solcher Wucht, daß der Diener, der ihm oben in den Weg kam, vom Stoß reichlich eine Klafter weit zur Seite flog und sich nach dem entsprechenden Naturgesetz noch einmal um sich selbst drehte. Falstaff flog wie eine Kanonenkugel. Madame Léotard kreischte auf vor Schreck. Doch Falstaff prallte schon an die verschlossene Tür, richtete sich hoch auf und heulte los, daß Gott erbarm'. Als Antwort ertönte ein fürchterliches Geschrei des alten Fräuleins. Und schon stürmte von allen Seiten die Legion der Feinde herbei, das ganze Haus lief nach oben, und das Ende war, daß Falstaff, der wilde Falstaff, gefesselt an allen vier Beinen, mit einem geschickt über seinen Kopf geworfenen Maulkorb unschädlich gemacht und schmachvoll am Lasso geschleift, wie ein besiegter Sieger vom Felde des Kampfes nach unten zurückkehrte.

Ein Bote wurde zur Fürstin entsandt.

Diesmal war die Fürstin nicht mehr zum Entschuldigen und Begnadigen geneigt. Aber wer sollte nun bestraft werden? Sie erriet natürlich sofort, wer die Schuldige war: ihr Blick fiel auf Katja ... Die stand bleich und schuldbewußt da. Die Arme dachte erst jetzt an die Folgen ihres Streiches. Der Verdacht konnte aber auch auf die unschuldigen Dienstboten fallen, und deshalb war Katja schon im Begriff, die Wahrheit zu gestehen.

»Du hast es getan?« fragte die Fürstin streng.

Ich sah, wie Katja totenblaß wurde – da trat ich schnell einen Schritt vor und sagte mit fester Stimme:

»Ich habe Falstaff hinaufgelassen ... Aus Versehen«, fügte

ich hinzu, denn mein ganzer Mut sank zusammen vor dem drohenden Blick der Fürstin.

»Madame Léotard, bestrafen Sie sie. Aber ich wünsche, daß Sie mit dieser Strafe ein Exempel statuieren!« sagte die Fürstin und verließ das Zimmer.

Ich sah Katja an: sie stand wie getroffen, wie betäubt da, ihre Arme hingen schlaff herab, ihr erbleichtes Gesichtchen sah zu Boden.

Die einzige Strafe, die man in der Erziehung der Kinder des Fürsten anwandte, war, daß man sie in einem leeren Zimmer einschloß. In einem leeren Zimmer zwei Stunden allein zu sein, das ist wohl weiter nicht schlimm. Wenn aber das Kind mit Gewalt, gegen seinen Willen, eingeschlossen wird und man ihm erklärt, daß ihm die Freiheit genommen ist, so ist die Strafe gar nicht so unbedeutend. Gewöhnlich wurde Katja, oder ihr Bruder, auf zwei Stunden eingesperrt. Mich sperrte man, in Anbetracht der ganzen Ungeheuerlichkeit meines Vergehens, auf vier Stunden ein. Ich verging fast vor Freude, als ich in mein Gefängnis trat. Ich dachte an Katja. Ich wußte, daß ich gesiegt hatte. Doch anstatt der vier Stunden saß ich dort bis vier Uhr morgens. Und das geschah auf folgende Weise.

Zwei Stunden nach meiner Einkerkerung erhielt Madame Léotard die Nachricht, daß ihre Tochter aus Moskau eingetroffen und erkrankt sei und sie zu sprechen wünsche. Sie fuhr sogleich hin und natürlich vergaß sie mich darüber ganz und gar. Das Mädchen, welches nach uns zu sehen hatte, nahm an, ich sei von Madame Léotard schon vor ihrer Abfahrt aus der Haft entlassen worden. Katja wurde bald darauf nach unten zur Mutter gerufen und mußte dort bis elf Uhr abends sitzen. Als sie nach oben zurückkehrte, war sie sehr erstaunt, mich nicht in meinem Bett zu sehen. Nastja half ihr beim Auskleiden, doch die Prinzeß hatte ihre Gründe, weshalb sie sie nicht nach mir fragte. Sie legte sich hin und wartete auf mich, denn obschon sie wußte, daß ich nur auf vier Stunden eingesperrt war, dachte sie doch, das

Kindermädchen werde mich sogleich bringen. Nastja aber hatte mich ganz vergessen, um so mehr, als ich mich immer allein auskleidete. So kam es, daß ich in meinem Gefängnis nächtigen mußte.

Es war gegen vier Uhr morgens, als mich plötzlich Lärm und Gepolter aufweckten. Ich hatte mich auf den Fußboden gelegt und war eingeschlafen. Im ersten Augenblick schrie ich auf vor Angst, dann aber unterschied ich Katjas Stimme, die von allen anderen am lautesten ertönte, darauf die Stimmen von Madame Léotard, Nastja und der Beschließerin. Endlich wurde die Tür aufgemacht, und Madame Léotard umarmte und drückte mich unter Tränen an ihr Herz, und bat mich, ihr zu verzeihen, daß sie mich vergessen hatte. Ich schlang meine Arme um ihren Hals und zerfloß in Tränen. Dabei zitterte ich vor Kälte, und alle Knochen taten mir weh. Ich suchte mit den Augen Katja: die lief aber schon in unser Schlafzimmer zurück, und als ich hinkam, lag sie schon im Bett und schlief oder stellte sich schlafend. Am Abend hatte sie anfangs allerdings auf mich gewartet, war aber dann unwillkürlich und unversehens eingeschlummert und hatte bis vier Uhr morgens geschlafen. Nach ihrem plötzlichen Erwachen hatte sie dann alle aus den Federn gebracht, zunächst die zurückgekehrte Madame Léotard, darauf Nastja, alle weiblichen Dienstboten, und zusammen mit diesen befreite sie mich.

Am nächsten Morgen wußte schon das ganze Haus von meinem Abenteuer. Sogar die Fürstin soll gesagt haben, man sei gar zu streng mit mir verfahren. Den Fürsten aber sah ich damals zum erstenmal wirklich aufgebracht. Er kam in sichtlich großer Erregung gegen zehn Uhr zu uns nach oben.

»Ich bitte Sie, Madame«, wandte er sich an die Französin, »was soll denn das für eine Methode sein? Wie sind Sie mit dem armen Kinde umgegangen? Das ist ja barbarisch, wahrhaft barbarisch! einfach skythisch! Ein armes, schwächliches Kind, und noch dazu solch ein verträumtes, verschüchtertes kleines Mädchen, und das sperren Sie in ein dunkles Zimmer für die ganze Nacht ein! Das heißt doch das Kind geradezu dem Verderben ausliefern! Wissen Sie denn nicht, was sie in ihrem jungen Leben schon erlebt hat? Nein, das war von Ihnen einfach unmenschlich, ich versichere Sie, Madame! Und wie ist eine solche Strafe überhaupt möglich? Wer hat sich nur so etwas ausdenken können?«

Die arme Madame Léotard begann unter Tränen und in großer Verwirrung den Sachverhalt zu erklären. Sie sagte, daß ihre Tochter angekommen sei, und darüber habe sie mich vergessen, die Strafe an sich sei gut, wenn sie nicht zu lange dauere, und sogar Jean Jacques Rousseau sage etwas ähnliches.

»Jean Jacques Rousseau, Madame! Was geht mich Jean Jacques an! Der ist mir keine Autorität. Und übrigens hat Rousseau kein Recht, von Erziehung zu sprechen, denn er hat sich von seinen eigenen Kindern losgesagt, Madame! Rousseau war ein unsittlicher Mensch, Madame!«

»Jean Jacques Rousseau! Jean Jacques ein unsittlicher Mensch! *Prince! Prince!* Was sagen Sie da!«

Und Madame Léotard wurde rot vor Entsetzen.

Sie war im Grunde eine prächtige Frau und nahm nicht gern etwas übel; wenn man sich aber unterfing, an ihren Lieblingen etwas auszusetzen, etwa den klassischen Schatten eines Corneille oder Racine im Jenseits zu beunruhigen, oder Voltaire zu beleidigen oder Jean Jacques Rousseau einen unsittlichen Menschen zu nennen – oh Gott! Tränen entstürzten den Augen der guten alten Dame und sie bebte vor Erregung.

»Sie vergessen sich, *mon prince!«* rief sie außer sich, mit vor Aufregung unsicherer Stimme.

Der Fürst besann sich denn auch sofort und entschuldigte sich, dann trat er zu mir, küßte mich mit tiefem Gefühl, bekreuzte mich und verließ uns.

*»Pauvre prince!«* seufzte Madame Léotard, die nun ihrerseits weich wurde. Darauf setzten wir uns an den Lerntisch, und der Unterricht begann.

Die Prinzeß war aber sehr zerstreut. Bevor wir hernach zum Essen nach unten gingen, kam sie auf mich zu, mit glühendem Gesichtchen, doch lachenden Lippen, blieb vor mir stehen, faßte mich an den Schultern und sagte schnell, als schäme sie sich, Gott weiß aus welchem Grunde:

»Was? Hast du gestern lang genug für mich gesessen? Nach dem Essen wollen wir heute in den Saal gehen und spielen.«

Jemand kam und die Prinzeß wandte sich blitzschnell von mir ab.

Nach dem Essen, in der Dämmerung, gingen wir beide Hand in Hand in den großen Saal. Die Prinzessin war sehr aufgeregt und atmete schwer. Ich dagegen war froh und glücklich wie nie zuvor.

»Willst du Ball spielen?« fragte sie mich. »Stell' dich hierhin!«

Sie stellte mich in die eine Saalecke, doch anstatt nun von mir fortzugehen und den Ball mir zuzuwerfen, blieb sie drei Schritte vor mir stehen, sah mich an, errötete, schlug die Hände vors Gesicht und warf sich aufs Sofa. Ich machte eine Bewegung zu ihr hin – sie dachte aber, ich wolle fortgehen.

»Geh nicht fort, Njetotschka, bleib bei mir«, sagte sie schnell, »das wird gleich vergehen.«

Da sprang sie auch schon auf, und über und über erglühend, mit Tränen in den Augen, warf sie sich an meine Brust. Ihre Wangen waren feucht, ihre Lippen wie Kirschen so rot, und die Locken in wirrem Durcheinander. Sie küßte mich wie von Sinnen, küßte mein Gesicht, meine Augen, Lippen, den Hals, die Hände, und dabei weinte sie, wie in einem Nervenanfall; ich schmiegte mich fest an sie und wir umarmten uns süß und selig, wie zwei gute Freunde oder – wie ein Liebespaar, das sich nach langer, langer Trennung wiedersieht. Katjas Herz pochte so stark, daß ich jeden Schlag spürte.

Im Nebenzimmer ertönte eine Stimme: Katja wurde zur Fürstin gerufen.

»Ach, Njetotschka! Na! Auf Wiedersehen! bis zum Abend! bis zur Nacht! Geh jetzt nach oben und wart' auf mich!«

Sie küßte mich noch ein letztes Mal leise, unhörbar, fest, und dann eilte sie dem Ruf nach. Ich lief nach oben wie von Sinnen, trunken, wie erlöst, warf mich auf das Sofa, preßte das Gesicht ins Kissen und weinte vor Entzücken. Mein Herz schlug so heftig, als wolle es die Brust sprengen. Ich weiß nicht, wie die Stunden bis zum Abend vergingen. Endlich schlug es elf, und ich ging zu Bett. Die Prinzeß kehrte erst um zwölf zurück; sie lächelte mir von ferne zu, sagte aber kein Wort. Nastja entkleidete sie und schien es wie absichtlich langsam zu tun.

»Schneller, schneller, Nastja!« drängte Katja.

»Was ist denn das? Prinzeßchen sind wohl die Treppe heraufgelaufen, daß das Herzchen so schlägt?« fragte Nastja.

»Ach, mein Gott, Nastja! Wie kann man so langweilig sein! Schneller, schneller doch!« Und Prinzeßchen stampfte geärgert mit dem Fuß auf.

»Ach, was für'n Herzchen!« sagte Nastja und küßte das Füßchen der Prinzeß, von dem sie gerade den Strumpf abzog.

Endlich war alles beendet, die Prinzeß lag im Bett und Nastja verließ uns. Im Nu sprang Katja aus dem Bett und eilte zu mir. Ich empfing sie mit einem Freudenruf.

»Komm zu mir, komm in mein Bett!« sagte sie schnell und selbst schon im Begriff, mich aus dem Bett zu zerren. Einen Augenblick später lagen wir beide in ihrem Bett, umschlangen uns fest und schmiegten uns aneinander. Die Prinzeß erstickte mich fast mit ihren Küssen.

»Ich weiß doch, wie du mich geküßt hast, wenn du glaubtest, ich schliefe!« flüsterte sie, über und über errötend.

Ich weinte.

»Njetotschka!« flüsterte Katja unter Tränen, »du mein Engel, ich hab' dich doch schon so lange, so lange schon lieb! Weißt du, seit wann?«

»Nein, seit wann?«

»Als Papa mir befahl, dich um Verzeihung zu bitten, nachdem du deinen Papa verteidigt hattest, Njetotschka ... Du mein Wai–sen–kindchen!« sagte sie gedehnt und wieder bedeckte sie mich mit Küssen. Sie weinte und lachte zugleich.

»Ach, Katja!«

»Nu was? nu was?«

»Warum hast du so lange ... so lange ...«; ich sprach nicht zu Ende. Wir hielten uns krampfhaft umschlungen und sprachen wohl drei Minuten lang kein Wort.

»Hör' mal, was hast du dir denn alles von mir gedacht?« fragte die Prinzeß.

»Ach, ich hab' so vieles gedacht, Katja! Ich habe nur an dich gedacht, Tag und Nacht.«

»Und in der Nacht von mir gesprochen, das habe ich gehört.«

»Wirklich?«

»Und sogar geweint!«

»Siehst du! – warum warst du denn so stolz?«

»Ich war doch dumm, Njetotschka! Das kommt so zuweilen über mich und dann bin ich machtlos. Ich war die ganze Zeit böse auf dich.«

»Weshalb?«

»Weil ich selber schlecht war! Anfangs deshalb, weil du besser warst als ich. Dann deshalb, weil Papa dich mehr liebte! Papa aber ist ein guter Mensch, Njetotschka. Nicht wahr?«

»Ach ja, das ist er!« rief ich ganz begeistert.

»Ja, ein guter Mensch«, wiederholte Katja ernsthaft. »Aber was soll ich mit ihm anfangen? Er ist immer so ... Nun, und dann bat ich dich um Verzeihung und begann dabei fast zu weinen, und darüber ärgerte ich mich wieder.«

»Das sah ich, das sah ich, daß du dem Weinen nahe warst.«

»Schweig, Dummchen, weinst selbst jeden Augenblick!« rief Katja und hielt mir den Mund zu. »Weißt du, ich wollte dich furchtbar lieben, dann aber wollte ich dich plötzlich wieder so hassen und ich haßte dich, haßte dich so!« ...

»Weswegen denn?«

»Ja so: ich war einfach bös' auf dich! Ich weiß nicht, weshalb! Dann aber sah ich, daß du ohne mich nicht mehr leben konntest, und da dacht' ich: wart', ich werde sie doch noch ein wenig quälen, die Schändliche!«

»Ach, Katja!«

»Mein Seelchen!« rief sie, meine Hand küssend, »und dann, weißt du, wollte ich mit dir nicht mehr sprechen, ich wollte nicht, um keinen Preis! Und weißt du noch, wie ich Falstaff streichelte?«

»Ach du, du Tollkühne!«

»Und wie ich mich *fürchtete!*« sagte sie und schüttelte sich. »Aber weißt du auch, warum ich zu ihm ging?«

»Warum denn?«

»Ja, weil du zuschautest. Als ich sah, daß du mich ansahst ... Ach! da war mir alles andere gleich, – ich ging! Hab' ich dich erschreckt, was? Fürchtetest du dich für mich?«

»Entsetzlich!«

»Ich weiß! Aber wie ich dann froh war, als Falstaff abtrollte! Mein Gott, und wie mich dann plötzlich die Angst packte, als er aus dem Zimmer war! Solch ein Scheu–sal!«

Und die Prinzeß schüttelte sich wieder und lachte nervös, indes ein Gruseln sie faßte. Plötzlich erhob sie ihr heißes Köpfchen und sah mich lange aufmerksam an. Zwei Tränchen glänzten noch wie Diamanten an ihren langen Wimpern.

»Nun, was ist denn eigentlich an dir, daß ich dich so liebgewonnen hab'? Du! – blaß bist du, die Haare blond, selbst solch ein Dummchen, das immer gleich weint, die Augen blau ... Du mein Wai–sen–kindchen!«

Und Katja umfing mich wieder, um mich von neuem mit Küssen zu bedecken. Einige ihrer Tränen fielen auf meine Wangen. Sie war tief gerührt.

»Und wie ich dich doch liebte! – aber immer dachte ich: nein und nein, ich sag's ihr doch nicht! Ich war ja so eigensinnig! Was fürchtete ich denn eigentlich, weshalb schämte ich mich vor dir? Sieh doch, wie gut wir es jetzt haben!«

»Katja! Es schmerzt mich so!« sagte ich außer mir vor Freude. »Es bricht mir das Herz ...«

»Ja, Njétotschka! Hör' weiter ... Ja aber, wart', sag' zuerst, wer hat dir den Namen Njétotschka gegeben?«

»Mama!«

»Wirst du mir von deiner Mama erzählen?«

»Alles! alles!« versprach ich begeistert.

»Aber wohin hast du meine zwei Taschentücher gesteckt, die mit den Spitzen? Und meine Haarschleife, warum hast du die versteckt? Ach du, schämst du dich nicht! Ich weiß doch alles!«

Ich lachte und errötete heiß.

»Nein, da dachte ich doch: wart', da werd' ich sie noch ein bißchen quälen, mag sie warten. Manchmal aber dachte ich wieder: aber ich lieb' sie ja gar nicht, ich kann sie nicht ausstehen! Du aber warst immer so still, wie so 'n frommes Lämmchen! Und wie ich fürchtete, daß du mich für dumm halten könntest! Du bist klug, Njetotschka, du bist doch sehr klug, nicht?«

»Ach, pfui Katja, was fällt dir ein!« rief ich fast beleidigt.

»Nein, du bist klug«, sagte Katja in bestimmtem und ernstem Ton, »das weiß ich. Nur, weißt du, eines Morgens stand ich auf und hatte dich plötzlich so lieb, ganz furchtbar lieb! Die ganze Nacht hatte mir nur von dir geträumt. Da dachte ich: ich werde zu Mama übersiedeln und ganz dort wohnen. Ich will sie nicht lieben, ich will nicht! Als ich aber dann am Abend unten bei Mama einschlief, da dachte ich: wenn sie jetzt käme, wie in der vorigen Nacht? Aber du kamst nicht. Und wieviel Mühe es mich da kostete, zu tun, als schliefe ich ganz ruhig! Ach, wie dumm wir waren, Njetotschka!«

»Aber warum wolltest du mich denn nicht lieben?«

»So ... Ach, was sag' ich! – ich hab' dich doch die ganze Zeit geliebt! Immer hab' ich dich geliebt. Erst später kam das ... daß ich dich nicht ausstehen konnte. Ich dachte, ach, ich werde sie einmal totküssen oder totkneifen! Da hast du's nun, du Dummchen!«

Und sie kniff mich.

»Aber erinnerst du dich noch, wie ich dir deine Schuhschleife band?«

»O ja!«

»O ja! – war's dir angenehm? Weißt du, ich sah dich an: wie lieb sie doch ist, dachte ich, halt, ich werd' ihr die Schleife binden – was sie dann wohl denken wird? Und da hatte ich gleich selbst solch ein gutes Gefühl. Und wirklich, ich wollte dich auf der Stelle abküssen ... Aber ich küßte dich doch nicht. Dann aber fand ich das alles so komisch, so schrecklich komisch! Und auf dem ganzen Wege, während unseres Spaziergangs, glaubte ich, jetzt, im nächsten Augenblick nicht mehr an mich halten zu können und laut auflachen zu müssen. Ich konnte dich nicht ansehen, so komisch war's. Und wie froh ich doch war, daß du für mich ins Gefängnis gingst!« (Das leere Zimmer wurde „das Gefängnis" genannt.) »Und hattest du Angst?«

»Ach, fürchterlich!«

»Ja, und weißt du, ich freute mich nicht nur darüber, daß du vor Mama meine Schuld auf dich genommen hattest, sondern noch viel mehr darüber, daß du für mich im Gefängnis sitzen mußtest! Ich dachte: jetzt sitzt sie da und weint, ich aber – wie habe ich sie lieb! Morgen werde ich sie so küssen, so küssen! Und du tatest mir doch kein bißchen leid, bei Gott, du tatest mir gar nicht leid, obschon ich auch etwas weinte.«

»Ich aber, siehst du, habe nicht geweint, ich war dir zum Trotz gerade sehr froh!«

»Hast nicht geweint? Ach, du Böse!« rief die Prinzeß und saugte sich an mir fest mit ihren weichen Lippen.

»Katja, Katja! Mein Gott, wie bist du reizend!«

»Nicht wahr? Aber jetzt mach' mit mir, was du willst! Schlag mich, kneif mich! Bitte, kneif mich! Täubchen, ach, nu, so kneif mich doch!«

»Wildfang!«

»Nu, und was noch?«

»Dummchen ...«

»Und was noch?«

»Küss' mich!«

Und wir küßten uns, weinten, lachten, unsere Lippen waren schon geschwollen vom Küssen.

»Njetotschka! Erstens, höre: du wirst jetzt immer zu mir schlafen kommen. Küßt du gern? Dann werden wir uns auch küssen. Und dann: ich will nicht, daß du so langweilig bist. Warum langweiltest du dich? Wirst du mir das erzählen, ja?«

»Alles werde ich dir erzählen. Aber jetzt bin ich nicht mehr traurig, sondern froh!«

»Nein, wart' nur, bald wirst du auch so rote Wangen haben wie ich! Ach, wenn doch der Morgen schneller käme! Willst du schon schlafen, Njetotschka?«

»Nein.«

»Nu, dann, laß uns erzählen!«

Und wir sprachen wohl gute zwei Stunden. Gott weiß, was wir da alles zusammenphantasierten. Zuerst entrollte Katja alle ihre Zukunftspläne und teilte mir mit, daß sie ihren Papa am meisten von allen liebe, fast sogar mehr als mich. Dann kamen wir überein, daß Madame Léotard eine gute Frau und gar nicht streng war. Dann setzten wir sogleich fest, was wir am nächsten und übernächsten Tage tun würden, und überhaupt bestimmten wir unser Leben schon für etwa zwanzig Jahre im voraus. Für die allernächste Zukunft entwarf Katja folgenden Plan: an einem Tage würde sie mir befehlen und ich würde alles ausführen, und am nächsten Tage umgekehrt, dann würde ich befehlen und sie müßte widerspruchslos gehorchen; und dann würden wir beides zugleich tun, also uns gegenseitig Befehle erteilen; und dann würden wir es einmal absichtlich so machen, daß wir in Streit gerieten, nur so zum Schein, und dann uns schnell wieder versöhnen. Mit einem Wort, uns erwartete schier unendliches Glück. Schließlich wurden wir aber doch müde. Meine Augen fielen mir schon zu. Katja lachte mich aus, nannte mich eine Schlafmütze und – schlief selbst noch vor mir ein.

Am nächsten Morgen erwachten wir beide zugleich, küßten uns schnell, denn wir hörten Schritte, und ich konnte gerade noch rechtzeitig in mein Bett schlüpfen, bevor Nastja ins Zimmer trat.

Den ganzen Tag wußten wir vor Freude nicht, was wir miteinander anfangen sollten. Wir liefen aus einem Zimmer ins andere und versteckten uns fast die ganze Zeit vor den anderen, denn fremde Augen fürchteten wir am meisten. Zu guter Letzt begann ich ihr meine Lebensgeschichte zu erzählen. Katja war geradezu erschüttert.

»Du, du Böse! Warum hast du mir das alles nicht früher erzählt? Ich hätte dich dann gleich so lieb gehabt, so lieb! Aber sag': haben dich die Jungen auf der Straße schmerzhaft geschlagen?«

»O ja. Und ich hatte schreckliche Angst vor ihnen!«

»Pfui, die Schändlichen! Weißt du, Njetotschka, ich habe selbst einmal gesehen, wie ein Knabe einen anderen auf der Straße schlug. Weißt du, morgen werde ich heimlich Falstäffkas Hundepeitsche mitnehmen und wenn mir noch solch einer begegnet, dann werde ich ihn so hauen, so hauen!«

Ihre Augen blitzten vor Zorn.

Wir erschraken, wenn jemand ins Zimmer trat; wir fürchteten, beim Küssen überrascht zu werden, denn wir küßten uns an jenem Tage wenigstens hundertmal. So vergingen der erste und der zweite Tag. Ich fürchtete schon, zu sterben vor Entzücken. Das Glücksgefühl war so mächtig, daß es mir den Atem benahm. Aber unser Glück sollte nicht von langer Dauer sein.

Madame Léotard, die Katja auf Wunsch der besorgten Fürstin nicht aus den Augen lassen sollte, beobachtete uns drei Tage mit wachsender Verwunderung, und in dieser Zeit bemerkte sie manches, was ihr zu denken gab. Am dritten Tage ging sie zur Fürstin und berichtete gewissenhaft, was ihr an uns aufgefallen war: daß wir beide wie außer Rand und Band seien, schon drei Tage uns nicht voneinander trennten, uns jeden Augenblick küßten, weinten, lachten und unaufhörlich plauderten, was sie früher nie bemerkt habe: sie wisse gar nicht, welchem Einfluß das zuzuschreiben sei; aber es wolle ihr scheinen, daß die Prinzeß sich in einem krankhaften Zustande befinde, und deshalb meine sie, es wäre vielleicht besser, wir kämen seltener zusammen.

»Das habe ich schon längst gedacht«, versetzte die Fürstin. »Ich ahnte es, daß man von dieser sonderbaren Waise nur Scherereien haben werde! Was man mir von ihr erzählt hat, von ihrem früheren Leben, ist geradezu haarsträubend, ist einfach entsetzlich! Sie hat augenscheinlich Einfluß auf Katja. Sie sagen, Katja liebe sie sehr?«

»Ich glaube sogar, daß sie sie unsinnig liebt.«

Die Fürstin errötete vor Ärger. Sie war schon damals eifersüchtig auf die Liebe ihrer Tochter zu mir.

»Das ist mir doch zu unnatürlich«, sagte sie. »Früher waren sie einander so fremd, und ich muß gestehen, das freute mich. So klein dieses Mädchen auch noch ist, aber ich bin vor nichts sicher. Sie verstehen mich? Sie hat schon mit der Muttermilch alles das eingesogen, ihre Angewohnheiten oder vielleicht sogar ihre Neigungen. Ich begreife nicht, was der Fürst an ihr gefunden hat! Tausendmal habe ich ihm schon den Vorschlag gemacht, sie in einer Pension unterzubringen.«

Madame Léotard versuchte nun, mich zu verteidigen, aber die Fürstin hatte ihren Entschluß bereits gefaßt. Katja wurde nach unten gerufen, und dort sagte man ihr, daß sie mich nicht vor dem nächsten Sonntag wiedersehen dürfe, also erst nach einer ganzen Woche.

Ich erfuhr das erst am späten Abend, und Entsetzen erfaßte mich. Ich dachte an Katja und fürchtete, sie werde unsere Trennung nicht überleben. Ich geriet darüber außer mir, und meine Verzweiflung war so groß, daß ich in der Nacht krank wurde. Am nächsten Morgen kam der Fürst zu mir und sagte mir leise, als wir allein blieben, ich solle ruhig auf ein baldiges Wiedersehen hoffen. Leider waren aber seine Bemühungen vergeblich, denn die Fürstin blieb bei ihrem Entschluß. Meine Verzweiflung wuchs mit jeder Stunde und würgte mich so, daß ich an ihr zu ersticken glaubte.

Am dritten Morgen brachte mir Nastja einen Zettel von Katja. Sie schrieb mir mit dem Bleistift auf einem abgerissenen Stück Papier in fürchterlichen Krähenfüßen folgendes:

»Ich liebe dich unsinnig. Ich sitze bei *maman* und denke nur darüber nach, wie ich fortlaufen könnte. Ich werde unbedingt fortlaufen, das schwöre ich dir, und deshalb weine nicht. Schreib mir, wie du mich liebst. Ich aber umarme dich die ganze Nacht im Schlaf; ich habe furchtbar gelitten, Njetotschka. Ich schicke dir Konfekt. Adieu.«

Ich antwortete auf demselben Wege. Den ganzen Tag las ich immer wieder Katjas Brief und weinte. Madame Léotard quälte mich mit ihrer Zärtlichkeit. Am Abend erfuhr ich, daß sie zum Fürsten gegangen war und gesagt hatte, daß ich sicherlich zum drittenmal krank werden würde, wenn ich Katja nicht wiedersähe, und daß sie es bereue, die Fürstin beunruhigt zu haben. Ich fragte Nastja, was Katja mache. Sie sagte, Katja weine nicht, sei aber sehr blaß.

Am nächsten Morgen flüsterte Nastja mir zu:

»Gehen Sie ins Kabinett des Fürsten. Aber gehen Sie über die Treppe, die rechts nach unten führt.«

Alles in mir wurde lebendig in froher Vorahnung. Atemlos vor Erwartung lief ich nach unten und klinkte die Tür auf zum Kabinett. Es war niemand da. Plötzlich wurde ich hinterrücks krampfhaft umschlungen und Katja küßte mich leidenschaftlich. Lachen, Tränen ... Im Nu riß sie sich aus meinen Armen, lief zum Vater, kletterte wie eine Eichkatze an ihm empor bis auf seine Schulter, konnte sich aber dort nicht halten und sprang auf den Diwan. Das brachte auch den Fürsten so aus dem Gleichgewicht, daß er sich setzen mußte. Katja lachte unter Tränen.

»Papa, was bist du für ein guter Papa!«

»Wildfang! Ihr seid mir beide gut! Was ist denn in euch gefahren? Woher diese Freundschaft? Woher diese Liebe?«

»Ach, frag' nicht, Papa, davon verstehst du nichts!«

Und wir hielten uns wieder fest umschlungen.

Ich betrachtete sie bang: sie hatte abgenommen in den drei Tagen. Die frische Farbe ihres Gesichtchens war einer zarten Blässe gewichen. Da mußte ich weinen vor Leid.

Nastja klopfte an die Tür: ein Zeichen, daß Katjas Abwesenheit der Fürstin aufgefallen war. Katja wurde leichenblaß.

»Laßt es jetzt genug sein, Kinder. Wir werden hier jeden Tag wieder zusammenkommen. Nehmt jetzt Abschied für heute, und Gott sei mit euch!« sagte der Fürst.

Er war sichtlich gerührt, als er unseren Schmerz sah; aber es sollte anders kommen. Am Abend desselben Tages kam aus Moskau die Nachricht, daß der kleine Ssascha schwer erkrankt sei und fast schon in den letzten Zügen liege. Die Fürstin beschloß sofort, am nächsten Morgen die Reise anzutreten. Das geschah alles so schnell, daß ich selber es erst kurz vor ihrer Abfahrt erfuhr. Daß wir uns überhaupt noch verabschieden konnten, Katja und ich, hatten wir nur dem Fürsten zu danken, denn die Fürstin hatte davon nichts wissen wollen. Die Prinzeß war wie zerschlagen. Ich lief wie von Sinnen nach unten und warf mich an ihre Brust. Der Reisewagen wartete schon vor dem Portal. Katja sah mich an und plötzlich wurde sie ohnmächtig. Ich bedeckte sie mit Küssen. Die Fürstin bemühte sich erschrocken um sie und gab ihr Essenzen zu riechen. Endlich schlug sie die Augen auf und ihre erste Bewegung war, daß sie mich wieder umarmte.

»Leb' wohl, Njetotschka!« sagte sie plötzlich und versuchte zu lächeln, aber es sprach nur eine unsagbare Rührung aus ihrem Gesichtchen. »Du, sieh nicht auf mich; das ist nur so; ich bin nicht krank, in einem Monat komme ich wieder. Dann werden wir uns nie mehr trennen.«

»Genug, Katja«, sagte die Fürstin ruhig, »fahren wir!«

Aber die Prinzeß kehrte noch einmal zurück. Noch einmal umfing sie mich krampfhaft.

»Mein ... Leben!« konnte sie mir noch zuflüstern, »auf Wiedersehen!«

Wir küßten uns zum letztenmal und die Prinzeß verließ mich – für lange, sogar für sehr lange Zeit. Es vergingen acht Jahre, bis wir uns wiedersahen!

. . . . . . . . . . . . . . . . . . . . . . . . .

Ich habe von dieser Episode meiner Kindheit mit Absicht so ausführlich erzählt. Unsere Lebensgeschichten sind eben untrennbar verbunden. Ihr Roman ist auch mein Roman. Es war mir wie vom Schicksal bestimmt, sie kennen zu lernen, und ebenso ihr, mich zu finden. Und überdies konnte ich der Lust nicht widerstehen, mich nochmals in meine Kindheit zu versetzen ... Jetzt wird meine Erzählung schneller fortschreiten. Mein Dasein sank damals wie in eine große Stille und erst als ich mein sechzehntes Jahr bereits vollendet hatte, war es mir, als erwache ich wieder zu einem wirklichen Leben ...

Doch zuvor muß ich noch ein paar Worte über die erste Zeit nach der Abreise der fürstlichen Familie sagen.

Ich blieb mit Madame Léotard zurück.

So vergingen zwei Wochen. Dann traf aus Moskau ein Abgesandter des Fürsten ein und brachte die Nachricht, daß die Rückkehr nach Petersburg auf unbestimmte Zeit hinausgeschoben worden sei. Da nun Madame Léotard aus Gründen, die ihre eigene Familie angingen, nicht nach Moskau übersiedeln konnte, so hatte sie im Hause des Fürsten nichts mehr zu tun. Sie blieb aber in derselben Familie, indem sie zur ältesten Tochter der Fürstin übersiedelte.

Ich bin bisher noch nicht auf Alexandra Micháilowna zu sprechen gekommen, weil ich sie bis dahin nur ein einziges Mal gesehen hatte. Sie war die Tochter der Fürstin aus deren erster Ehe. Die Herkunft und Verwandtschaft der Fürstin waren nicht sehr vornehm. Ihr erster Mann war ein Branntweinpächter gewesen. Als sie dann zum zweitenmal geheiratet hatte, wußte sie nicht, was sie mit ihrer ältesten Tochter anfangen sollte. Auf eine glänzende Partie konnte sie nicht hoffen. Die Mitgift war mäßig; aber schließlich, vier Jahre vor meiner Aufnahme, hatte man für sie dennoch einen reichen Mann, der schon einen bedeutenden Posten bekleidete, gefunden. Alexandra Michailowna kam nun in neue Gesellschaftskreise und sah um sich eine andere Welt. Die Fürstin besuchte ihre Tochter im ganzen nur zweimal im Jahr. Der Fürst, ihr Stiefvater, besuchte sie dagegen in jeder Woche und nahm dann auch Katja mit. In der letzten Zeit sah die Fürstin es sehr ungern, daß Katja zur Schwester ging; da brachte der Fürst sie oft heimlich hin. Katja vergötterte die Schwester, obwohl sie ganz entgegengesetzte Charaktere waren.

Alexandra Micháilowna war damals zweiundzwanzig Jahre alt, still, sehr liebreich. Ja, es war, wie wenn ein heimlicher Kummer, ein verborgener Schmerz ihre schönen Züge verkläre. Und dennoch hatte ich die Empfindung, als paßten der Ernst und die Trauer nicht gut zu ihrem schönen lieben Antlitz, ganz wie etwa einem Kinde Trauer nicht steht. Man konnte sie nicht ansehen, ohne sogleich tiefe Sympathie für sie zu empfinden. Sie war fast durchsichtig bleich und, wie es hieß, zur Schwindsucht geneigt. Sie lebte sehr zurückgezogen und liebte weder bei sich viele Gäste zu empfangen, noch selbst Besuche zu machen. Ihr Leben war das einer Einsiedlerin. Kinder hatte sie zunächst nicht. Ich weiß noch, sie kam einmal zu uns gefahren, um mit Madame Léotard zu sprechen, und sie trat damals zu mir und küßte mich mit tiefem Gefühl. Mit ihr war ein hagerer, schon älterer Herr gekommen. Ihm traten die hellen Tränen in die Augen, als er mich sah. Das war der Geigenvirtuose B.... Alexandra Michailowna legte den Arm um mich und fragte, ob ich bei ihr leben und ihr Töchterchen sein wolle. Ich sah ihr ins Gesicht und erkannte in ihr die Schwester meiner Katja, und ich umarmte sie mit einem dumpfen Schmerz im Herzen und empfand wieder, wie groß meine Einsamkeit war ... als hätte mir wieder jemand gesagt: »Du bist eine Waise!« Darauf gab mir Alexandra Michailowna einen Brief des Fürsten, den ich mit unterdrücktem Schluchzen las. Der Fürst schrieb in Liebe und Güte, Gottes Segen möge auf mir ruhen und ich möge in dem langen Leben, das mir noch bevorstehe, glücklich sein. Zum Schluß bat er mich noch, auch seine andere Tochter zu lieben. Katja schrieb mir gleichfalls einige Zeilen. Sie schrieb, daß sie sich nun gar nicht mehr von der Mutter trenne.

Bevor dieser Tag zu Ende ging, kam ich also wieder in ein anderes Haus, zu anderen Menschen, nachdem ich mein Herz abermals von allem hatte losreißen müssen, was mir schon lieb und traut geworden war. Müde, wie zerschlagen, betrat ich das neue Heim. Mein Herz blutete ...

Und so beginnt denn in meiner Erzählung jetzt ein neuer Abschnitt meines Lebens.

## VI

Mein neues Leben verlief so still und ruhig, als hätte ich unter Einsiedlern gelebt ... Ich brachte bei ihnen mehr als acht Jahre zu und erinnere mich nicht, daß in dieser Zeit, abgesehen von einigen wenigen pflichtschuldigen Diners, jemals eine größere Gesellschaft im Hause gewesen wäre, oder daß Verwandte, Freunde und Bekannte sich bei uns zusammengefunden hätten. Mit Ausnahme von zwei oder drei Personen, die hin und wieder einmal vorsprachen – wie zum Beispiel der Künstler B., der ein guter Freund des Fürsten H. und auch seiner Stieftochter Alexandra Michailowna war, und die Herren, die fast ausschließlich in Amtsangelegenheiten Alexandra Michailownas Gatten aufsuchten –, kam so gut wie niemand zu uns. Alexandra Michailownas Gatte war beständig von seinem Dienst in Anspruch genommen und konnte sich nur selten für eine kurze Zeit freimachen, die er dann gleichmäßig zwischen dem Familienleben und den gesellschaftlichen Pflichten teilte. Hervorragende Verbindungen, die er unmöglich vernachlässigen konnte, zwangen ihn ziemlich oft, die Gesellschaft an sich zu erinnern. Fast überall hielt sich das Gerücht von seinem schrankenlosen Ehrgeiz. Da er sich aber gleichzeitig des Rufes erfreute, ein tüchtiger, ernster Mensch zu sein, da er überdies, wie bereits erwähnt, schon ein hohes Amt bekleidete und Glück und Erfolg ihn wie es schien von selbst aufsuchten, so war die Gesellschaft weit davon entfernt, ihm ihre Sympathie zu entziehen. Ja, noch mehr als das: man brachte ihm beständig und ganz allgemein eine gewisse besondere Teilnahme entgegen, die man dagegen seiner Frau vollständig versagte. Alexandra Michailowna lebte in völliger Einsamkeit: aber es war, als sei ihr das nur angenehm, ja, als freue sie sich sogar darüber. Ihr stiller Charakter war gleichsam geschaffen für dieses stille Leben.

An mir hing sie mit ganzer Seele, sie liebte mich wie ihr eigenes Kind, und ich, deren Tränen ob der Trennung von Katja noch nicht versiegt waren, ich, mit meinem wehen Herzen, ich warf mich wie erlöst in ihre mütterlich zärtliche Umarmung. Und vom ersten Tage an hat meine glühende Liebe zu ihr nie aufgehört, noch jemals etwas von ihrer Glut eingebüßt. Sie war mir Mutter, Schwester, Freund, sie ersetzte mir alles und hegte und pflegte meine Jugend. Hinzu kam, daß ich bald erriet und herausfühlte, daß ihr Geschick durchaus nicht so glücklich war, wie man es auf den ersten Blick wohl annehmen konnte, wenn man nach ihrem stillen und ruhigen äußeren Leben urteilte, nach ihrer scheinbaren Freiheit und ihrem guten, stillen Lächeln, das so oft ihr liebes Gesicht verklärte. Ich entdeckte vielmehr im Laufe meiner Entwicklung fast täglich etwas Neues im Leben meiner Wohltäterin, etwas, das in langsamer Qual von meinem Herzen erraten wurde, und mit dieser traurigen Erkenntnis wuchs zugleich meine Liebe zu ihr und mit der Liebe meine Anhänglichkeit.

Ihr Charakter war schüchtern und weich. Wenn man ihre reinen, klaren Gesichtszüge sah, die förmlich Ruhe ausströmten, dann hätte man es auf den ersten Blick nicht für möglich gehalten, daß irgendeine Unruhe in ihrem reinen Herzen wohnen konnte. Es war undenkbar, daß sie auch nur irgendeinen Menschen nicht hätte lieben können; das Mitleid siegte stets in ihrem Herzen, selbst über Ekel und Abscheu; indes war sie aber nur sehr wenigen Freunden zugetan und lebte auch innerlich in vollständiger Einsamkeit... Ihrer Natur nach war sie leidenschaftlich und empfänglich für alle Eindrücke, gleichzeitig aber war's, als sei ihr selbst bange vor ihrer Empfänglichkeit und als bewache sie deshalb ihr Herz jeden Augenblick, damit es sich nicht vergäße, und wär's auch nur in Träumen. Es fiel mir auf, daß ihr bisweilen in den lichtesten Stunden mit einem Mal Tränen in die Augen traten: als sei plötzlich eine Erinnerung in ihrer Seele aufgetaucht, die Erinnerung an etwas, was ihr Gewissen qualvoll peinigen mochte und ewig wie auf der Lauer lag, um im Augenblick des Glücks plötzlich hervorzuspringen und das Glück feindlich zu verscheuchen. Und je ruhiger, glücklicher, zufriedener sie war, um so näher, schien es, war der Kummer, um so unfehlbarer erschienen plötzlich die Tränen – wie ein Anfall, der über sie kam. Ich entsinne mich keines einzigen vollkommen ruhigen Monats in den ganzen acht Jahren. Ihr Mann liebte sie anscheinend sehr, und sie – sie vergötterte ihn. Aber schon auf den ersten Blick schien es einem, als gäbe es etwas Unausgesprochenes zwischen ihnen. Es mußte da irgendein Geheimnis walten – ein Geheimnis in ihrer Vergangenheit. Wenigstens geschah es, daß ich schon vom ersten Tage an etwas ähnliches vermutete ...

Ihr Mann machte auf mich, als ich ihn zum erstenmal sah, den Eindruck eines finsteren Menschen. Diesen ersten Eindruck empfing ich noch als Kind und deshalb konnte ihn auch nichts verwischen. Äußerlich war er ein hagerer Mensch von hohem Wuchs, und man hatte die Empfindung, als verberge er mit Absicht seinen Blick hinter den großen, grünen

Gläsern seiner Brille. Er war trocken, nichts weniger als mitteilsam, und selbst unter vier Augen im Verkehr mit seiner Frau fand er sozusagen niemals ein rechtes Thema zur Unterhaltung. Offenbar war ihm die Gegenwart von anderen Menschen lästig. Mich beachtete er überhaupt nicht; dagegen fühlte ich mich jedesmal, wenn wir abends im Salon Alexandra Michailownas zum Tee zusammenkamen, während seiner Anwesenheit äußerst ungemütlich. Heimlich beobachtete ich Alexandra Michailowna, und zu meinem Kummer bemerkte ich, daß sie dann jedes ihrer Worte erwog und über jede Bewegung nachdachte. Sie aber erbleichte, wenn sie sah, daß ihr Mann schroffer oder unfreundlicher wurde; oder sie errötete auch wohl plötzlich, als habe sie aus einem seiner Worte irgendeine Anspielung oder einen Vorwurf herausgehört. Ich fühlte es, daß ihr das Zusammensein mit ihm schwer fiel, und doch schien sie, wenigstens soweit sich das nach äußeren Anzeichen beurteilen ließ, keinen Augenblick ohne ihn leben zu können. Mir fiel besonders ihre ungeheure Aufmerksamkeit ihm gegenüber auf: kein Wort, keine Bewegung wurde von ihr überhört oder übersehen. Es war, als wolle sie es ihm aus allen Kräften recht machen, und als fühle sie, daß ihr das dennoch nicht gelang. Ja, es war fast, als erbettele sie von ihm seinen Beifall: ein flüchtiges Lächeln, ein halbes freundliches Wort von ihm – und sie war glücklich ... glücklich wie ein Mädchen in der ersten Zeit einer noch schüchternen, noch hoffnungslosen Liebe. Sie ging mit ihrem Manne meist so vorsichtig um wie mit einem Schwerkranken. Er aber sah auf sie, wie mir schien, mit einem sie bedrückenden und quälenden Mitleid herab. Sobald er mit einem Händedruck von ihr Abschied genommen und sich wieder in sein Kabinett zurückgezogen hatte, war sie gleich wie verwandelt. Ihre Bewegungen, ihre Unterhaltung, alles an ihr wurde sofort viel freier, heiterer, sicherer. Nur eine gewisse Verwirrung war an ihr noch lange nach jedem Wiedersehen mit ihm bemerkbar. Sie fing dann gleich an, sich jedes von ihm gesprochene Wort ins Gedächtnis zurückzurufen, wie um es nochmals zu prüfen. Häufig wandte sie sich dann auch an mich mit der Frage, ob sie sich nicht verhört habe: hatte Pjotr Alexándrowitsch sich so oder so ausgedrückt? – und als suche sie noch nach einem anderen Sinn in dem, was er gesagt! Erst nach etwa einer Stunde wurde sie dann wieder sie selbst, als habe sie sich nun endlich davon überzeugt, daß er mit ihr vollkommen zufrieden sei und daß sie sich grundlos beunruhige. Dann wurde sie plötzlich froh und heiter und gut, küßte mich, lachte mit mir oder setzte sich an den Flügel und spielte, was ihr gerade einfiel. Oft spielte und improvisierte sie dann, ohne zu gewahren, wie zwei Stunden darüber verstrichen. Dann kam es wohl auch vor, daß das Spiel plötzlich verstummte und ich sie weinen sah. Sobald sie aber meine Besorgnis bemerkte, versicherte sie mir schnell und flüsternd – als fürchte sie, daß man uns hören könnte –, es sei nichts, es sei wirklich nichts; diese Tränen kämen nur so von selbst, sie hätten nichts zu bedeuten, sie sei, im Gegenteil, sehr froh und glücklich und ich solle mich nur nicht aufregen. War ihr Mann abwesend, so geschah es oft, daß sie sich um ihn plötzlich beunruhigt fühlte und sich nach ihm zu erkundigen begann: wohin er gefahren, warum, wann, zu wann er die Pferde bestellt, ob er krank oder gesund, bei guter oder schlechter Laune gewesen, was er gesagt usw., usw. Von seinen Dienstangelegenheiten und seiner Arbeit mit ihm zu sprechen, das wagte sie grundsätzlich nicht. Wenn er ihr einmal etwas riet oder sie um etwas bat, dann hörte sie ihn ergeben an und schien sich in acht zu nehmen, wie eine Sklavin vor ihrem Gebieter. Sie hatte es sehr gern, wenn er irgend etwas von ihren Sachen lobte, etwa ein Buch, einen Kunstgegenstand oder eine ihrer Handarbeiten. Sie war dann gleichsam stolz darauf und sah sofort glücklich aus. Ihr Glück aber kannte keine Grenzen, wenn er einmal – das geschah freilich nur sehr selten und auch dann fast wie aus Versehen – zu den beiden kleinen Kindern ein wenig Zärtlichkeit äußerte. Ihr Gesicht verklärte sich dann geradezu, es strahlte vor Glück, und in diesen Augenblicken gab sie sich in ihrem Verhalten dem Mann gegenüber manchmal vielleicht etwas zu sehr ihrer Freude hin. Zum Beispiel trieb sie dann die Kühnheit bisweilen sogar so weit, daß sie plötzlich selbst und unaufgefordert ihn bat – allerdings immer noch zaghaft und mit schüchterner Stimme – irgendeine neue Komposition, die ihr der Musikalienhändler zugesandt, anzuhören, oder seine Meinung über ein Buch zu sagen, oder ihr gar zu erlauben, ihm ein bis zwei Seiten daraus vorzulesen, wenn diese einen großen Eindruck auf sie gemacht hatten. Gewöhnlich kam der Gatte gnädig allen ihren Wünschen nach und lächelte, wie man über ein Kind nachsichtig lächelt, wenn man ihm irgendein seltsames Spiel nicht verbieten will, um ihm nicht vorzeitig seine Naivität zu rauben. Ich weiß nicht, weshalb mich dieses Lächeln, diese hochmütige Nachsicht, diese Ungleichheit zwischen ihnen immer so empörte! Ich schwieg aber, bezwang mich und beobachtete sie nur aufmerksam mit kindlicher Neugier, jedoch mit frühreifen, ernsten Gedanken. Bisweilen bemerkte ich, daß ihm plötzlich etwas einzufallen schien: es war, als besinne er sich, als erinnere er sich gegen seinen Willen an etwas Schweres, Furchtbares, Unabwendbares, und im Nu verschwand das nachsichtig herablassende Lächeln aus seinen Zügen; seine Augen sahen dann plötzlich mit solchem Mitleid auf die Frau, daß es wie eine Lähmung über sie kam und ich von diesem Mitleid förmlich körperlichen Schmerz verspürte: hätte es mir gegolten – ich glaube, es hätte mich zu Tode gequält. Im Augenblick verschwand dann auch alle Freude aus dem Gesicht Alexandra Micháilownas. Die Musik, wenn sie gerade spielte, oder ihre Stimme, wenn sie gerade vorlas, brach ab. Sie erbleichte, nahm sich krampfhaft zusammen und schwieg. Es folgte ein peinliches, drückendes Schweigen, das bisweilen lange andauerte. Endlich versuchte ihr Mann das Schweigen zu brechen. Er erhob sich, um wie mit Gewalt den Ärger und die Erregung in sich niederzuzwingen, und nachdem er ein paarmal in finsterem Schweigen durch das Zimmer geschritten war, drückte er seiner Frau die Hand, atmete tief auf, preßte sichtlich betreten ein paar abgerissene Worte hervor, die sie beruhigen sollten, und verließ das Zimmer; Alexandra Michailowna aber brach in Tränen aus und eine tiefe, qualvolle Traurigkeit kam über sie. Oft segnete und bekreuzte er sie vor dem Fortgehen, wie man ein Kind, abends beim Abschied, bekreuzt, und sie empfing den Segen mit Tränen der Dankbarkeit in stiller Ehrfurcht. Aber es gab da ein paar Abende, nur zwei oder drei in den ganzen acht Jahren, die ich nicht vergessen kann... Dann war Alexandra Michailowna plötzlich ganz verändert. In ihrem sonst so stillen Gesicht spiegelten sich dann plötzlich, anstatt der beständigen Unterwerfung und Selbsterniedrigung vor dem Manne, Zorn und Empörung. Das Gewitter zog langsam herauf. Der Mann wurde schweigsamer, schroffer und sein Gesicht noch finsterer als sonst. Schließlich hielt es das wunde Herz der armen Frau nicht mehr aus. Mit vor Aufregung stockender Stimme begann sie ein Gespräch, anfangs in abgerissenen, unzusammenhängenden Sätzen voll von Andeutungen und bitter verschwiegenen Worten; bis sie plötzlich, als könne sie ihr Leid nicht mehr ertragen, in Tränen ausbrach. Und dann folgte ein Zornesausbruch mit Vorwürfen, Klagen und Verzweiflung wie in einer schweren Krisis. Aber man hätte sehen müssen, mit welcher Geduld ihr Mann das alles ertrug, mit welcher Teilnahme er sie zu beruhigen suchte und wie er ihr die Hände küßte, bis schließlich auch ihm die Tränen in die Augen traten: dann war's, als rufe ihr Gewissen ihr plötzlich etwas zu und werfe ihr ein Verschulden vor. Die Tränen ihres Mannes erschütterten sie, und sie warf sich händeringend in neuer Verzweiflung zu seinen Füßen nieder und flehte unter Schluchzen und Weinen um seine Verzeihung, die er ihr denn auch sofort gewährte. Ihr Gewissen ließ ihr aber noch lange keine Ruhe, und sie fuhr fort, ihn unter Tränen um Verzeihung zu bitten. Nach diesen Ausbrüchen war sie dann die ganzen folgenden Monate noch schüchterner, noch ängstlicher vor ihrem Mann als zuvor. Mir blieben alle diese Klagen und Vorwürfe vollkommen unverständlich; überdies wurde ich dann immer unter irgendeinem Vorwand aus dem Zimmer geschickt, aber ganz konnten sie dies alles doch nicht vor mir verbergen. Ich beobachtete und sah ... und was ich nicht sah, das erriet ich, und so schöpfte ich schon gleich zu Anfang den Verdacht, daß es sich hierbei um ein Geheimnis handeln mußte, daß diese plötzlichen Ausbrüche eines wunden Herzens nicht gewöhnliche Nervenkrisen waren, daß ihr Mann nicht ohne Grund immer so finster aussah und dieses zweideutige Mitleid mit der armen kranken Frau hatte, daß auch ihre Schüchternheit und Ängstlichkeit und auch diese bescheidene sonderbare Liebe, die sie ihrem Mann kaum zu zeigen wagte, ihren besonderen Grund haben mußten, und ebenso ihre Einsamkeit, ihre nahezu klösterliche Zurückgezogenheit, sowie ihr plötzliches Erröten und Erbleichen in der Gegenwart ihres Gatten, das mir immer wieder auffiel und immer wieder zu denken gab.

Doch solche Szenen kamen, wie gesagt, nur sehr, sehr selten vor, und da unser Leben ohnehin so überaus eintönig verlief und Alexandra Michailowna mir auch schon so nahe stand, als hätte ich sie mein Leben lang gekannt, und ich andererseits mich schnell entwickelte und viel Neues in mir erwachte (wenn es mir auch noch nicht zu Bewußtsein kam, aber immerhin, ein Neues, das mich von meinen Beobachtungen ablenkte), so gewöhnte ich mich eben an dieses Leben und an die Eigenheiten der Menschen, die mich umgaben. Freilich dachte ich, wenn ich sie mitunter betrachtete, über sie dennoch nach, das war wohl anders auch nicht gut möglich, aber mein Denken führte vorläufig noch zu keinem Ergebnis. Hinzu kam, daß ich sie glühend liebte und mich unwillkürlich hütete, mit meiner Neugier ihre Wunde zu berühren – dazu achtete ich ihr Leid viel zu sehr. Sie aber verstand mich vielleicht noch besser als ich selbst mich verstand, und wie oft sagte sie mir für meine Liebe und Anhänglichkeit ihren stummen Dank! Wie oft, wenn sie meine

Sorge um sie sah, lächelte sie mir unter Tränen zu oder sie scherzte selbst über ihr häufiges Weinen, oder sie begann mir zu erzählen, daß sie sehr zufrieden, sehr glücklich sei, alle seien so gut zu ihr, alle hätten sie lieb, nur quäle es sie sehr, daß Pjotr Alexándrowitsch sich ihretwegen gräme und sich um ihre Seelenruhe sorge, während sie im Gegenteil so glücklich sei, so glücklich! Und sie schloß mich mit tiefem Gefühl in ihre Arme; innige Liebe verklärte ihr Gesicht, so daß mein Herz, wenn man sich so ausdrücken darf, vor lauter Mitempfinden mit ihr mir weh tat.

Nie werde ich ihr Gesicht vergessen. Es waren regelmäßige Züge, und ihre Magerkeit und Blässe, so schien es, erhöhten nur noch den Reiz ihrer strengen Schönheit. Das reiche, schwarze Haar, das – in der Art, wie es damals getragen wurde – vom Scheitel glatt nach unten gekämmt war, warf tiefe Schatten auf das Oval der Wangen; um so liebreizender aber war der frappierende Kontrast ihrer großen, kindlich klaren blauen Augen, aus denen einen soviel Zärtlichkeit, Liebe und Güte ansah, und in denen bisweilen auch soviel Naivität lag und soviel Zaghaftigkeit und Schutzbedürftigkeit. Es waren Augen, die jeden starken Affekt zu scheuen schienen, die jede Erregung des Herzens fürchteten, gleichviel ob es flüchtige Freude oder stille Trauer war. Allein in glücklichen, ruhigen Stunden lag in diesem Blick, der so tief ins Herz drang, soviel Klarheit und Wärme, soviel Ruhe und Reinheit, dann schauten diese blauen Augen so zärtlich, so süß einen an, dann spiegelte sich in ihnen soviel Sympathie mit allem, was edel und gut war, was um Liebe oder um Mitleid bat, daß man sich ihr mit ganzer Seele hingab, daß die Seele sich ihr vollkommen unterwarf und zu ihr hinstrebte und von ihr gleichsam dieselbe Klarheit und Ruhe, dieselbe Versöhnung und Liebe übernahm. So schaut man bisweilen hinauf in den blauen Himmel und fühlt, daß man Stunden und Stunden in diesem süßen Schauen verbringen könnte, und daß die Seele freier und ruhiger wird, ganz als spiegele sich in ihr wie in einem stillen Wasser die große weite Himmelskuppel. Wenn aber (und das geschah so oft!) die Begeisterung ihr Farbe ins Gesicht trieb und ihre Brust sich vor Erregung hob und senkte, dann sprühten ihre Augen in dunklem Feuer, als wenn ihre Seele, die keusch die reine Flamme des sie so begeisternden Schönen hütete, sich ganz in ihre Augensterne versetzt hätte. Dann war sie geradezu wie vom Heiligen Geist erfüllt. Und in diesem plötzlichen Aufschwung der Seele mitten aus stiller, ruhiger Stimmung zu glühendster Begeisterung und reiner, strenger Vergeistigung lag so viel von naivem kindlichem Glauben, daß ein Künstler wohl sein halbes Leben dafür hingeben würde, wenn er dieses Frauenantlitz in einem solchen Augenblick hätte sehen und diese Begeisterung auf der Leinwand hätte wiedergeben können.

Schon in den ersten Tagen nach meiner Übersiedelung merkte ich, daß sie sich in ihrer Einsamkeit über meine Anwesenheit freute. Damals hatte sie nur ein Kind und war erst seit einem Jahr Mutter. Zu mir aber war sie stets wie zu einer leiblichen Tochter und niemals machte sie einen Unterschied zwischen mir und ihren eigenen Kindern. Und mit welchem Eifer sie sich an meine Erziehung machte! Madame Léotard mußte oft lächeln, wenn sie in der ersten Zeit ihren Übereifer sah. Und in der Tat, wir fingen mit einem Mal so ziemlich alles zugleich an; wir begannen mit so vielen Fächern, daß wir uns bald ganz verloren. Sie wollte mir schnellstens so viel beibringen, daß es sie zu liebevoller Ungeduld trieb, ich aber, oder vielmehr mein Wissen, keinen großen Nutzen daraus ziehen konnte. Meine Hilflosigkeit betrübte sie anfangs; dann aber mußte sie lachen und dann fingen wir nochmals von vorn an. Und trotz des ersten Mißerfolgs erklärte sich Alexandra Michailowna kühn gegen das altbewährte System der Madame Léotard. Sie stritten lachend um ihre Methoden, aber meine neue Lehrerin blieb kategorisch bei ihrer Feindschaft gegen jegliches System und behauptete, wir würden nach etlichen Versuchen den richtigen Weg schon finden, denn es habe keinen Sinn, mir den

Kopf mit toten Regeln vollzustopfen: der ganze Erfolg hinge nur davon ab, daß man meine natürlichen Fähigkeiten erkannte und weckte, sowie davon, daß man auf meinen guten Willen zu wirken vermochte. Darin aber hatte sie zweifellos recht, denn ihre Methode siegte mit glänzendem Erfolg. Erstens fielen bei uns die Rollen der Lehrerin und Schülerin ganz fort. Wir lernten wie zwei Freundinnen, und nicht selten machte es sich so, daß ich Alexandra Michailowna belehrte, ohne ihre kleine List zu bemerken. Und wir gerieten nicht selten sogar in Streit und mit glühendem Fifer suchte ich die Sache ihr so zu erklären, wie ich sie begriff, bis Alexandra Michailowna mich unmerklich auf den richtigen Weg führte. Das endete dann gewöhnlich damit, daß ich, wenn mir endlich ein Licht aufging und ich plötzlich ihre List erriet und einsah, daß sie, was oft genug geschah, ganze Stunden zu meinem Nutzen geopfert hatte – daß ich ihr dann um den Hals fiel und sie krampfhaft umarmte. Später tat ich das nach jeder Stunde. Meine Empfindsamkeit überraschte und rührte sie dann so, daß sie mich immer ganz verwundert ansah. Sie begann mich nach meinem früheren Leben zu fragen und nach meinen Erzählungen wurde sie jedesmal zärtlicher zu mir und ernster, ernster, weil ich ihr mit meiner traurigen Kindheit außer dem Mitleid auch eine gewisse Achtung einflößte. Nach meinen Geständnissen führten wir gewöhnlich noch lange Gespräche, in denen sie mir meine Erlebnisse zu erklären versuchte, so daß es mir vorkam, als erlebte ich das alles nochmals und als lernte ich dabei viel. Madame Léotard fand diese Gespräche viel zu ernst für mein Alter, und wenn sie meine unwillkürlichen Tränen bemerkte, sagte sie oft, sie seien gar nicht am Platz. Ich aber dachte darüber ganz anders, denn nach *diesem* Unterricht wurde es mir immer so leicht und frei und süß ums Herz, ganz als hätte es in meinem Schicksal nichts Dunkles und Trauriges gegeben. Und ich war auch Alexandra Michailowna viel zu dankbar dafür, daß ich sie mit jedem Tage noch mehr zu lieben lernte. Madame Léotard wäre natürlich nie darauf verfallen, daß auf diese Weise allmählich alles in mir sich glätten und ordnen und seine Harmonie finden mußte, was sich früher wirr und vorzeitig stürmisch in meiner Seele erhoben hatte: alles, wovor mein wundes Kinderherz in seinem bitteren Schmerz so ratlos dastand, daß es hätte verstocken müssen, da es nur den Schmerz fühlte, aber nicht begriff, warum und woher die Schläge es trafen.

Unsere Tage fingen damit an, daß wir uns im Kinderzimmer zusammenfanden, ihr Kindchen weckten, es ankleideten, wuschen, fütterten, mit ihm spielten und ihm das Sprechen beizubringen versuchten. Hatten wir uns mit ihm genug abgegeben, dann begann das Lernen. Dieses Lernen erstreckte sich eigentlich auf alles und war doch an nichts gebunden. Wir lasen, teilten einander unsere Eindrücke mit, tauschten Gedanken während der Lektüre aus, und wenn wir davon genug hatten, gingen wir zur Musik über; so verging die Zeit wie im Fluge. Die Abende verbrachten wir meist sehr gemütlich, zuweilen kam B., Alexandra Michailownas Freund, und auch Madame Léotard gesellte sich zu uns. Oft wurde dann aus der Unterhaltung ein eifriger Disput über die Kunst oder über das Leben (das wir fast alle nur vom Hörensagen kannten) oder über die Wirklichkeit und das Ideal, über Vergangenes und Zukünftiges, und es wurde darüber Mitternacht und noch später, ohne daß wir es merkten. Ich hörte mit allen Sinnen zu, ich begeisterte mich mit ihnen, ich lachte oder ich war ergriffen. Im Lauf dieser Abende erfuhr ich denn auch nach und nach alles Nähere, was meinen Stiefvater und meine erste Kindheit betraf.

Inzwischen wuchs ich heran; man nahm für mich Lehrer an, allein von diesen hätte ich ohne Alexandra Michailownas Hilfe so gut wie nichts gelernt. Bei meinem Geographielehrer hätte ich von dem ewigen Suchen der Städte und Flüsse auf den Karten nur erblinden können! Mit Alexandra Michailowna dagegen unternahm ich wahre Weltreisen, wir durchstreiften so märchenhafte Länder, sahen so viele Wunder, verbrachten so viele phantasieerfüllte Stunden miteinander, und unser Eifer war vor lauter Begeisterung so groß, daß alle Bücher, die sie gelesen hatte, nicht mehr genügten und wir uns neue Bücher verschaffen mußten. Bald konnte ich meinen Geographielehrer belehren, wenn er auch, das muß man ihm um der Gerechtigkeit willen lassen, bis zum Schluß seine Überlegenheit insofern bewahrte, als er die Lage jedes Städtchens mit peinlichster Genauigkeit in Längen- und Breitengraden anzugeben wußte, sowie die Zahl der Einwohner in Tausenden, Hunderten und Zehnern. Dem Geschichtslehrer wurden die Stunden gleichfalls pünktlich bezahlt, aber erst nachdem er gegangen war, fingen wir, Alexandra Michailowna und ich, mit der Geschichte an: dann holten wir unsere Bücher hervor und lasen, lasen bis tief in die Nacht. Nie habe ich größere Begeisterung empfunden als bei diesem Lesen. Wir waren dann beide so begeistert, als wären wir selber die Helden, die jene großen Taten vollbrachten. Natürlich lasen wir zwischen den Zeilen noch mehr heraus als aus den Zeilen; überdies verstand Alexandra Michailowna meisterhaft zu erzählen oder eine Begebenheit zu erläutern, so daß man das Geschehnis förmlich miterlebte, als geschähe es eben jetzt. Mag es nun auch meinetwegen komisch anmuten, daß wir uns so begeisterten und bis nach Mitternacht saßen und lasen, ich ein Kind und sie eine Frau mit einem wunden Herzen, das so schwer am Leben trug! Aber es war so. Ich wußte, daß sie sich neben und mit mir gleichsam erholte. Soweit ich mich erinnere, machte ich mir schon damals seltsame Gedanken, wenn ich sie still betrachtete, und noch bevor ich etwas aus ihrem Leben erfuhr, hatte ich schon vieles erraten.

Ich wurde dreizehn Jahre alt. Mit Alexandra Michailownas Gesundheit ging es mehr und mehr bergab. Sie wurde reizbarer und die Anwandlungen hoffnungsloser Trauer kamen immer öfter über sie. Ihr Gatte verbrachte nun gewöhnlich längere Zeit bei ihr, wenn er auch ebenso einsilbig und finster blieb wie früher. Da begann ich denn, immer lebhafteren Anteil an ihrem Schicksal zu nehmen. Ich entwuchs bereits der Kindheit. Viele neue Eindrücke, Beobachtungen und Vermutungen hatten in mir schon bestimmtere Formen angenommen. Das Geheimnis aber, das es in dieser Familie gab, begann mich immer mehr zu quälen. Es gab Augenblicke, wo es mir schien, daß ich dieses Rätsel fast schon erriet. Aber dann kam auch wieder eine gewisse Gleichgültigkeit, eine Apathie über mich, ja sogar ein gewisser Ärger konnte mich erfassen, und ich vergaß meine Neugier, da ich auf die eine Frage doch keine Antwort erhielt. Bisweilen (und das kam immer häufiger vor) hatte ich das seltsame Bedürfnis, allein zu bleiben und zu denken, immer nur zu denken. Das war ganz wie zu jener Zeit, als ich noch bei den Eltern lebte und damals (noch vor meiner Freundschaft mit meinem Stiefvater) ein ganzes Jahr lang nachdachte und aus meinem Winkel die Welt Gottes betrachtete, so daß ich zu guter Letzt unter den von meiner eigenen Phantasie geschaffenen Visionen ganz vereinsamte. Der Unterschied bestand nur darin, daß jetzt mehr neue unbewußte Triebe in mir waren und größere Ungeduld, stärkere Sehnsucht, mächtigeres Verlangen nach Bewegung, nach Auflehnung mich quälte, so daß ich nicht mehr wie früher meine Spannung und Sammlung ausschließlich auf eine einzige Sache hinlenken konnte. Aber auch Alexandra Michailowna fing an, sich von mir zurückzuziehen. In diesem Alter konnte ich ihr fast nicht mehr Freundin sein. Ich war kein Kind mehr, ich fragte schon nach gar zu vielem; zuweilen sah ich sie so an, daß sie die Augen vor mir niederschlagen mußte. Es gab sonderbare Augenblicke. Ich konnte ihre Tränen nicht ertragen, und oft traten bei ihrem Anblick auch mir Tränen in die Augen. Ich fiel ihr um den Hals und umfing sie leidenschaftlich. Was konnte sie mir antworten? Ich fühlte es doch, daß ich ihr eine Last war. Bisweilen aber – und das waren dann schwere, traurige Minuten – war sie es, die mich plötzlich wie in innerer Verzweiflung umarmte, als suche sie meine Teilnahme, als könne sie ihre Einsamkeit nicht länger ertragen, als hätte ich sie schon ganz verstanden, als hätten wir schon gemeinsam gelitten. Doch trotz alledem blieb zwischen uns ein Geheimnis, das fühlten wir, und da war ich es, die sich in diesen Augenblicken von ihr zu entfernen begann. Es wurde mir schwer, mit ihr zusammen zu sein. Überdies verband uns fast nichts mehr, außer der Musik. Doch auch die wurde ihr von den Ärzten schon verboten. Bücher? Das war schließlich sogar das gefährlichste Gebiet. Sie wußte entschieden nicht, was und wie sie mit mir lesen sollte. Wir wären nicht einmal über die erste Seite hinausgekommen: jedes Wort hätte man als Andeutung, jeden belanglosen Satz als Rätsel auffassen können. Vertrauliche Gespräche zu zweit, wie früher, in glühender Lebhaftigkeit, begannen wir zu meiden.

Gerade in dieser Zeit gab das Schicksal meinem Leben plötzlich und in ganz unvorhergesehener Weise eine andere Richtung. Meine Aufmerksamkeit, meine Gefühle, mein Herz, mein Kopf – alles wandte sich mit einem Mal und mit ganzer angespannter Kraft, die bis zur Begeisterung stieg, plötzlich einer anderen, mir bis dahin noch ganz unbekannten Tätigkeit zu. Ich versetzte mich, fast ohne dessen gewahr zu werden, in eine neue Welt; ich hatte keine Zeit, zurückzusehen, mich umzuschauen, mich zu besinnen; es konnte ja leicht mein Verderben sein, was ich auch deutlich selbst fühlte. Aber die Versuchung war größer als die Angst, und ich ging weiter aufs Geratewohl, mit geschlossenen Augen. Und auf lange Zeit ließ ich mich so ablenken von jener Wirklichkeit, die mir bereits lästig wurde und in der ich schon so durstig und doch vergeblich nach einem Ausweg suchte. Was das war, will ich jetzt erzählen.

Von den drei Ausgängen aus dem Eßzimmer führte der eine in die großen Empfangsräume, der andere in mein Zimmer und in die Kinderzimmer, und der dritte in die Bibliothek. In die Bibliothek führte aber noch eine andere Tür, die von meinem Zimmer nur durch ein Arbeitskabinett getrennt war, in dem gewöhnlich der Gehilfe Pjotr Alexándrowitschs saß. Der war zugleich sein Sekretär und gewissermaßen seine rechte Hand. Und er war es auch, der den Schlüssel zu den Bücherschränken aufbewahrte. Eines Tages nach dem Essen, als er nicht zu Hause war, fand ich diesen Schlüssel auf dem Teppich in seinem Arbeitszimmer. Ich wurde neugierig, behielt den Schlüssel und versuchte, ob sich mit ihm die Tür aufschließen ließ. Ich trat in die Bibliothek. Das war ein ziemlich großes, sehr helles Zimmer, in dem an den Wänden acht große Bücherschränke standen. Die vielen Bücher waren Pjotr Alexandrowitsch einmal mit einer Erbschaft zugefallen, oder wenigstens ein großer Teil derselben. Die anderen Bücher hatten sich nach und nach angesammelt, da Alexandra Michailowna beständig welche kaufte. Mir hatte man bis dahin nur mit großer Vorsicht Bücher zum Lesen gegeben, so daß es für mich unschwer zu erraten war, daß man mich vieles nicht lesen lassen wollte, also vieles für mich noch ein Geheimnis blieb. Dies nun erweckte in mir unbezwingbare Neugier, und in einer Anwandlung von Furcht und Freude und mit einem ganz besonderen Gefühl, über das ich mir keine Rechenschaft gab, schloß ich den ersten Schrank auf und nahm das erste Buch aus der Reihe. In diesem Schrank waren nur Romane. Ich behielt den Band, verschloß den Schrank und brachte das Buch mit einem so eigentümlichen Empfinden, mit klopfendem und doch wieder stillstehendem Herzen zu mir, auf mein Zimmer, als hätte ich geahnt, daß damit eine große Umwälzung in meinem Leben eintreten sollte. Erst als ich in meinem Zimmer in Sicherheit war und auch die Tür verschlossen hatte, schlug ich das Buch auf. Aber zu lesen wagte ich noch nicht. Eine andere Sorge beschäftigte mich: zunächst mußte ich mir ein für allemal den freien Zutritt zu den Bücherschränken sichern, und zwar so, daß niemand etwas davon merkte, damit ich mir zu jeder Zeit jedes beliebige Buch verschaffen und bei mir behalten konnte. Ich beschloß daher, auf das Vergnügen, das entwendete Buch sogleich zu lesen, vorläufig zu verzichten und brachte das Buch zurück, aber den Schlüssel behielt ich dafür bei mir. Ich behielt ihn und verheimlichte es. Das war die erste schlechte Tat in meinem Leben. Nun wartete ich auf die Folgen, aber die waren nicht schlimm: nachdem der Sekretär den Schlüssel einen ganzen Abend vergeblich gesucht hatte, ließ er am nächsten Morgen einen Schlosser rufen; der fand dann nach kurzem Suchen in einem mitgebrachten großen Schlüsselbund einen passenden neuen Schlüssel. Damit war die Sache erledigt und niemand erfuhr, daß er den alten Schlüssel verloren hatte. Trotzdem war ich vorsichtig und ging mit List erst nach einer Woche in die Bibliothek, nachdem ich mich überzeugt hatte, daß nicht der geringste Verdacht gegen mich bestand. Anfangs wählte ich immer die Zeit, wenn der Sekretär nicht zu Hause war, und ging dann durch sein Arbeitszimmer; später aber ging ich ruhig aus dem Eßzimmer in die Bibliothek, denn der Sekretär hatte zwar den Schlüssel in der Tasche, doch um die Bücher kümmerte er sich so wenig, daß er das Zimmer überhaupt nicht betrat.

Mit wahrem Heißhunger begann ich zu lesen, und das Gelesene nahm mich ganz in seinen Bann. Alle meine neuen Bedürfnisse, alle unklaren Wünsche meines Entwicklungsalters, die sich so unruhig und rebellisch in meiner Seele erhoben hatten, vorzeitig durch meine Frühreife erweckt, all das strömte von jetzt ab dem neuen Ausweg zu, als hätte es mit ihm den richtigen Weg gefunden. Bald waren mir Herz und Sinne so bezaubert und meine Phantasie entwickelte sich so schrankenlos, daß die ganze Welt, die mich bis dahin umgeben hatte, für mich wie vergessen, wie irgendwo fern versunken lag. Es war, als hielte mich das Schicksal selbst an der Schwelle des neuen Lebens, nach dem es mich schon so stürmisch verlangte, über das ich bereits Tag und Nacht wie über ein Rätsel nachdachte, bevor es mich in dieses Leben eintreten ließ – noch einen Augenblick zurück, um mich auf eine Höhe zu führen und mir von dort aus die Zukunft in einem Zauberpanorama zu zeigen, als eine lockende, glänzende Perspektive. Es war mir gewiß bestimmt, diese ganze Zukunft gleichsam im voraus kennen zu lernen, sie zuerst in den Büchern zu lesen und dann in Träumen, in Hoffnungen, in leidenschaftlicher Sehnsucht und in süßer Erregung meines jungen Geistes zu durchleben. Ich las ohne Auswahl, wie mir die Bücher in die Hände fielen, aber das Schicksal behütete mich: das, was ich bis dahin erfahren und empfunden hatte, war alles so rein, so herb gewesen, daß die einzelnen, heimtückischen und schmutzigen Seiten mir nichts anhaben konnten. Mein guter Kinderinstinkt, meine Jugend und meine ganze Vergangenheit beschützten mich, und es war mir nur, als sähe ich plötzlich mein ganzes früheres Leben bewußt in heller Beleuchtung. Tatsächlich erweckte jede Seite, die ich las, gleichsam Erinnerungen in mir, als hätte ich das alles oder doch etwas ähnliches schon irgendeinmal selbst erlebt; ja, gerade diese Leidenschaften, dieses ganze Leben mit seinen märchenhaften Bildern kamen mir so bekannt vor. Und wie hätte es denn auch anders sein können: wie hätte ich darüber die Wirklichkeit nicht bis zur Entfremdung vergessen sollen, da doch in jedem Buch vor mir die Gesetze desselben Schicksals verkörpert waren, desselben Geistes, der über dem Menschenleben thront, alle jedoch wie aus einem obersten Gesetz des Menschenlebens fließend, das zugleich die Rettung und Erlösung und das Glück der Menschheit enthielt? Eben dieses oberste Gesetz, dessen Bestehen ich schon vermutete, suchte ich nun aus allen Kräften, mit allen Instinkten, die eine Art Selbsterhaltungstrieb in mir geweckt hatte, zu erraten. Es war mir dann, als sei ich schon im voraus durch irgendwen darauf aufmerksam gemacht worden, weshalb meine Achtsamkeit sich so selbstverständlich gerade darauf richtete. Es war, als dränge sich ein Hellsehen in meine Seele, und mit jedem Tage wuchs und erstarkte in ihr eine eigene Sehnsucht, obschon gleichzeitig mein Verlangen nach dieser Zukunft, nach diesem Leben, von dem ich täglich las und das mich täglich mit der ganzen nur der Kunst eigenen Gewalt und allen Reizen der Dichtung erschütterte und lockte, immer mächtiger wurde. Doch wie gesagt, meine rege Phantasie beherrschte auch meine Ungeduld und ich war, um die Wahrheit zu gestehen, nur in meinen Träumen kühn, in Wirklichkeit aber fürchtete ich mich instinktiv vor der Zukunft. Und deshalb hatte ich es mir, wie nach geheimer Verabredung mit mir selbst, unbewußt zum Vorsatz gemacht, mich vorläufig mit diesem Leben in der Phantasie zu begnügen, in dem ich dafür die unbedingte Selbstherrscherin sein konnte und in dem es nur Glück und Freude gab; das Unglück aber, wenn es auch zugelassen war, spielte dort nur eine passive Rolle, eine Art Übergangsrolle, die notwendig war nur um der Kontraste willen: damit das Schicksal sich in meinen begeistert erträumten Romanen zum Guten wenden und zu einem glücklichen Schluß führen konnte. So deute ich mir jetzt meine damalige Stimmung.

Und dieses Leben, dieses Leben ausschließlich in der Phantasie, dieses Leben in schroffer Abkehr von allem, was mich umgab, konnte sich ganze drei Jahre lang fortsetzen!

Dieses Leben war mein Geheimnis, und selbst nach ganzen drei Jahren wußte ich noch nicht, ob ich mich vor einer plötzlichen Aufdeckung des Geheimnisses fürchten sollte oder nicht. Das, was ich in diesen drei Jahren erlebt hatte, stand mir gar zu nah, war schon zu sehr verwachsen mit mir! In allen diesen Träumen spiegelte ich mich selbst viel zu deutlich wieder, so daß fremde Augen, gleichviel wessen Augen, durch einen unvorsichtigen Blick in meine Seele mich verwirrt und erschreckt hätten. Hinzu kam, daß wir alle im Hause so einsam lebten, so außerhalb der Gesellschaft, so klösterlich still, daß sich unwillkürlich in jedem von uns ein Innenleben, eine Konzentration auf sich selbst entwickeln mußte. Und das geschah denn auch mit mir. In diesen drei Jahren sah ich in meiner Umgebung nicht die geringste Veränderung: nach wie vor herrschte das farblose Einerlei, das, wie ich mir jetzt gestehe, wenn ich nicht von meinem geheimen Leben erfüllt gewesen wäre, ganz entschieden meine Seele zerrissen und mich aus diesem traurigen Kreise Gott weiß auf welchen Ausweg getrieben hätte. Madame Léotard alterte merklich und zog sich fast ganz in ihr Zimmer zurück; die Kinder waren noch so klein, daß sie nicht in Frage kamen; B. war gar zu einseitig und Alexandra Michailownas Gatte gar zu ernst, gar zu unzugänglich und verschlossen. Zwischen ihm und seiner Frau herrschte immer noch dasselbe rätselhafte Verhältnis, das mich wie ein unheilvolles, düsteres Geheimnis immer mehr bedrückte und meine angstvolle Sorge um Alexandra Michailowna von Tag zu Tag vergrößerte. Ihr Leben, das so freudlos und farblos war, begann schon zu erlöschen. Ihr Zustand verschlimmerte sich mit jedem Tage. Von ihrer Seele hatte allmählich eine Art Verzweiflung Besitz ergriffen; etwas Unbestimmtes, worüber wohl auch sie keine Rechenschaft zu geben vermochte, schien lähmend auf ihr zu lasten, und sie trug es still, wie ein unvermeidliches Kreuz, das zu tragen sie für die kurze Zeit ihres Lebens nun einmal verurteilt war. Und doch schien es mir, als verstocke allmählich ihr Herz in dieser dumpfen Qual; ja, selbst ihr ganzes Denken nahm eine andere Richtung und wurde düster, traurig, trostlos. Namentlich eine Beobachtung traf mich: es schien mir, daß sie sich, je älter ich wurde, um so mehr von mir entferne, so daß ihre Verschlossenheit mir gegenüber schließlich die Form einer gewissen Reizbarkeit annahm, die sich wie Ärger äußerte. Ja, es gab Augenblicke, wo ich die Empfindung hatte, sie liebe mich überhaupt nicht mehr; ich schien ihr lästig zu sein. Deshalb begann auch ich mich von ihr zurückzuziehen, und nachdem das einmal geschehen war, wurde ich von ihrer Verschlossenheit gleichsam angesteckt. So kam es denn, daß alles, was ich in diesen drei Jahren erlebte und was allmählich in mir reifte, mein Geheimnis blieb. Und da wir uns einmal voreinander verschlossen hatten, fanden wir später nie mehr so zueinander zurück, zu dem früheren aufrichtigen Verhältnis, obschon ich sie immer noch mehr lieben lernte. Ich kann jetzt nicht ohne Tränen daran denken, wie sehr sie an mir hing, wie sie sich in ihrem Herzen für verpflichtet hielt, ihren ganzen großen Liebesreichtum an mich zu verschwenden und wie sie ihrem Gelübde, mir eine Mutter zu sein, bis zum Tode treu blieb. Es ist wahr, das eigene Leid lenkte sie zuweilen für eine Zeitlang von mir ab, und ich glaube, daß sie mich dann einfach vergaß – um so mehr, als ich mich nach Möglichkeit bemühte, sie nicht an mich zu erinnern. Inzwischen wurde ich sechzehn Jahre alt, ohne daß sie mein Heranwachsen gemerkt hätte. Aber in klareren Stunden, wenn sie bewußter um sich sah, war es doch, als erschrecke sie plötzlich: und sie ließ mich dann eilig aus meinem Zimmer, wo ich gewöhnlich gerade lernte, zu sich rufen, und überschüttete mich mit Fragen, wie um mich zu prüfen, zu ergründen. Tagelang mußte ich dann bei ihr sitzen. Sie gab sich Mühe, alle meine Wünsche, alle meine Gefühlsregungen zu erraten und war offenbar in Sorge um mein Alter. Und wie sie sich um meine Gegenwart sorgte, so sorgte sie sich auch um meine Zukunft, und mit unerschöpflicher Liebe, ja, geradezu mit Ehrfurcht vor meinem Leben suchte sie mich für alle Zeiten mit ihrer Hilfe auszurüsten. Trotzdem: innerlich waren wir uns schon fremd geworden und deshalb merkte sie es nicht, daß sie mitunter gar zu naiv vorging und ich ihre Absicht viel zu schnell durchschaute. Als sie einmal – das war schon nach meinem sechzehnten Geburtstag – in meinen Büchern gekramt hatte, fragte sie mich plötzlich, was ich lese, und als sie sah, daß es nur kleine Geschichten für etwa zwölfjährige Kinder waren, da erschrak sie. Ich erriet sofort, was sie erschreckt hatte, und beobachtete sie aufmerksam. Ganze zwei Wochen ließ sie es sich nun angelegen sein, mich vorzubereiten und zu prüfen und vor allem meinen Reifegrad festzustellen. Endlich entschloß sie sich: und auf unserem Tisch erschien „Ivanhoe“ von Walter Scott, ein Roman, den ich schon längst und mindestens dreimal gelesen hatte. Anfangs verfolgte sie mit ängstlicher Erwartung, welcher Art der Eindruck war, den ich empfing; bald jedoch wich diese Gespanntheit zwischen uns und wir begeisterten uns beide; ich jedoch war froh, so froh, daß ich mich jetzt nicht mehr vor ihr zu verstellen brauchte! Als wir den Roman beendet hatten, war sie entzückt von mir. Jede Bemerkung, die ich während der Lektüre gemacht, jede Äußerung und Auffassung war richtig gewesen. Ja, ihrer Meinung nach war ich sogar schon zu weit entwickelt. Überrascht und entzückt davon, machte sie sich nun wieder freudig daran, meine Entwicklung zu leiten; sie wollte sich nie mehr von mir trennen; das lag aber nicht in ihrer Macht. Das Schicksal trat sehr bald wieder trennend zwischen uns und verhinderte eine beiderseitige Annäherung. Dazu bedurfte es nur der ersten leisen Anwandlung ihrer Krankheit und ihr Leid siegte in ihrer Seele; und dann folgte wieder eine Entfremdung, wieder stand ihr Geheimnis, stand Mißtrauen zwischen uns, und vielleicht war es sogar wieder wie eine Verstockung von ihrer wie von meiner Seite, die sich zwischen uns schob.

Doch selbst dann gab es Augenblicke, die nicht in unserer Macht standen. Spannende Lektüre, ein sympathisches Wort, die Macht der Musik – und schon vergaßen wir uns, sprachen mit einer Offenheit, die nicht selten beinahe zu weit ging, und dann fühlten wir uns bedrückt voreinander. Es war dann immer wie ein plötzliches Sichbesinnen, und wir sahen uns wie erschrocken über uns selbst mit argwöhnischer Neugier und mit Mißtrauen an. Jede von uns hatte ihre Grenze, bis zu der sie sich der anderen nähern konnte; diese Grenze zu überschreiten, wagten wir nicht, auch wenn wir es gewollt hätten.

Eines Nachmittags vor der Dämmerung las ich im Salon Alexandra Michailownas zerstreut in einem Buch. Sie saß am Flügel und improvisierte nach Motiven italienischer Musik. Als sie schließlich auf die Melodie einer bekannten Arie überging, begann ich, von der Musik, die mich gefangennahm, gleichsam dazu aufgefordert, leise die Melodie mitzusingen. Die Musik bezauberte mich; darum stand ich plötzlich auf und trat an den Flügel. Alexandra Michailowna schien meinen Wunsch zu erraten und ging auf die Begleitung über, liebevoll jedem Ton meiner Stimme folgend. Es war, als sei sie durch die Stärke meiner Stimme überrascht. Ich hatte bis dahin noch nie in ihrer Gegenwart gesungen, ja, und auch ich wußte noch nicht, ob ich überhaupt irgendwelche Stimmmittel besaß. Jetzt aber waren wir plötzlich beide wie vom gleichen Geist erfüllt. Ich hob die Stimme mehr und mehr, eine mir bis dahin unbekannte Energie erwachte in mir, eine Leidenschaft, die von Alexandra Michailownas freudiger Verwunderung, die ich aus jedem Takt ihrer Begleitung heraushörte, noch geschürt wurde. Und der Schluß der Arie gelang mir so gut, ich war so beseelt, so hingerissen von dem Lied, daß sie ganz begeistert meine Hände ergriff und mich strahlend ansah:

»Annjeta! Aber du hast ja eine wundervolle Stimme!« rief sie entzückt. »Mein Gott! und ich habe davon nichts gewußt!«

»Ja, ich habe es ja selbst erst jetzt bemerkt!« versicherte ich, gleichfalls ganz durcheinander vor Freude.

»Ach, Gott segne dich, Gott segne dich, mein liebes, unschätzbares Kind! Danke Gott für diese Gabe! Wer weiß ... Ach, mein Gott, mein Gott!« ...

Sie war so ergriffen von der Überraschung, so außer sich vor Freude, daß sie nicht wußte, was sie mir sagen, wie sie mir ihre Liebe zeigen sollte. Das war nun eine jener Stunden der Aufrichtigkeit, der Zuneigung und Wiederannäherung, die es zwischen uns in der letzten Zeit schon lange nicht mehr gegeben hatte. Eine Stunde später war es wie ein Fest im Hause. Sie schickte sogleich zu B. und ließ ihn zu sich bitten. In der Erwartung seiner nahmen wir ein anderes Lied vor, das mir bekannter war. Diesmal zitterte ich vor Angst. Ich wollte nicht durch einen Mißerfolg den ersten Eindruck zerstören. Doch bald gab mir meine Stimme selbst wieder Mut und machte mich sicher. Ich sang und wunderte, wunderte mich über den Umfang meiner Stimme. Dieser zweite Versuch verscheuchte jeden Zweifel. Alexandra Michailowna wußte vor Freude nicht, wo sie sich lassen sollte, sie schickte nach den Kindern, sogar nach der Kinderfrau, und schließlich ließ sie sich so weit hinreißen, daß sie zu ihrem Mann ging und ihn aus seinem Kabinett zu uns rief – eine Kühnheit, an die sie zu jeder anderen Zeit nicht einmal zu denken gewagt hätte. Pjotr Alexandrowitsch nahm die Neuigkeit wohlwollend auf, gratulierte mir und war der erste, der darauf sagte, man müsse meine Stimme ausbilden. Alexandra Michailowna, die vor Dankbarkeit so glücklich war, als hätte er für sie Gott weiß was getan, wollte ihm dafür fast die Hände küssen. Endlich kam B. Seine Freude war groß. Er liebte mich sehr und gedachte meines Stiefvaters, der Vergangenheit, und als ich ihnen zwei oder drei Lieder vorgesungen hatte, erklärte er mit ernster und sogar besorgter Miene, ja, sogar mit einer gewissen geheimnisvollen Feierlichkeit, daß ich zweifellos gute Stimmittel hätte, vielleicht auch sogar Talent, und deshalb sei es natürlich ganz unmöglich, meine Stimme etwa nicht auszubilden ... jedoch ... Und nun war es, als besinne er sich, und er wie auch Alexandra Michailowna schienen sich zu sagen, daß es gefährlich sei, mich schon zu Anfang so zu loben, und ich bemerkte, wie sie sich nun mit einigen Blicken schnell verständigten und sich später noch flüsternd verabredeten, so daß ihre kleine Verschwörung gegen mich recht ungeschickt und naiv ausfiel. Ich lachte im stillen den ganzen Abend, denn als ich wieder gesungen hatte, sah ich, wie sie sich Mühe gaben, gleichgültig zu bleiben und wie sie sogar einige Mängel mit Absicht hervorhoben und laut besprachen. Ihre Selbstbeherrschung währte aber nicht lange, und B. war der erste, der, von der Freude übermannt, sich untreu wurde. Ich hatte nicht vermutet, daß er mich so gern hatte. Den ganzen Abend herrschte eine frohe Stimmung und die lebhafte Unterhaltung war so freundschaftlich wie nie zuvor. B. gab die Lebensgeschichten einiger Künstler zum besten und erzählte von der Kunst der berühmten Größen mit der Begeisterung des Künstlers, oft sogar fast ehrfurchtsvoll und ergriffen.

Es war auch die Rede von meinem Stiefvater, und dann

ging die Unterhaltung auf mich über, auf meine Kindheit, dann auf den Fürsten und die Familie des Fürsten, von der ich nach der Trennung so wenig gehört hatte. Auch Alexandra Michailowna wußte nur wenig von ihnen, B. dagegen am meisten, da er mehrmals in Moskau gewesen war. Hier aber bekam das Gespräch etwas Geheimnisvolles und Rätselhaftes, und zwei oder drei Umstände, die hauptsächlich den Fürsten betrafen, blieben mir ganz unverständlich. Alexandra Michailowna erkundigte sich nach Katja, doch B. wußte von ihr nichts Besonderes zu berichten oder schien vielmehr absichtlich nichts berichten zu wollen. Das machte mich stutzig. Ich hatte Katja nicht nur nicht vergessen, sondern meine frühere Liebe zu ihr hatte sich eher noch vertieft; aber es war mir nie in den Sinn gekommen, daß mit ihr irgendeine Veränderung vor sich gegangen sein könnte. Ich hatte weder an die langen Jahre der Trennung, noch an die Verschiedenheit unserer Erziehung und unserer Charaktere gedacht. Sie hatte mich in meinen Gedanken nie verlassen, sie lebte immer noch so, wie ich sie als Kind gesehen, neben mir, und in meiner Phantasie gingen wir stets Hand in Hand. Da ich mich selbst immer als Heldin jedes von mir gelesenen Romans sah, so ersann ich für meine Freundin, die Prinzeß, immer eine Rolle neben mir und verdoppelte somit den Roman, von dem dann der zweite Teil ausschließlich von mir handeln sollte, ersann ihn mit Hilfe aller meiner Lieblingsautoren, die ich natürlich erbarmungslos bestahl.

An jenem Abend wurde auch gleich im Familienrat beschlossen, welchem Professor meine Ausbildung übertragen werden solle. B. empfahl den allerbesten. So fuhr denn schon am nächsten Tage der berühmte Italiener D. bei uns vor, prüfte meine Stimme, sagte ungefähr dasselbe, was sein Freund B. gesagt hatte, meinte aber, es wäre für mich von viel größerem Nutzen, wenn ich zusammen mit seinen anderen Schülerinnen bei ihm lernte; der Ehrgeiz und das gute Beispiel wären vortreffliche Hilfsmittel usw., usw. Alexandra Michailowna war damit einverstanden, und so ging ich von diesem Tage an regelmäßig dreimal wöchentlich früh morgens um 8 Uhr in Begleitung eines Dienstmädchens ins Konservatorium.

Jetzt muß ich von einem sonderbaren Erlebnis erzählen, das auf mich einen großen, nachhaltigen Eindruck machte und nach welchem ich wie nach einem schroffen Bruch in ein anderes Alter eintrat. Ich war damals noch nicht ganz siebzehn Jahre alt, als plötzlich eine mir selbst ganz unverständliche Apathie von meiner Seele Besitz zu ergreifen begann; eine eigentümliche, unerträgliche, schwermütige Stille, die ich selbst nicht begriff, kam über mich. Alle meine Erwartungen, mein ganzes Streben und Wollen war verstummt, sogar meine Phantasie schwieg wie vor Kraftlosigkeit. Eine kalte Gleichgültigkeit war in mir an die Stelle der früheren unbeholfenen drangvollen Glut getreten. Selbst für mein Talent, das doch von allen, die ich mit ganzer Seele lieb hatte, so bewundert wurde, konnte ich keine Neigung und Liebe in mir mehr aufbringen und ich mißachtete es gefühllos. An nichts nahm ich Anteil, und selbst für Alexandra Michailowna empfand ich nur dieselbe kalte Gleichgültigkeit, obschon ich mir deshalb Vorwürfe machte. Meine Apathie wurde nur von grundloser Traurigkeit oder von plötzlichen Tränen unterbrochen. Ich hatte das Verlangen nach Einsamkeit. Und in dieser eigentümlichen Zeit wurde durch ein seltsames Erlebnis meine ganze Seele bis auf den Grund erschüttert und diese Stille in einen wahren Sturm verwandelt. Mein Herz wurde getroffen und verwundet. Und das geschah folgendermaßen.

## VII

Ich trat in die Bibliothek (diese Stunde werde ich nie vergessen) und nahm den letzten Roman von Walter Scott, „St. Ronans Brunnen“, den einzigen von ihm, den ich noch nicht gelesen hatte. Ich weiß noch, daß ein gegenstandsloser Kummer mich fast wie mit einer Vorahnung quälte. Ich hätte weinen mögen. Im Zimmer war es noch sehr hell von den letzten Strahlen der Abendsonne, die mit ihrer Lichtfülle durch die hohen Fenster auf das glänzende Parkett fielen. Es war still. Auch in den Nebenzimmern war keine Menschenseele. Pjotr Alexandrowitsch war nicht zu Hause, und Alexandra Michailowna war krank und lag zu Bett. Ich weinte auch wirklich, und während ich im zweiten Teil des Romans blätterte, versuchte ich, aus den einzeln herausgezupften Sätzen, die ich hier und da las, den Zusammenhang des Ganzen zu erraten. Es war fast, wie wenn man ein Buch aufs Geratewohl aufschlägt und den ersten besten Satz wie einen Orakelspruch liest. Es gibt solche Augenblicke, wo alle geistigen und seelischen Kräfte sich krankhaft anstrengen und plötzlich wie in einer hellen Flamme des Bewußtseins auflodern, und in diesem Augenblick wird dann die erschütterte Seele, die sich gleichsam im Vorgefühl, ja, vielleicht sogar schon im Vorgenuß des Zukünftigen quält, wie von einem prophetischen Traum erfüllt. Und man will so leben, so leben, und das Herz, das in heißester, blindester Hoffnung aufflammt, will mit einemmal gleichsam die Zukunft herausfordern – die Zukunft mit ihrer ganzen geheimnisvollen Unbekanntheit, auch mit Stürmen und Ungewittern, wofern sie nur Leben ist, wirkliches Leben! Gerade das war es, was ich empfand.

Ich erinnere mich, daß ich gerade das Buch schloß, um es dann aufs Geratewohl wieder aufzuschlagen und mit dem Gedanken an meine Zukunft einen Satz als Orakelspruch zu lesen. Als ich nun die Buchdeckel aufklappte und die Blätter sich teilten, lag vor mir in dem aufgeschlagenen Buch ein beschriebener Bogen Postpapier, zweimal gefaltet und so zusammengepreßt, als sei er schon vor Jahren in dieses Buch gelegt und dann vergessen worden. Neugierig untersuchte ich meinen Fund. Es war ein Brief, jedoch ohne Adresse, ohne Anrede und als Unterschrift standen nur zwei

Buchstaben: S. O. Meine Neugier verdoppelte sich, ich entfaltete das fast zusammengeklebte Papier, das vom langen Liegen auf den Blättern eine helle Stelle von der Größe seines Formats hinterlassen hatte. An den Faltstellen war das Papier schon stark mitgenommen: man hatte den Brief wohl oft gelesen. Die Tinte war verblaßt; er mußte schon vor langer, langer Zeit geschrieben worden sein. Einzelne Wörter stachen mir in die Augen, und mein Herz begann zu klopfen vor Erwartung. Verwirrt besah ich den Brief von allen Seiten, wie um das Lesen noch hinauszuschieben. Zufällig sah ich näher hin und hob ihn zum Licht: ja! es waren deutliche Tränenspuren zu sehen, stellenweise waren sogar ganze Buchstaben verwischt. Wessen Tränen mochten das sein? Und schließlich las ich mit stockendem Herzschlag die erste halbe Seite und – fast hätte ich aufgeschrien. Ich stellte das Buch zurück, schloß den Schrank, verbarg den Brief in meinem Kleide und lief auf mein Zimmer, dessen Tür ich verschloß, und dann machte ich mich daran, den Brief nochmals vom Anfang an zu lesen. Mein Herz schlug so laut, daß die Buchstaben vor meinen Augen tanzten und ich lange nicht begriff, was ich las. Der Brief war eine Aufklärung, für mich eine Lösung des Geheimnisses, – wie ein Blitz durchzuckte es mich, denn ich erriet sogleich, an wen er gerichtet war. Ich wußte, daß ich nahezu ein Verbrechen beging, wenn ich ihn las, aber der Augenblick war stärker als ich! Der Brief war an Alexandra Michailowna gerichtet.

Hier ist er; ich schreibe ihn wortgetreu ab. Unklar begriff ich, was er enthielt, und noch lange nachher habe ich über das Rätsel nachgedacht und mich grübelnd gequält. Mit diesem Augenblick brach mein früheres Leben ab. Mein Herz war für lange Zeit erschüttert, fast für immer, denn dieser Brief hatte viele Folgen. Die Vorahnung, mit der ich das Orakel nach meiner Zukunft hatte fragen wollen, hatte mich nicht getäuscht.

Dieser Brief war ein letzter, schrecklicher Abschied. Während ich ihn las, krampfte sich mein Herz so schmerzhaft zusammen, als verlöre ich selbst damit alles, als würden mir auf ewig sogar meine Träume und Hoffnungen genommen, als bliebe mir nichts mehr als ein unnötiges, überflüssiges Leben. Wer war er, der diesen Brief geschrieben hatte? Wie verlief sein Leben nachher? Dieser Brief enthielt so viele Andeutungen, so viele Angaben, daß man sich nicht täuschen konnte, und doch auch so viele Rätsel, daß es unmöglich war, sich nicht in den Vermutungen zu verlieren. Dennoch kann ich sagen, daß ich mich kaum irrte; übrigens offenbarte allein schon der Stil des Briefes, der auch sonst noch vieles verriet, den ganzen Charakter dieses Verhältnisses, über dem zwei Herzen gebrochen sind. Die Gedanken und Gefühle des Schreibenden lagen offen zutage. Doch hier ist der Brief; ich schreibe ihn Wort für Wort ab:

»Du wirst mich nicht vergessen, sagtest Du, und ich glaube Dir, und von nun an liegt mein ganzes Leben in diesen Deinen Worten. Wir müssen uns trennen, unsere Stunde hat geschlagen. Das habe ich längst gewußt, meine stille, meine traurige Schönheit, – aber erst jetzt habe ich es begriffen. Während der ganzen Zeit, die *uns* gehörte, seitdem du mich liebtest, hat mein Herz voll Schmerz gezittert um unsere Liebe, und – wirst Du es glauben? – jetzt ist mir leichter! Ich wußte es schon längst, daß es so enden werde, daß es uns so vorherbestimmt war! Das ist das Schicksal. Und weißt Du, laß es mich Dir sagen, Alexandra: wir waren *nicht ebenbürtig;* das habe ich immer, *immer* gefühlt! Ich war Deiner unwürdig, und ich, ich allein müßte die Strafe tragen für das Glück, das mir zuteil wurde! Sag doch selbst, was war ich im Vergleich mit Dir, bevor ich Dich kennen lernte? Gott! Nun sind schon zwei Jahre darüber vergangen und ich bin immer noch wie von Sinnen; ich kann es bis jetzt noch nicht begreifen, daß *Du mich* hast liebgewinnen können! Ich verstehe nicht, wie es zwischen uns zu diesem Zusammenstoß hat kommen können, womit es begann. Erinnerst Du Dich noch, was war ich im Vergleich mit Dir? War ich denn

Deiner wert? Was war an mir, wodurch zeichnete ich mich aus? Bevor ich Dich kennen lernte, war ich ungelenk und primitiv, und mein Aussehen trübselig und finster. Ein anderes Leben wußte ich mir weder zu wünschen, noch dachte ich daran, es herbeizuführen. Alles in mir war niedergedrückt, und ich kannte in der ganzen Welt nichts Wichtigeres als meine tagtägliche Arbeit. Ich hatte nur eine Sorge – das war der nächste Tag; doch selbst zu dieser Tagesarbeit verhielt ich mich gleichgültig. Früher einmal – aber das ist schon lange her –, da hatte ich wohl etwas ähnliches erträumt und wie ein Narr phantastische Schlösser gebaut. Seitdem aber war viel, viel Zeit vergangen und ich richtete mich, so gut es ging, in meinem Leben ein, lebte einsam, verschlossen, ruhig und sogar ohne die Kälte zu fühlen, die mein Herz erstarren ließ. Und mein Herz schlief ein. Ich wußte doch, daß für mich nie eine andere Sonne aufgehen werde, und ich glaubte daran und murrte nicht, denn ich begriff, daß es *so sein mußte*. Als Du an mir vorübergingst, wußte ich nicht, daß ich es wagen durfte, meine Augen zu Dir zu erheben. Ich war wie ein Sklave vor Dir. Mein Herz bebte nicht neben Dir, es sehnte sich nicht und verhieß mir nichts von Dir; es war und blieb still. Meine Seele erkannte die Deine nicht, wenn ihr auch wohl war neben ihrer schönen Schwester. Das weiß ich; das fühlte ich dumpf. Das konnte ich fühlen, denn selbst in den letzten Grashalm dringt Gottes Sonnenlicht und wärmt und liebkost ihn ebenso wie die schönste Blume, neben der er wunschlos dahin vegetiert. Als ich aber alles erfuhr (erinnerst Du Dich noch, nach jenem Abend, nach jenen Worten, die meine Seele bis auf den Grund erschütterten?) da war ich wie geblendet, bestürzt, alles verwirrte sich in mir, und – stell Dir vor – ich war so betroffen, ich traute mir selbst so wenig, daß ich Dich gar nicht verstand! Davon habe ich Dir nie etwas gesagt. Du hast davon nichts gewußt; aber nicht so war ich früher, bevor Du mich kennen lerntest. Wenn ich gekonnt hätte, wenn ich gewagt hätte zu sprechen, so hätte ich Dir längst alles gestanden. Ich jedoch schwieg. Jetzt aber will ich Dir alles sagen, denn Du sollst wissen, wen Du verläßt, von was für einem Menschen Du Dich trennst. Weißt Du auch, wie ich Dich anfangs verstand? Die Leidenschaft erfaßte mich wie ein Feuer, wie ein Gift ergoß sie sich in mein Blut; sie verwirrte alle meine Gedanken und Gefühle, ich war wie von schwerem Wein berauscht; wie im Dunst ging ich umher und auf Deine reine, *mitleidige* Liebe antwortete ich nicht wie ein Ebenbürtiger einer Ebenbürtigen, nicht wie einer, der Deiner reinen Liebe wert wäre, sondern ohne Besinnung, ohne Herz. Ich erkannte Dich nicht. Ich antwortete Dir wie einer, die sich in meinen Augen *bis zu mir vergaß*, und nicht wie einer, die mich bis zu sich emporheben wollte. Weißt Du, was ich von Dir dachte, was das für mich bedeutete: *die sich bis zu mir vergaß?* Aber nein, ich will Dich nicht mit meinem Geständnis beleidigen; nur eins will ich Dir sagen: Du hast Dich bitter in mir getäuscht! Niemals, niemals konnte ich mich bis zu Dir erheben. In meiner schrankenlosen Liebe konnte ich Dich nur als etwas Unnahbares betrachten. Meine Leidenschaft aber war nicht Liebe. Vor der Liebe fürchtete ich mich; ich wagte nicht, Dich zu lieben. Liebe ist Gemeinsamkeit, Gleichheit, ihrer aber war ich nicht wert ... Oder ich weiß nicht, was in mir vorging! Oh! wie soll ich mich nur ausdrücken, um von Dir verstanden zu werden ... Ich glaubte anfangs nicht ... Oh! weißt Du noch, als meine erste Erregung sich gelegt und mein Blick sich geklärt hatte, als mir nur ein reines, makelloses Gefühl geblieben war – da war meine erste Empfindung Verwunderung, Verwirrung, Furcht und – weißt Du noch, wie ich mich plötzlich aufschluchzend Dir zu Füßen warf? Weißt Du noch, wie Du verwirrt, erschrocken, mit Tränen in den Augen mich fragtest, was mit mir sei? Ich schwieg; ich konnte Dir nicht antworten; aber meine Seele wollte sich selbst in Stücke zerreißen. Mein Glück drückte mich schier wie eine unerträgliche Last und mein Schluchzen sprach: ‚Wofür das? Womit habe ich das verdient? Wofür mir dieses Glück?

Meine Schwester, meine Schwester!‘ Oh! und wie oft (Du merktest es nicht), wie oft habe ich heimlich Dein Kleid geküßt, heimlich, denn ich wußte, daß ich Deiner nicht wert war, und es benahm mir den Atem, mein Herz schlug langsam und stark, als wolle es stehenbleiben, und das für immer. Wenn ich Deine Hand ergriff, erblaßte ich und zitterte; Du verwirrtest mich mit Deiner Reinheit. Nein, ich verstehe nicht, das alles auszudrücken, wovon meine Seele erfüllt ist und was sich so mächtig in Worten aus ihr herausdrängen will! Weißt Du auch, daß es mir oft schwer war, Deine mitleidige, gleichmäßige Zärtlichkeit zu ertragen, daß sie mir eine Qual war? Als Du mich küßtest (das tatest Du nur einmal, und ich werde es nie vergessen), da umflorte sich mein Blick und mein Geist versank wie in einem dunklen Schleier. Warum starb ich nicht in diesem Augenblick zu Deinen Füßen? Sieh, ich sage zum erstenmal „Du“ zu Dir, und doch hast Du es schon so oft von mir verlangt, schon vor langer Zeit. Wirst Du auch verstehen, was ich Dir sagen will? Ich will Dir *alles* sagen und sage Dir dies: ja, Du liebst mich, mit einer großen Liebe, Du liebtest mich wie eine Schwester ihren Bruder; Du liebtest mich wie Dein Geschöpf, denn durch Dich ist mein Herz auferstanden, Du hast meinen Geist aus dem Schlaf geweckt und ihn mit süßer Hoffnung erfüllt; ich aber konnte es nicht, wagte es nicht ... ich habe Dich nie Schwester genannt, weil ich Dein Bruder nicht sein konnte, weil wir ungleich waren, weil Du Dich in mir täuschtest!

Du siehst, ich schreibe nur von mir; selbst jetzt in dieser Stunde des Elends denke ich nur an mich, obschon ich weiß, daß Du Dich meinetwegen quälst. Oh, quäle Dich nicht meinetwegen, mein lieber Freund! Wenn Du wüßtest, wie niedrig ich mir jetzt selbst vorkomme! Alles ist nun an den Tag gekommen, und was für ein Lärm ist daraus entstanden! Du wirst um meinetwillen verstoßen, Dich straft man mit Verachtung, mit Spott, denn ich stehe ja so niedrig in den Augen der Menschen! Oh, wie schuldig fühle ich mich, weil ich Deiner nicht wert war! Hätte ich Rang und Titel oder persönlichen Wert in ihren Augen; wenn ich ihnen mehr Achtung einflößte, dann würden sie Dir verzeihen! Ich aber bin nichts, bin wertlos, bin lächerlich, noch Niedrigeres aber als das Lächerliche gibt es nicht. Denn – *wer* sind sie, die da schreien? Gerade deshalb, weil *jene* schon schrien, verlor ich den Mut ... ich war von jeher schwach. Weißt Du, in welch einer Stimmung ich jetzt bin? Ich lache über mich selbst und ich glaube, sie haben recht, wenn sie sagen, ich sei mir selbst verhaßt und in meinen eigenen Augen lächerlich. Ich hasse sogar mein Gesicht, meine Gestalt, alle meine Angewohnheiten, alle meine ungeschickten Bewegungen; ich habe sie immer gehaßt! Oh, vergib mir meine rohe Verzweiflung! Aber Du selbst hast mich gelehrt, Dir alles zu sagen. Ich habe Dich ins Unglück gestürzt, durch mich bist Du ihrem Spott und ihrer üblen Nachrede verfallen, weil ich Deiner unwürdig war.

Und eben dieser Gedanke quält mich; er kreist unaufhörlich in meinem Gehirn und foltert und zerreißt mein Herz. Und immer scheint es mir, daß Du gar nicht *den* Menschen geliebt hast, der ich war, sondern einen, den nur Du in mir sahst, daß Du Dich getäuscht hast in mir. Das ist es, was mich schmerzt, das ist es, was mich jetzt quält, was mich zu Tode quälen wird, wenn ich darüber nicht wahnsinnig werde!

Ich muß Abschied von Dir nehmen, Abschied! Jetzt, wo alle es wissen, wo ihr Geschrei und ihr scharfes Urteil ertönt (ich habe es gehört!), jetzt, wo ich klein und erniedrigt bin in meinen eigenen Augen und mich vor mir selber schäme, ja, wo ich mich sogar für Dich schäme, wegen Deiner Wahl, wo ich mich selbst verflucht habe, – jetzt muß ich fliehen und verschwinden um Deiner Ruhe willen. So verlangt man es, und Du wirst mich nie mehr wiedersehen, nie mehr. So muß es auch sein, so ist es vom Schicksal bestimmt! Es hat mir gar zu viel gegeben; wohl aus Versehen; und jetzt macht es seinen Irrtum gut, indem es mir alles wieder nimmt. Unsere Wege haben sich gekreuzt, wir lernten uns kennen, und nun gehen wir auseinander bis zu einem neuen Wiedersehen! Wo wird das sein, wann wird das sein? Oh, sage mir, Du Liebe, wo werden wir uns wiedersehen, wo kann ich Dich finden, wie kann ich Dich wiedererkennen, und wirst auch Du mich dann wiedererkennen? Meine Seele ist ganz erfüllt von Dir! Oh, wofür, wofür widerfährt uns das? Warum gehen wir auseinander? Belehre mich, ich begreife das nicht; ich werde es nie begreifen, ich kann es nicht! Lehre Du mich, wie man das Leben in zwei Hälften brechen, wie man sich das Herz aus der Brust reißen und ohne Herz weiterleben kann! Wenn ich daran denke, daß ich Dich nie mehr sehen werde, nie mehr, nie mehr! ...

Gott, was für ein Geschrei sie erhoben haben! Wie bange ist mir jetzt um Dich! Vor einer Stunde habe ich mit Deinem Mann gesprochen: wir sind beide seiner nicht wert, obschon wir schuldlos vor ihm sind. Er weiß alles; er sieht uns so, wie wir sind, und er begreift alles, auch früher schon ist ihm alles klar gewesen. Und jetzt ist er wie ein Held für Dich eingetreten. Er wird Dich gegen ihr Geschrei verteidigen und beschützen; er liebt und achtet Dich grenzenlos; er ist Dein Retter, während ich fliehe! ... Ich wollte ihm die Hände küssen! ... Er sagte mir, ich solle unverzüglich verreisen. Es ist schon beschlossen! Es heißt, er habe Deinetwegen mit ihnen allen gebrochen; dort sind ja alle gegen Dich. Man wirft ihm zu große Nachsicht und Schwäche vor. Mein Gott! Was sie nicht alles über Dich reden! Und dabei wissen sie nichts! *Sie können ja gar nicht, sie sind nicht fähig*, die Wahrheit zu begreifen! Vergib, vergib ihnen, Du Ärmste, wie auch ich ihnen vergebe. Mir haben sie mehr genommen als Dir!

Ich weiß nicht – nein, ich weiß nicht, was ich Dir schreibe. Was sagte ich Dir gestern beim Abschied? Ich habe doch alles vergessen. Ich war fassungslos, Du weintest ... Vergib mir diese Tränen! Ich bin so schwach, so kleinmütig!

Ich wollte Dir noch etwas sagen ... Oh! Noch einmal

Deine Hände küssen, mit diesen Tränen benetzen, die hier auf dem Papier meine Worte verwischen! Noch einmal zu Deinen Füßen sitzen! Wenn *sie* nur wüßten, wie rein und gut Dein Gefühl war! Aber sie sind ja blind; ihre Herzen sind stolz und hochmütig; sie sehen nicht und werden das niemals sehen. Denn *sie haben das nicht, womit man sieht!* Sie werden es nie glauben, daß Du schuldlos bist, auch wenn die ganze Welt es ihnen schwören wollte. Wie sollten sie auch das begreifen! Und doch werden sie mit Steinen nach Dir werfen! Wessen Hand wird die erste sein? Oh, die werden nicht zaudern, tausend Steine werden sie aufheben! Ja, sie werden sich dazu erdreisten, weil sie wissen, wie man das macht. Sie werfen alle zugleich und sagen, sie selber seien schuldlos, deshalb dürften sie es! Oh, wenn sie wüßten, was sie tun! Wenn man ihnen nur alles sagen könnte, alles, rückhaltlos alles, damit sie es hören, sehen, begreifen und sich überzeugen könnten! Aber nein, sie sind ja gar nicht so schlecht ... Ich rede in meiner Verzweiflung ... – vielleicht verleumde ich sie? Vielleicht stecke ich Dich mit meiner Angst um Dich an? Nein, fürchte sie nicht, fürchte sie nicht, Du Liebe! Man wird Dich verstehen lernen; wenigstens hat einer Dich schon verstanden: Dein Mann. Also hoffe!

Leb' – leb' wohl! *Ich danke Dir nicht!* Leb' wohl für immer!

S. O.«

Meine Verwirrung war so groß, daß ich lange Zeit nicht wußte, was in mir vorging. Ich war erschüttert, erschrocken. Die Wirklichkeit traf mich gar zu plötzlich, gar zu unerwartet mitten in dem sorglosen Leben meiner Träumereien, wie ich es schon drei Jahre lang lebte. Mit Schrecken wurde ich gewahr, daß ich ein großes Geheimnis in meinen Händen hielt und daß dieses Geheimnis mein ganzes Leben in Fesseln schlug ... wie das? Das wußte ich selbst noch nicht. Ich fühlte nur, daß in diesem Augenblick eine neue Zukunft für mich begann. Jetzt war ich ungewollt eine nahe, gar zu nahe Teilhaberin an dem Leben und den Beziehungen jener Menschen, die noch die ganze mich umgebende Welt ausmachten, und ich begann schon, mich zu fürchten. Als was würde ich in ihr Leben eintreten, ich, die Ungerufene, ich, die ihnen Fremde? Was würde ich ihnen bringen? Was wird jemals diese Fessel lösen können, die mich so plötzlich an ein fremdes Geheimnis kettete? Wer konnte das wissen? Vielleicht wird meine neue Rolle sowohl für sie wie für mich qualvoll sein? Ich konnte nicht schweigen oder diese Rolle nicht annehmen oder das, was ich erfahren, für alle Zeit in meinem Herzen verschließen. Aber was erwartete mich? Was sollte ich tun? Und schließlich: was hatte ich denn eigentlich erfahren? Tausend Fragen, alle noch unbestimmt und unklar, erhoben sich vor mir und bedrückten mein Herz unerträglich. Ich fühlte mich wie verloren ...

Dann kamen, erinnere ich mich, andere Augenblicke mit neuen, seltsamen, mir noch völlig unbekannten Empfindungen. Es war mir, als löse sich etwas in meiner Brust, als fiele die frühere Sehnsucht plötzlich von mir ab und als werde mein Herz langsam von etwas Neuem erfüllt, von dem ich noch nicht wußte, ob ich darüber trauern oder mich freuen sollte. Meine Stimmung in dem Augenblick glich derjenigen eines Menschen, der auf ewig sein Haus, sein früheres, ruhiges, sorgenloses Leben verläßt, um sich auf einen weiten unbekannten Weg zu begeben, und der sich nun zum letztenmal im Kreise umschaut und in Gedanken von allem Abschied nimmt, während es dem Herzen bitter weh ist in einer bangen Vorahnung all des Unbekannten und Traurigen und vielleicht auch Feindseligen der Zukunft, in die sein neuer weiter Weg hineinführt. Zuletzt brach ich in Tränen aus und das krampfhafte Weinen erleichterte mein Herz. Ich hatte das Bedürfnis, jemanden zu sehen, zu hören, ihn fest, krampfhaft zu umarmen. Jetzt konnte, jetzt wollte ich nicht mehr allein bleiben; ich lief zu Alexandra Michailowna und verbrachte den ganzen Abend bei ihr. Wir waren allein. Ich bat sie, nicht zu spielen, und ich weigerte mich, trotz ihrer Bitten, ihr etwas vorzusingen. Ich fühlte mich bedrückt und konnte mich zu nichts sammeln. Ich glaube, wir weinten beide. Wenigstens soweit ich mich erinnere, erschrak sie über meine Stimmung und redete mir in Sorge zu, mich doch zu beruhigen und mich nicht aufzuregen. Sie beobachtete mich besorgt und versicherte mir, ich sei krank und müsse mich mehr schonen. Ich verließ sie gequält und wie mit mir selbst zerfallen. Ich war halb benommen und fieberte, als ich zu Bett ging.

Es vergingen mehrere Tage, bevor ich mich aus diesem Zustand herausfand, gleichsam erwachte und meine Lage klarer übersehen konnte. Damals lebten wir ganz einsam, denn Pjotr Alexandrowitsch war in einer besonderen Angelegenheit nach Moskau gereist und blieb dort drei Wochen. Alexandra Michailowna wurde aber trotz dieser kurzen Dauer der Trennung von schrecklicher Schwermut gequält. Zuweilen wurde sie innerlich ruhiger, schloß sich aber dennoch in ihr Zimmer ein, woraus ich ersah, daß ich ihr lästig war. Aber auch ich hatte das Verlangen nach Einsamkeit. Meine Gedanken arbeiteten mit geradezu krankhafter Anspannung, und doch kam ich wie aus einem Nebel nicht heraus. Dann verfiel ich wiederum für ganze lange Stunden einem quälenden, nicht abzuschüttelnden Sinnen, das wie ein Traum über mich kam. Und es war mir dann, als lache jemand leise über mich, als habe sich etwas in mir niedergelassen, was mir jeden Gedanken verwirrte und vergiftete. Ich konnte die quälenden Bilder nicht loswerden, die jeden Augenblick vor mir auftauchten und mir keine Ruhe gaben. Ich sah ein langes, trostloses Martyrium, ein Opfer, das still und ruhig und klaglos und – umsonst gebracht wurde. Es schien mir, daß derjenige, dem dieses Opfer gebracht wurde, sie verachtete und über sie lachte. Es schien mir, daß ich einen Sünder sah, der einem Gerechten Sünden vergab, und mein Herz wollte schreien vor Schmerz! Gleichzeitig aber wollte ich mich mit aller Gewalt von meinem Verdacht befreien; ich verfluchte diesen Verdacht und haßte mich selbst, weil alle meine Überzeugungen keine Überzeugungen waren, sondern nur Vorahnungen, und weil ich meine Eindrücke und Empfindungen vor mir selber nicht rechtfertigen konnte.

Dann wieder erinnerte ich mich all jener Sätze, dieser letzten hervorgestoßenen Worte des furchtbaren Abschieds. Ich stellte mir diesen Abschied vor, und diesen *»Unebenbürtigen«;* ich bemühte mich, den ganzen qualvollen Sinn dieser Worte zu erfassen: »nicht ebenbürtig«. Und furchtbar erschütterte mich dieser letzte verzweifelte Abschiedsgruß: »Ich bin lächerlich und schäme mich selbst der Wahl, die Du getroffen hast.« Was war das? Was sind das für Menschen? Wonach sehnen sie sich, was quält sie, was haben sie verloren? Und ich überwand mich und las nochmals mit gespanntester Aufmerksamkeit diesen Brief, der soviel Verzweiflung enthielt, dessen Sinn mir aber so fremd war, so unbegreiflich. Doch der Brief fiel mir aus der Hand, und eine aufrührerische Erregung bemächtigte sich meines Herzens ... Das alles mußte ja einmal seine Lösung finden, aber ich sah den Ausweg nicht oder ich fürchtete mich vor ihm!

Ich war nahezu richtig krank, als eines Tages die Reiseequipage Pjotr Alexandrowitschs in den Hof fuhr. Er war aus Moskau zurückgekehrt. Alexandra Michailowna eilte außer sich vor Freude ihrem Mann entgegen, ich aber blieb wie gelähmt stehen. Ich weiß noch, daß ich selber bis zum Schreck über meine plötzliche Erregung betroffen war. Ich hielt das nicht lange aus und lief auf mein Zimmer. Ich begriff nicht, was mich so erschreckt hatte, aber die Tatsache, daß ich erschrocken war, flößte mir Furcht ein. Nach einer Viertelstunde wurde ich gerufen und ich erhielt einen Brief vom Fürsten. Im Salon erblickte ich noch einen Unbekannten, der mit Pjotr Alexandrowitsch aus Moskau gekommen war, und aus einzelnen Worten, die ich aus dem Gespräch auffing, verstand ich nur so viel, daß er für lange Zeit bei uns bleiben werde. Das war der Bevollmächtigte des Fürsten, der wegen irgendwelcher wichtigen Angelegenheiten der fürstlichen Familie, die bis dahin in den Händen Pjotr

Alexandrowitschs geruht hatten, nunmehr nach Petersburg übersiedelte. Er war es, der mir den Brief des Fürsten übergab und sagte, die Prinzeß habe mir gleichfalls schreiben wollen und noch bis zum letzten Augenblick versichert, daß sie den Brief unbedingt schreiben werde, aber zu guter Letzt habe sie ihn doch mit leeren Händen abreisen lassen und ihn gebeten, mir mündlich folgendes zu sagen: daß sie mir entschieden nichts zu schreiben habe, sie habe ganze fünf Briefbogen zerrissen und sei zu der Überzeugung gekommen, daß in einem Brief sich doch nichts sagen ließe, wir müßten eben von neuem Freundschaft schließen; und ferner solle er mich versichern, daß uns ein baldiges Wiedersehen bevorstehe. Auf meine ungeduldige Frage, wann das sein werde, antwortete mir der fremde Herr, daß die ganze fürstliche Familie allerdings die Absicht habe, bald nach Petersburg zurückzukehren, und vermutlich werde das auch geschehen. Meine Freude darüber war so groß, daß ich nicht wußte, was ich tun oder sagen sollte, und ich ging schnell nach oben auf mein Zimmer, schloß mich ein und begann unter Tränen den Brief des Fürsten zu lesen. Der Fürst verhieß mir ein baldiges Wiedersehen mit ihm und Katja und gratulierte mir tief gerührt zu meinem Talent; zum Schluß gab er mir seinen Segen und versprach, für meine Zukunft zu sorgen. Ich weinte, während ich den Brief las; doch zu den Tränen gesellte sich eine so unerträgliche Traurigkeit, daß ich, wie ich mich erinnere, um mich selber in Angst geriet. Ich wußte nicht, was mit mir geschah.

Es vergingen ein paar Tage. In dem Zimmer zwischen dem meinigen und der Bibliothek, wo früher Pjotr Alexandrowitschs Sekretär und Gehilfe gearbeitet hatte, arbeitete jetzt jeden Vormittag und häufig auch abends bis nach Mitternacht der neuangekommene Herr. Oft schlossen er und Pjotr Alexandrowitsch sich im Kabinett des letzteren ein und arbeiteten zusammen. An einem Nachmittag bat mich Alexandra Michailowna, zu ihrem Mann ins Kabinett zu gehen und ihn zu fragen, ob er zum Tee zu uns kommen werde.

Im Kabinett war niemand, doch in der Annahme, daß er bald zurückkehren werde, blieb ich dort und wartete. An der Wand hing sein Porträt. Ich erinnere mich noch, daß ich zusammenfuhr, als ich plötzlich dieses Bild erblickte, um es dann mit einer mir selbst unbegreiflichen Erregung zu betrachten. Es hing ziemlich hoch und die Dämmerung machte es noch undeutlicher; um es nun besser zu sehen, zog ich einen Stuhl heran und stieg auf ihn hinauf. Ich wollte etwas entdecken, ja, es war, als hoffte ich, eine Antwort auf meine Zweifel und Fragen zu finden, und ich weiß noch, daß mir vor allem die Augen an diesem Porträt auffielen. Zugleich fiel es mir auch ein, daß ich noch niemals die Augen dieses Menschen gesehen hatte: er verbarg sie immer hinter den Brillengläsern.

Schon als Kind hatte ich seinen Blick nicht gemocht, und zwar infolge eines unerklärlichen, seltsamen Vorurteils, das ich aber jetzt gleichsam als gerechtfertigt empfand. Meine Phantasie war beeinflußt. Plötzlich schien es mir, daß die Augen des Bildes sich verwirrt abwandten, um meinem forschenden, prüfenden Blick auszuweichen, daß sie ihn krampfhaft mieden, und daß Lüge und Betrug in diesen Augen waren; es schien mir, daß ich es erraten hatte, und eine geheime Freude, die ich selbst nicht begriff, antwortete in mir auf dieses Erraten. Ein halblautes »Ach!« entschlüpfte mir unwillkürlich. Da war's mir plötzlich, als sei noch jemand im Zimmer. Ich sah mich um: vor mir stand Pjotr Alexandrowitsch und betrachtete mich aufmerksam. Plötzlich errötete er. Ich wurde feuerrot und sprang vom Stuhl herab.

»Was tun Sie hier?« fragte er mich streng. »Warum sind Sie hier?«

Ich wußte nicht, was ich antworten sollte. Ich nahm mich zusammen und brachte, so gut es ging, die Aufforderung Alexandra Michailownas hervor. Ich weiß nicht, was er mir antwortete; ich weiß auch nicht, wie ich das Kabinett verließ; als ich aber zu Alexandra Michailowna kam, da hatte ich die Antwort, auf die sie wartete, vollkommen vergessen, und ich sagte aufs Geratewohl, ja, er werde gleich kommen.

»Aber was ist mit dir, Njetotschka?« fragte sie, »du bist ja ganz rot; sieh doch im Spiegel, wie du aussiehst ... Was fehlt dir, Kind?«

»Ich weiß nicht, ich bin schnell gegangen ...«, sagte ich.

»Und was hat denn Pjotr Alexandrowitsch gesagt?« unterbrach sie mich etwas verwirrt.

Ich antwortete nicht. Da hörten wir Schritte, er kam schon, und ich ging schnell hinaus. Ganze zwei Stunden wartete ich in großem Kummer. Endlich wurde ich zu Alexandra Michailowna gerufen. Sie war schweigsam und bekümmert. Als ich eintrat, traf mich nur ein schneller forschender Blick von ihr und sie schlug die Augen nieder. Ich glaubte, eine gewisse Verwirrung in ihrem Gesicht zu bemerken. Bald sah ich, daß sie bei schlechter Laune war; sie sprach wenig, vermied mich anzusehen und als Antwort auf die besorgten Fragen B.'s klagte sie über Kopfschmerz. Pjotr Alexandrowitsch war dagegen gesprächiger als sonst, unterhielt sich aber nur mit B.

Alexandra Michailowna trat zerstreut an den Flügel.

»Singen Sie uns etwas vor«, bat B., sich an mich wendend.

»Ja, Annjeta, singe deine neue Arie«, sagte Alexandra Michailowna schnell, als freue sie sich über den Vorwand.

Ich blickte zu ihr auf: sie sah mich in unruhiger Erwartung an.

Aber ich konnte mich nicht überwinden. Statt an den Flügel zu treten, um wenigstens irgend etwas zu singen, geriet ich in Verwirrung, wurde verlegen und wußte nicht, zu welcher Ausrede ich meine Zuflucht nehmen sollte; schließlich ärgerte ich mich und schlug die Bitte rund ab.

»Warum willst du denn nicht singen?« fragte Alexandra Michailowna. Dabei sah sie mich an und dann, für den Bruchteil einer Sekunde, ihren Gatten.

Diese zwei Blicke brachten mich um meine ganze Selbstbeherrschung. Ich erhob mich in größter Verwirrung, die ich nicht mehr zu verbergen vermochte, und zitternd von einer Empfindung, die wie Ärger und Ungeduld war, wiederholte ich heftiger als angebracht, daß ich nicht wolle, nicht könne – ich sei krank. Indem ich das sagte, sah ich alle offen an, doch Gott weiß, wie gern ich mich in diesem Augenblick in meinem Zimmer vor allen versteckt hätte.

B. war erstaunt und Alexandra Michailowna war sichtlich bekümmert, trotzdem sagte sie kein Wort. Pjotr Alexandrowitsch aber erhob sich plötzlich von seinem Platz, sagte, er habe etwas Wichtiges vergessen, und wie im Ärger darüber, daß er soviel kostbare Zeit vergeudet, verließ er eilig das Zimmer, nachdem er vorausgeschickt, daß er später vielleicht noch vorsprechen werde – auf alle Fälle aber drückte er B. schon zum Abschied die Hand.

»Aber was fehlt Ihnen nur?« fragte mich B., »Sie sehen auch wirklich krank aus.«

»Ja, ich bin nicht ganz wohl, wirklich nicht«, versetzte ich ungeduldig.

»Du bist bleich, vorhin aber warst du so rot ...«, sagte Alexandra Michailowna und plötzlich stockte sie.

»Ach, das ist doch nichts!« suchte ich sie zu beruhigen und ging schnurstracks zu ihr. Ich sah ihr offen in die Augen. Die Arme hielt meinen Blick nicht aus, senkte ihr Antlitz wie eine Schuldige und eine leichte Röte stieg in ihre blassen Wangen. Ich nahm ihre Hand und küßte sie. Sie sah mich – das fühlte ich – mit erzwungener Freude an.

»Verzeihen Sie, daß ich heute ein so garstiges, schlechtes Kind war«, bat ich sie herzlich, »aber wirklich, ich bin krank. So seien Sie mir nicht böse und erlauben Sie, daß ich jetzt auf mein Zimmer gehe ...«

»Wir sind alle Kinder«, sagte sie mit einem schüchternen Lächeln, »auch ich bin ein Kind, und schlechter, viel schlechter als du«, flüsterte sie mir leise ins Ohr. »Dann gute Nacht und bleibe gesund. Nur, um Gottes willen, sei mir nicht böse.«

»Weswegen?« fragte ich, so sehr traf mich dieses naive Geständnis.

»Weswegen?« wiederholte sie in plötzlicher Verwirrung, ja sogar als erschrecke sie über sich selbst. »Ja weswegen? Nun siehst du, wie ich bin, Njetotschka. Was habe ich dir da gesagt? Gute Nacht! Du bist klüger als ich ... Ich aber bin schlimmer als ein Kind.«

»Ach, lassen Sie's gut sein!« Ich war gerührt und wußte nicht, was ich noch sagen sollte. Ich küßte sie nochmals und ging schnell aus dem Zimmer.

Mein Unmut galt hauptsächlich mir selbst, denn ich fühlte, daß ich zu unvorsichtig war und mich nicht zu benehmen verstand. Es war da etwas, dessen ich mich bis zu Tränen schämte, und mit großem Leid im Herzen schlief ich ein. Als ich am nächsten Morgen erwachte, war mein erster Gedanke, daß der ganze letzte Abend – nur eine Gespensterseherei gewesen sei, daß wir uns gegenseitig nur mystifiziert hatten, indem wir solchen Nichtigkeiten die Bedeutung von Gott weiß was für Begebenheiten beilegten, daß wir uns einfach übereilt hatten, und zwar alles das nur infolge unserer Unerfahrenheit im Leben und unserer Ungewohntheit, äußere Eindrücke zu empfangen. Ich fühlte es, daß dieser Brief an allem schuld war, daß er mich gar zu sehr beunruhigte, daß meine Einbildungskraft durch ihn aus ihrem gewohnten Geleise gehoben war und daß ich deshalb am besten tat, wenn ich in Zukunft überhaupt nicht mehr an ihn dachte. Nachdem ich so meinen ganzen Kummer verscheucht hatte, wurde ich – in der Überzeugung, daß ich den Entschluß, überhaupt nicht mehr an den Brief zu denken, ebenso leicht werde ausführen können – langsam ruhiger, ja, fast sogar heiter, und begab mich in die Gesangsstunde. Die Morgenluft erfrischte meinen Kopf endgültig. Diese Wanderungen frühmorgens zu meinem Lehrer waren mir zu einer wahren Erquickung geworden und ich liebte sie sehr. Es war so lustig, durch die Stadt zu gehen, die sich nach acht Uhr schon zu beleben anfing und wie ein Uhrwerk ihre tägliche Arbeit begann. Wir gingen gewöhnlich durch die Hauptstraßen, die natürlich am belebtesten waren, und mir gefiel dieser Anfang meiner Künstlerlaufbahn, eben dieser Kontrast zwischen dem nichtigen Alltagstreiben, der kleinlichen, aber eifrigen Sorge um Erwerb einerseits, und der Kunst andrerseits, die mich zwei Schritte von diesem Leben entfernt erwartete, im dritten Stock eines riesigen Hauses, das von oben bis unten von Menschen bewohnt war, die die Kunst, wie mir schien, so gut wie überhaupt nichts anging. Ich mit meinen Noten unterm Arm inmitten dieser geschäftig hastenden Menschen, neben mir die alte Natálja, die mich begleitete und mir jedesmal ahnungslos das Rätsel aufgab: woran sie eigentlich und vornehmlich denken mochte? – und schließlich mein Lehrer, halb Italiener, halb Franzose, ein ganzer Sonderling, in manchen Augenblicken ein richtiger Enthusiast, viel öfter aber ein Pedant und am meisten und vor allem ein Geizhals: alles das zerstreute mich, brachte mich zum Lachen oder zum Nachdenken. Hinzu kam, daß ich, so zaghaft ich in der Beziehung auch noch war, doch schon mit leidenschaftlicher Hoffnung meine Kunst liebte. Ich baute mir schon Luftschlösser, malte mir die schönste Zukunft aus, und nicht selten kam ich nach Haus ganz erhitzt von meinen Phantasien! Kurz, in diesen Stunden war ich fast glücklich.

Dasselbe empfand ich auch damals, als ich gegen zehn Uhr zurückkehrte. Ich hatte alle Sorgen vergessen und war, wie ich mich noch deutlich erinnere, so froh gelaunt, so ganz erfüllt von irgendwelchen Zukunftsträumen. Doch plötzlich, wie ich die Treppe hinaufstieg, zuckte ich zusammen, als hätte ich mich verbrannt. Über mir hörte ich die Stimme Pjotr Alexandrowitschs, der in diesem Augenblick die Treppe herabstieg. Das unangenehme Gefühl, das sich meiner bemächtigte, war so stark, die Erinnerung an den letzten Abend traf mich so plötzlich und so feindselig, daß ich meine Empfindung wirklich nicht verbergen konnte. Ich verbeugte mich leicht vor ihm, doch mein Gesicht drückte wohl so deutlich alles aus, daß er einen Augenblick verwundert vor mir stehen blieb. Da errötete ich und ging schnell hinauf. Er brummte mir etwas nach und setzte dann seinen Weg fort.

Ich hätte weinen mögen vor Ärger und konnte doch nicht begreifen, was eigentlich vorgegangen war. Den ganzen Tag war ich verstimmt und wußte nicht, zu was ich mich entschließen sollte, um dieser ganzen Qual ein Ende zu machen und sie endlich loszuwerden. Tausendmal nahm ich mir vor, fortan vernünftiger zu sein, und tausendmal nahm mich die Angst doch wieder gefangen. Ich fühlte, daß ich diesen Menschen haßte, und war gleichzeitig in Verzweiflung über mich selbst. Ich wurde krank von der ewigen Aufregung und verlor alle Gewalt über mich. Ich ärgerte mich schließlich über alle, und verbrachte den ganzen langen Tag auf meinem Zimmer. Auch zu Alexandra Michailowna ging ich nicht. Sie kam selbst zu mir. Als sie mich erblickte, schrie sie fast auf. Ich war so blaß, daß ich, als ich in den Spiegel sah, vor mir selber erschrak. Alexandra Michailowna blieb eine ganze Stunde bei mir und ging mit mir um wie mit einem kranken Kinde.

Ihre Aufopferung und Liebe machten mich aber so traurig, und ihre Zärtlichkeit war für mich so schwer zu ertragen, es war zudem so qualvoll, sie anzusehen, daß ich sie bat, mich allein zu lassen. Sie verließ mich in großer Sorge um meinen Zustand. Endlich brach ich in Tränen aus und weinte wie in einem richtigen Weinkrampf. Danach wurde mir bedeutend leichter ...

... Leichter, weil ich mich entschlossen hatte, zu ihr zu gehen. Ich wollte vor ihr niederknien, ihr den Brief geben, den sie verloren hatte, und ihr alles gestehen: alle Qualen, die ich ausgestanden, meine Zweifel, und wollte sie mit der ganzen schrankenlosen Liebe, die in mir für sie glühte, umfangen, wollte ihr sagen, daß ich ihr Kind, ihr Freund sei, daß ich mein ganzes Herz vor ihr öffnete, damit sie hineinschaue und sähe, wieviel glühende Liebe und unerschütterliches Vertrauen zu ihr in ihm waren. Mein Gott! Ich wußte, ich fühlte ja, daß ich die Letzte war, der sie ihr Herz aufdecken konnte, doch um so eher, so schien es mir, wäre dann eine Rettung möglich, um so gewichtiger wäre dann mein

Wort ... Ich erriet, ich begriff ihren Schmerz, wenn auch dunkel und unklar, und mein Herz bebte vor Entrüstung bei dem Gedanken, daß sie vor mir erröten könnte, *sie* vor *meinem* Richterstuhl ... ‚Du Arme, du Arme, *du* solltest jene Sünderin sein, für die du dich hältst?' – das wollte ich ihr sagen, wenn ich vor ihr kniete. Mein Gerechtigkeitsgefühl empörte sich in mir; ich war meiner selbst nicht mehr mächtig. Ich weiß nicht, was ich noch alles gesagt hätte – erst später kam ich zur Besinnung, nachdem ein Zufall mich und sie vor dem Verderben bewahrte, indem er mich fast beim ersten Schritt zurückhielt. Entsetzen erfaßte mich. Hätte denn ihr zu Tode gequältes Herz überhaupt noch zu neuer Hoffnung auferstehen können? Ich hätte sie nur auf der Stelle getötet!

Es geschah aber folgendes: Als ich auf dem Wege zu ihr gerade durch das vorletzte Zimmer vor ihrem Salon gehen wollte, trat plötzlich durch eine andere Tür in dasselbe Zimmer Pjotr Alexandrowitsch und ging, ohne mich zu bemerken, wenige Schritte vor mir gleichfalls zu ihr. Ich blieb wie gelähmt stehen; er war der Letzte, den ich in diesem Augenblick hätte sehen mögen. Ich wollte schon zurückkehren, doch plötzlich bannte mich die Neugier regungslos an den Fleck.

Er durchschritt das Zimmer, blieb einen Augenblick vor dem Spiegel stehen, glättete mit der Hand das Haar, und mit einem Male – zu meiner sprachlosen Verwunderung – hörte ich ihn irgendeine muntere Melodie summen. Wie ein Blitz durchzuckte eine dunkle, ferne Erinnerung aus den Kinderjahren mein Gedächtnis. Doch damit die seltsame Empfindung, die ich in diesem Augenblick hatte, verständlicher werde, will ich jene Erinnerung mitteilen. Noch im ersten Jahr meines Aufenthalts in diesem Hause machte mich einmal eine gleichfalls zufällige Beobachtung ganz betroffen, die mir aber erst jetzt voll zu Bewußtsein kam, denn erst jetzt, erst in diesem Augenblick begriff ich die Ursache meiner unerklärlichen Abneigung gegen diesen Menschen!

Ich erwähnte bereits, daß ich mich schon damals in seiner Gegenwart immer bedrückt fühlte. Auch habe ich bereits erzählt, was für einen Eindruck sein finsteres, bedrückendes Wesen auf mich machte, sein oft trauriges, geradezu gramvolles Gesicht; wie schwer es mir ums Herz war nach jenen Stunden, die wir zusammen am Teetischchen Alexandra Michailownas verbrachten, und dann, was für ein peinvolles Gefühl mein Herz erfüllte, als ich – was nur zwei- oder dreimal geschah – fast Zeugin war jener niederdrückenden, mir so ganz unklaren Szenen ...

Es war in demselben Zimmer und um dieselbe Zeit, als er, ganz wie ich, zu Alexandra Michailowna ging. Mich erfaßte eine rein kindliche Scheu, als ich allein mit ihm zusammentraf, und ich versteckte mich gleichsam schuldbewußt im Winkel und betete, daß er mich nicht bemerken möge. Geradeso wie damals, blieb er auch jetzt vor dem Spiegel stehen, und ich zuckte uzsammen von einer unbestimmten, gar nicht kindlichen Empfindung: es schien mir, daß er sein Gesicht plötzlich verändere. Wenigstens hatte ich vorher, als er zum Spiegel trat, deutlich ein Lächeln in seinem Gesicht gesehen, ein Lächeln, während ich ihn früher noch niemals lächeln gesehen hatte, denn (ich erinnere mich, das machte mich noch am meisten betroffen) – er lachte nie in Alexandra Michailownas Gegenwart. Und nun plötzlich, kaum daß er einen Blick in den Spiegel geworfen hatte, veränderte sich sein ganzes Gesicht: das Lächeln verschwand wie auf Befehl und an seine Stelle trat der Ausdruck eines unsäglich bitteren Gefühls, das sich anscheinend mit Gewalt aus dem Herzen drängte, eines Gefühls, das zu verbergen scheinbar nicht mehr in menschlicher Macht stand, wie groß auch immer jeder edelmütige Versuch dazu sein mochte, und es zuckte um seine Lippen: ein anscheinend konvulsivischer Schmerz ließ seine Stirn sich runzeln und zog die Brauen zusammen. Der Blick verbarg sich düster hinter den Brillengläsern. Kurz, sein Gesicht wurde wie auf Kommando zum Gesicht eines ganz anderen Menschen. Ich erinnere mich, daß ich, als ohnehin ängstliches Kind, vor Furcht erzitterte, vor Furcht, das zu begreifen, das ganz zu erfassen und zu durchschauen, was ich sah, und seit jenem Augenblick saß die bedrückende, unangenehme Empfindung unausrottbar in meinem Herzen. Und nach dem Blick in den Spiegel senkte er den Kopf, nahm eine müdere Haltung an, jene, in der er gewöhnlich bei Alexandra Michailowna erschien, und ging leise in ihr Boudoir. Diese Erinnerung war es, die mich nun plötzlich wie ein Blitz durchzuckte.

Auch jetzt glaubte er, ganz wie damals, daß er allein im Zimmer sei, und blieb vor demselben Spiegel stehen. Ganz wie damals stand ich dort, von ihm unbemerkt, von einem feindseligen, unangenehmen Gefühl erfüllt. Als ich ihn aber dieses Liedchen summen hörte (ein Lied von ihm, von dem man alles eher als das hätte erwarten können!) und vor Überraschung wie gelähmt stehenblieb, als mir in diesem Augenblick blitzartig die Ähnlichkeit mit dem einen von mir als Kind erlebten Augenblick einfiel – da, ich kann es nicht wiedergeben, was für eine Empfindung mir plötzlich messerscharf ins Herz schnitt. Alle meine Nerven zuckten davon zusammen, und als Antwort auf dieses unglückselige Liedchen brach ich in ein solches Gelächter aus, daß der arme Sänger mit einem Aufschrei zwei Schritte weit vom Spiegel fortsprang und, bleich wie der Tod, wie ein schmachvoll auf frischer Tat ertappter Verbrecher, mich anstarrte, außer sich vor Schreck, vor Verblüffung und vor Wut. Sein Blick reizte mich krankhaft, und ich antwortete auf ihn mit nervenschüttelndem, unersättlichem Lachen – ihm gerade ins Gesicht. Dann ging ich lachend an ihm vorüber und trat, ohne mit dem Lachen aufzuhören, bei Alexandra Michailowna ein. Ich wußte, daß er hinter der Portiere stand, daß er vielleicht unschlüssig war, ob er gleichfalls eintreten sollte oder nicht, daß Wut und Feigheit ihn an den Fleck bannten, wo er stand – und mit einer seltsam gereizten, herausfordernden Ungeduld erwartete ich, wozu er sich entschließen werde, und ich hätte wetten mögen, daß er nicht eintreten werde, und ich hätte die Wette gewonnen. Er kam erst nach einer halben Stunde. Alexandra Michailowna sah mich lange Zeit mit größter Verwunderung an, aber sie fragte mich vergeblich nach der Ursache meiner Erregung. Ich konnte nicht antworten, ich war zu atemlos. Endlich begriff sie, daß ich einen Nervenanfall gehabt hatte, und ihre Augen folgten mir beunruhigt. Als ich mich etwas erholt hatte, erfaßte ich ihre Hände und bedeckte sie mit Küssen. Jetzt erst besann ich mich und jetzt erst sagte ich mir, daß ich sie getötet hätte, wenn das zufällige Zusammentreffen mit ihrem Mann nicht gewesen wäre. Ich sah sie an, als sähe ich in ihr eine dem Leben Zurückgegebene, die der Tod verschont hatte.

Pjotr Alexandrowitsch trat ein.

Ich blickte flüchtig zu ihm hin: er sah aus, als sei nichts geschehen, also düster und verschlossen wie gewöhnlich. Es fiel mir nur auf, daß er sehr blaß war, und ich sah seine Mundwinkel zucken: da erriet ich, daß er seine Erregung nur mit Mühe verbarg. Kühl grüßte er Alexandra Michailowna und setzte sich schweigend auf seinen Platz. Seine Hand zitterte ein wenig, als er die Tasse in Empfang nahm. Ich erwartete einen Zornesausbruch und eine stumme Angst erfaßte mich. Ich wollte schon hinausgehen, konnte mich aber nicht entschließen, Alexandra Michailowna, deren Gesicht sich beim Anblick ihres Mannes verändert hatte, zu verlassen. Sie hatte gleichfalls ein Vorgefühl, das ihr nichts Gutes verhieß. Und das, was ich angstvoll erwartete, geschah denn auch.

Inmitten des tiefsten Schweigens sah ich auf und mein Blick begegnete den Brillengläsern Pjotr Alexandrowitschs, die geradeaus auf mich gerichtet waren. Das war so überraschend, weil so ungewohnt, daß ich zusammenzuckte, fast einen Schrei ausstieß, und die Augen niederschlug. Alexandra Michailowna bemerkte meinen Schreck.

»Was ist mit Ihnen? Warum erröten Sie?« fragte Pjotr Alexandrowitsch schroff und fast grob.

Ich schwieg; mein Herz klopfte so stark, daß ich kein Wort hätte hervorbringen können.

»Weshalb ist sie errötet? Weshalb errötet sie immer?« fragte er, sich an Alexandra Michailowna wendend, indem er frech auf mich wies.

Mein Unwille benahm mir den Atem. Ich warf einen flehenden Blick Alexandra Michailowna zu. Sie verstand mich. In ihre blassen Wangen stieg edle Röte.

»Annjeta«, sagte sie zu mir mit so fester Stimme, wie ich sie von ihr unter keinen Umständen erwartet hätte, »geh auf dein Zimmer, ich werde sogleich zu dir kommen; den Abend werden wir zusammen verbringen ...«

»Ich frage Sie, haben Sie mich gehört oder nicht?« fiel ihr Pjotr Alexandrowitsch mit erhobener Stimme ins Wort, als höre er gar nicht, was seine Frau sagte. »Weshalb erröten Sie, wenn Sie mir begegnen? Antworten Sie!«

»Weil Sie ... sie erröten machen und ... mich gleichfalls«, antwortete statt meiner Alexandra Michailowna, vor Aufregung stockend.

Ich blickte erstaunt zu ihr auf. Die Schärfe ihrer Entgegnung schon gleich zu Anfang war mir ganz unverständlich.

»*Ich* mache Sie erröten, *ich*?« fragte Pjotr Alexandrowitsch, wie es schien auch über alle Maßen erstaunt und das „Ich" stark betonend. »Für *mich* sind *Sie* errötet? Ja, kann *ich* denn überhaupt *Sie* für *mich* erröten machen? An wem ist es, an *mir* oder an *Ihnen*, zu erröten, was meinen Sie?«

Diese Frage war so deutlich, auch für mich, und mit so gehässig beißendem Spott gesagt, daß ich vor Entsetzen aufschrie und zu Alexandra Michailowna stürzte. Überraschung, Schmerz, Vorwurf und Entsetzen sprachen aus ihrem todbleichen Gesicht. Ich blickte flehend auf Pjotr Alexandrowitsch und faltete die Hände, um ihn zu beschwören. Wie es schien, war er selber etwas erschrocken, doch die Wut, die ihm diese Worte entrissen hatte, war noch nicht vergangen. Aber meine stumme Bitte schien ihn doch einigermaßen zu verwirren. Meine Geste mußte verraten, daß ich schon vieles von dem wußte, was zwischen ihnen ein Geheimnis gewesen war, und daß ich den Sinn seiner Worte sehr gut verstand.

»Annjeta, geh auf dein Zimmer«, wiederholte Alexandra Michailowna mit schwacher, jedoch fester Stimme und sie erhob sich vom Stuhl, »ich habe dringend mit Pjotr Alexandrowitsch zu sprechen . . .«

Sie war anscheinend ruhig; aber diese Ruhe beängstigte mich mehr als jede Aufregung es vermocht hätte. Ich stand, als habe ich ihre Worte nicht gehört, und rührte mich nicht vom Fleck. Ich sah sie an und versuchte mit Anspannung aller Kräfte aus ihrem Gesicht zu erraten, was in ihrer Seele vorging. Es schien mir, daß sie weder meinen Ausruf noch meine Geste richtig verstanden hatte.

»Da sehen Sie jetzt Ihr Werk!« sagte Pjotr Alexandrowitsch, auf seine Frau weisend.

Mein Gott! Noch niemals hatte ich eine solche Verzweiflung gesehen, wie ich sie jetzt in diesem vor Gram todmüden, gleichsam erstorbenen Gesicht sah. Er faßte mich am Handgelenk und führte mich zur Tür. Im Hinausgehen blickte ich mich noch einmal nach ihnen um. Alexandra Michailowna stand am Kamin, die Ellbogen aufgestützt, den Kopf zwischen beiden Händen, mit denen sie ihn krampfhaft zusammenpreßte. Die ganze Haltung ihres Körpers drückte unerträgliche Qual aus. Ich griff nach Pjotr Alexandrowitschs Hand und drückte sie flehend.

»Um Gottes willen! Um Gottes willen!« flüsterte ich stockend, »haben Sie Erbarmen mit ihr!«

»Fürchten Sie sich nicht, fürchten Sie sich nicht!« sagte er und sah mich dabei eigentümlich an. »Das ist nichts, nur ein Anfall. Gehen Sie, gehen Sie.«

In meinem Zimmer warf ich mich auf das Sofa und vergrub das Gesicht in den Händen. Ganze drei Stunden verharrte ich in dieser Stellung und in der Zeit stand ich Höllenqualen aus. Schließlich konnte ich mich doch nicht mehr bezwingen und ließ fragen, ob ich zu Alexandra Michailowna kommen dürfe. Die Antwort brachte mir Madame Léotard. Pjotr Alexandrowitsch ließ mir durch sie sagen, daß der Anfall überstanden und eine Gefahr nicht vorhanden sei, doch bedürfe sie noch der Ruhe. Ich blieb aber trotzdem bis drei Uhr nachts auf und ging ruhelos in meinem Zimmer hin und her. Meine Gedanken arbeiteten. Ich befand mich in einer Lage, die mir rätselhafter als jemals war, aber ich fühlte mich gewissermaßen ruhiger – vielleicht deshalb, weil ich mich am schuldigsten von allen fühlte. In ungeduldiger Erwartung des nächsten Morgens ging ich zu Bett.

Am anderen Tage bemerkte ich zu meinem großen Kummer eine mir unerklärliche Kälte im Wesen Alexandra Michailownas. Zuerst glaubte ich, das sei nur deswegen, weil es ihrem reinen, vornehmen Herzen schwer werde, nach der Szene mit ihrem Mann, deren Zeugin ich gewesen war, mit mir zusammen zu sein. Ich wußte, daß dieses Kind imstande war, vor mir zu erröten und *mich* womöglich noch um Verzeihung zu bitten, weil diese unglückliche Szene *meinem* Herzen weh getan. Bald aber bemerkte ich an ihr so etwas wie eine bestimmte Sorge, wie einen Unwillen, der einen einzigen bestimmten Grund zu haben schien und sich nun in verschiedenen Formen äußerte: bald antwortete sie trocken und kühl, bald klang aus ihren Worten ein gewisser Doppelsinn, als wolle sie etwas Besonderes andeuten; dann wurde sie wiederum sehr lieb und gut zu mir, als bereue sie diese Schroffheit und Kälte, die ihr Herz ja doch nicht lange für mich empfinden konnte, und ihre freundlichen, leisen Worte suchten den Eindruck zu verwischen und verrieten, daß ihre Unfreundlichkeit ihr von Herzen leid tat. Schließlich fragte ich sie ganz offen, was mit ihr sei und ob sie mir vielleicht etwas zu sagen habe. Meine plötzliche schnelle Frage verwirrte sie ein wenig, doch sofort sah sie wieder auf, sah mich mit großen, stillen Augen und einem zarten Lächeln an und fragte mich:

»Nichts, Njetotschka; nur, weißt du, als du mich so plötzlich fragtest, da geriet ich in Verwirrung. Aber das geschah nur deshalb, weil es so plötzlich kam ... ich versichere dich. Doch höre, sage mir die Wahrheit, mein Kind: hast du nicht so etwas auf dem Herzen, wovon du ebenso verwirrt werden könntest, wenn man dich ebenso plötzlich und unerwartet danach fragen würde?«

»Nein«, antwortete ich, und sah sie mit hellen Augen offen an.

»Nun, dann ist es ja gut! Wenn du wüßtest, mein Kind, wie dankbar ich dir bin für diese schöne und offene Antwort. Nicht, daß ich dich irgendeines Schlechten verdächtigt hätte, – niemals! Einen solchen Gedanken würde ich mir nie verzeihen. Doch höre: ich nahm dich als Kind zu mir und jetzt bist du siebzehn Jahre alt. Du hast ja selbst gesehen: ich bin leidend; ich bin selbst wie ein Kind, das der Nachsicht bedarf. Ich konnte dir die leibliche Mutter nicht vollständig ersetzen, obgleich mein Herz für dich überreich an Liebe war. Wenn mich jetzt Sorgen um dich quälen, so bin selbstverständlich ich schuld daran und nicht du. Verzeihe daher meine Frage und vergib mir, wenn ich mein Versprechen nicht erfüllt habe, das ich dir und dem Vater gab, als ich dich in mein Haus nahm. Das quält mich sehr und hat mich immer gequält, mein Kind.«

Ich umarmte sie und brach in Tränen aus.

»Oh, ich danke Ihnen, ich danke Ihnen für alles!« sagte ich, und benetzte ihre Hände mit meinen Tränen. »Sprechen Sie nicht so zu mir, zerreißen Sie mir nicht das Herz! Sie sind mir mehr als eine Mutter gewesen. Gott segne Sie für alles, was Sie an mir getan haben, Sie und der Fürst, an mir Armen, Verlassenen! meine Liebe, meine Gütige!«

»Genug, Njetotschka, genug! Umarme mich lieber, so, von Herzen! Denn, sieh', Gott weiß, warum es mir scheint, daß du mich bald zum letztenmal umarmen wirst.«

»Nein, nein«, rief ich laut aufschluchzend wie ein Kind, »nein, nur das nicht! Sie werden noch glücklich sein! ... Ihnen steht noch vieles bevor. Glauben Sie mir, wir werden alle noch glücklich sein!«

»Ich danke dir, ich danke dir für deine Liebe, Njetotschka. Nur wenige lieben mich; sie haben mich alle verlassen!«

»Wer hat Sie denn verlassen? Wer denn?«

»Früher waren es ihrer mehr; du weißt es nicht, Njetotschka. Sie haben mich alle verlassen, sie sind fortgegangen, als wären Zeichen geschehen. Und ich habe auf sie gewartet, mein ganzes Leben lang gewartet; nun, Gott sei mit ihnen! Sieh Njetotschka, wie spät schon der Herbst ist; bald gibt es Schnee: und mit dem ersten Schnee sterbe ich, – aber ich will ja nicht klagen. Lebt alle wohl!«

Ihr Gesicht war schmal und durchsichtig; auf ihren Wangen brannten rote Flecke; ihre Lippen bebten und brannten wie von einem inneren Feuer.

Sie ging zum Flügel und schlug ein paar Akkorde an; in dem Augenblick riß eine Saite und ein langschwingender Ton summte auf ...

»Hörst du, Njetotschka, hörst du?« fragte sie mit verlöschender Stimme, und wies auf den Flügel. »Diese Saite hat man zu straff gespannt: sie hielt's nicht aus und riß. Hörst du, wie der Ton klagend erstirbt!«

Sie sprach mühevoll. Ein stumpfer, seelischer Schmerz lag auf ihrem Gesicht, ihre Augen standen voll Tränen.

»Genug davon, Njétotschka, meine Liebe, genug; bringe die Kinder her.«

Ich führte sie herbei. Ihre Gegenwart schien sie zu beruhigen und sie erholte sich. Nach einer Stunde aber mußten alle sie wieder verlassen.

»Wenn ich sterbe, so bleibst du bei ihnen, Annjeta? Ja?« sagte sie flüsternd, als fürchte sie, gehört zu werden.

»Haben Sie Erbarmen, Sie töten mich!« konnte ich ihr nur antworten.

»Ich habe ja bloß gescherzt«, sagte sie und versuchte zu lächeln. »Und du hast daran geglaubt? Ich sage doch manchmal, Gott weiß was! Ich bin wie ein Kind, mir muß man alles verzeihen.«

Dabei sah sie mich ganz schüchtern an, als fürchte sie sich, etwas auszusprechen, was ihr auf dem Herzen lag. Ich wartete.

»Sieh zu, erschrick ihn nicht«, sagte sie endlich mit niedergeschlagenen Augen und mit heller Röte im Gesicht, so leise, daß ich es kaum hören konnte.

»Wen?« fragte ich verwundert.

»Meinen Mann. Du erzählst ihm am Ende alles wieder.«

»Wieso, warum denn?« wiederholte ich meine Frage mit immer wachsendem Erstaunen.

»Nun, vielleicht erzählst du es ihm auch nicht, wer kann es wissen!« antwortete sie und versuchte dabei offenbar, mich schlau anzusehen; ein gutmütiges Lächeln spielte in ihren Mundwinkeln und die Farbe stieg ihr mehr und mehr ins Gesicht. »Lassen wir das; ich scherze ja nur.«

Mein Herz zog sich schmerzhaft zusammen.

»Nur höre, du wirst sie aber lieben, wenn ich sterbe, – ja?« fügte sie ernst hinzu und wieder mit einem geheimnisvollen Gesicht, »so, als liebtest du deine eigenen Kinder, – ja? Denke daran: ich habe dich immer wie eine mir Verwandte behandelt und geliebt.«

»Ja, ja!« antwortete ich, ohne zu wissen, was ich vor Tränen und Erregung sagte.

Ein heißer Kuß brannte auf meiner Hand – es gelang mir nicht, sie ihr rechtzeitig zu entziehen. Verwunderung lähmte meine Zunge.

‚Was geht in ihr vor? Was denkt sie sich? Was war gestern mit ihr?' ging es mir durch den Kopf.

Dann klagte sie über Müdigkeit.

»Ich fühle mich schon lange krank, ich wollte euch nur nicht ängstigen«, sagte sie. »Ihr liebt mich doch beide, – nicht wahr ... Auf Wiedersehen, Njetotschka; verlaß mich jetzt, am Abend komme dann bestimmt wieder! Wirst du kommen?«

Ich versprach es, und freute mich, nur fort zu kommen. Länger konnte ich es nicht mehr ertragen.

‚Du Arme, Arme! Welch ein Verdacht treibt dich ins Grab?' schluchzte ich auf. ‚Was für ein neuer Kummer zernagt und zerreißt dein Herz, ein Kummer, den du nicht einmal auszusprechen wagst? Mein Gott! Dieses Leid, das ich an ihr schon so lange kenne, dieses Leben ohne Freude, diese bescheidene Liebe, die nichts fordert. Und noch dazu jetzt, jetzt, vor dem Tode, da ihr Herz müde ist, fühlt sie sich als Schuldige, die nicht einmal zu murren wagt, und nicht zu klagen – und jetzt überfällt sie noch ein neues Leid, dem sie sich widerstandslos ergeben muß!‘

Am Abend, in der Dämmerstunde, benutzte ich die Abwesenheit Owróffs (desselben, der aus Moskau gekommen war), ging in die Bibliothek, öffnete einen Schrank und suchte unter den Büchern nach etwas, um es Alexandra Michailowna vorzulesen. Ich wollte sie von ihren schweren Gedanken ablenken und sie durch etwas Lustiges, Leichtes aufheitern ... Ich suchte lange. Die Dunkelheit trat ein und mit ihr wuchs mein Leid. In meine Hände fiel wieder dieses Buch, in dem sich der Brief befand, dessen Folgen mich bis jetzt nicht mehr verlassen hatten – dessen Geheimnisse mein Dasein von neuem zerbrachen, und es wehte aus ihm so kalt, so unbekannt und geheimnisvoll, wehte noch jetzt aus der Ferne des Gewesenen so drohend zu mir herüber „... Was wird mit uns‘, dachte ich, ‚der Winkel, in dem mir so warm war, so leicht und frei – verödet. Der reine, helle Geist, der meine Jugend hütete, verläßt mich. Was steht mir bevor?‘ Ich stand in Versunkenheit, nachdenkend über alles Vergangene, das meinem Herzen so teuer war, stand da, als fühlte ich das Bevorstehende, Unbekannte und mir Drohende ... Ich erinnere mich dieses Augenblicks so deutlich, als erlebte ich ihn noch einmal: so tief hat er sich mir ins Gedächtnis geprägt.

Ich hielt in meinen Händen den Brief und das aufgeschlagene Buch; meine Wangen waren feucht von Tränen. Plötzlich fuhr ich zusammen: über mir ertönte eine mir bekannte Stimme. In demselben Augenblick fühlte ich, daß man mir den Brief aus der Hand riß. Ich schrie auf und wandte mich um: vor mir stand Pjotr Alexandrowitsch. Er packte mich an der Hand und zwang mich, auf dem Platz zu bleiben; mit der rechten Hand hielt er den Brief zum

Licht und mühte sich, die ersten Zeilen zu entziffern ... Ich wäre bereit gewesen, eher zu sterben, als ihm den Brief zu überlassen. An seinem triumphierenden Lächeln sah ich, daß es ihm gelungen war, den Anfang des Briefes zu lesen. Ich war außer mir ...

Einen Augenblick später, ohne mir bewußt zu sein, was ich tat, stürzte ich auf ihn zu und riß ihm den Brief aus der Hand. Das geschah so unerwartet, daß ich selbst nicht mehr begreife, wie es mir gelingen konnte, mich des Briefs zu bemächtigen. Als ich bemerkte, daß auch er wieder den Brief mir entwenden wollte, verbarg ich ihn schnell an meiner Brust und wich ein paar Schritte zurück.

Einen Augenblick sahen wir einander schweigend an. Ich zitterte noch vor Schreck. Er war blaß und seine vor Wut blau gewordenen Lippen bebten. Er brach zuerst das Schweigen.

»Nun wohl!« sagte er mit einer Stimme, die vor Erregung leise war, »ich hoffe, Sie wollen selbst nicht, daß ich hier Gewalt anwende. Geben Sie mir also freiwillig den Brief.«

Erst jetzt kam ich zu mir. Scham und Unwille ob eines so groben Überfalls überwältigten mich. Heiße Tränen stürzten mir aus den Augen. Ich zitterte vor Aufregung und eine Zeitlang war ich nicht imstande, ein Wort hervorzubringen.

»Haben Sie gehört?« sagte er und trat einen Schritt auf mich zu.

»Lassen Sie mich, lassen Sie mich!« rief ich und ich wich vor ihm zurück, »Sie handeln niedrig an mir, unfein! Sie haben sich vergessen! ... Lassen Sie mich gehen! ...«

»Wie? Was soll das heißen? Wie wagen Sie es noch, einen solchen Ton anzuschlagen ... nach alledem, was Sie ... Geben Sie ihn her, sage ich Ihnen!«

Er trat noch einen Schritt auf mich zu, doch als er in meinen Augen soviel kalte Entschlossenheit sah, da blieb er stehen und überlegte ...

»Nun gut!« sagte er endlich trocken, als hätte er einen Entschluß gefaßt, wenn er sich auch immer noch mühsam beherrschte. »Eins nach dem anderen, doch zuerst ...«

Er sah sich im Zimmer um.

»Wer ... hat Sie in die Bibliothek gelassen? Warum steht dieser Schrank offen? Woher haben Sie den Schlüssel zum Bücherschrank?«

»Ich werde Ihnen darauf nicht antworten«, sagte ich, »ich kann mit Ihnen nicht darüber sprechen. Lassen Sie mich gehen!«

Ich ging zur Tür.

»Erlauben Sie«, sagte er, und packte mich am Arm, »so werden Sie nicht davonkommen!«

Schweigend riß ich mich los und wandte mich wieder zur Tür.

»Wie Sie wollen. Aber ich kann es Ihnen nicht gestatten, daß Sie in meinem Hause Briefe von Liebhabern empfangen ...«

Ich schrie auf und starrte ihn fassungslos an ...

»Und darum ...«

»Halten Sie ein!« rief ich. »Was unterstehen Sie sich ... wie können Sie mir das sagen?... Mein Gott! Mein Gott!...«

»Wie? Was! Sie drohen mir noch? ...«

Ich sah ihn an, blaß, wie zerschmettert. Der Kampf zwischen uns stieg bis zur höchsten Erbitterung an, aber ich begriff selbst nicht, warum. Ich flehte ihn mit einem Blick an, nicht weiterzugehen. Ich war bereit, ihm jede Beleidigung zu verzeihen, wenn er nur jetzt innehielt. Er sah mich durchbohrend an und schien zu schwanken.

»Bringen Sie mich nicht zum Äußersten«, flüsterte ich angstvoll.

»Nein, damit muß ein Ende gemacht werden!« sagte er schließlich, als besinne er sich wieder. »Ich muß Ihnen gestehen, ich schwankte einen Augenblick vor diesem Blick«, fügte er mit eigentümlichem Lächeln hinzu. »Doch leider spricht die Sache für sich selbst. Es ist mir gelungen, den Anfang des Briefes zu lesen. Das war ein Liebesbrief! Sie werden mich nicht davon abbringen! Nein, das schlagen Sie sich gefälligst aus dem Kopf! Und wenn ich einen Augenblick schwankte, so geschah es nur, weil ich zu Ihren übrigen schönen Eigenschaften auch Ihre Fähigkeit zu lügen hinzufügen mußte, und darum wiederhole ich ...«

Mit jedem Wort, das er sprach, füllte er sich mit Bosheit an. Er war bleich; seine Lippen verzogen sich und zitterten. Nur noch mit Mühe konnte er die letzten Worte hervorbringen. Es war vollkommen dunkel geworden. Ich stand schutzlos da, vor einem Menschen, der fähig war, einer Frau das Schlimmste anzutun. Und im Grunde war alle Wahrscheinlichkeit gegen mich; ich wand mich vor Scham, alles verwirrte sich in mir; ich konnte die Wut dieses Menschen nicht verstehen. Ohne ihm zu antworten, außer mir vor Angst, stürzte ich aus dem Zimmer, und ich kam erst zu mir, als ich vor der Zimmertür Alexandra Michailownas stand. In dem Augenblick hörte ich seine Schritte; und schon wollte ich ins Zimmer stürzen, als ich plötzlich wie vom Schlag gerührt stehen blieb.

‚Was wird mit ihr geschehen?' ging es mir durch den Kopf ... ‚Diesen Brief ...! Nein, lieber alles auf der Welt, als diesen Stoß in ihr Herz –' und ich stürzte zurück. Doch schon war es zu spät: er stand neben mir.

»Wohin wollen Sie, kommen Sie ... nur nicht hier, nicht hier!« flüsterte ich ihm zu und griff nach seinem Arm ... »Schonen Sie sie ...! Ich komme zurück in die Bibliothek, oder ... wohin Sie wollen! Sie werden sie damit töten!«

»*Sie* sind es, die sie töten will!« antwortete er, und trat von mir zurück.

Alle meine Hoffnungen schienen verloren. Ich begriff, daß er diese ganze Szene vor Alexandra Michailowna tragen wollte.

»Um Gottes willen!« rief ich und hielt ihn aus aller Kraft zurück. Doch in diesem Augenblick hob sich die Portiere, und Alexandra Michailowna stand vor uns. Sie sah uns verwundert an. Ihr Gesicht wurde noch blasser. Mit Mühe hielt sie sich auf den Füßen. Offenbar hatte es sie die größte Anstrengung gekostet, auf unsere Stimmen hin bis zur Tür zu kommen.

»Was gibt es? Wovon habt ihr hier gesprochen?« fragte sie, in großer Verwunderung uns betrachtend.

Ein paar Atemzüge lang herrschte Schweigen. Sie wurde leichenblaß. Ich stürzte auf sie zu, umfing sie und führte sie zurück in ihr Zimmer. Pjotr Alexandrowitsch folgte uns. Ich drückte mein Gesicht an ihre Brust und umschlang sie fester und fester, fast vergehend vor banger Erwartung.

»Was ist mit dir, was ist mit euch?« fragte Alexandra Michailowna nochmals.

»Fragen Sie sie. Sie haben sie ja noch gestern so in Schutz genommen«, sagte Pjotr Alexandrowitsch und ließ sich schwer in einen Sessel fallen.

Ich umklammerte sie noch fester mit meinen Armen.

»Aber, mein Gott, was bedeutet denn das?« rief Alexandra Michailowna in großem Schrecken angstvoll aus. »Sie zittert ja und ist in Tränen aufgelöst, und Sie sind so gereizt ... Annjeta, sag' mir doch, was ist zwischen euch vorgefallen?«

»Nein, erlauben Sie, daß ich zuerst rede!« sagte Pjotr Alexandrowitsch und näherte sich uns. Er ergriff mich am Handgelenk und zog mich von ihr fort. »Bleiben Sie dort stehen«, sagte er und wies in die Mitte des Zimmers. »Ich werde Sie richten vor derjenigen, die Ihnen die Mutter ersetzt hat. Und Sie, Alexandra Michailowna, bitte, beruhigen Sie sich, und setzen Sie sich in den Lehnstuhl. Mir tut es bitter leid, daß ich Sie nicht mit dieser unangenehmen Aufklärung verschonen kann. Denn sie ist nötig –!«

»Mein Gott! Was wird das sein?« murmelte Alexandra Michailowna und sah mit qualvollen Augen erst mich, dann ihren Mann an. Ich rang die Hände vor diesem verhängnisvollen Augenblick. Von ihm konnte ich keine Schonung erwarten.

»Kurz«, fuhr Pjotr Alexandrowitsch fort, »ich wünsche, daß Sie in der Sache selbst urteilen. Sie haben immer (und ich weiß nicht warum; das ist so eine Ihrer Phantasien), Sie haben immer – noch gestern, zum Beispiel, gedacht, gesagt ... ich weiß nicht, wie ich mich ausdrücken soll ... ich schäme mich dieser Voraussetzungen ... Kurz, Sie haben sie immer verteidigt, und mich angegriffen, Sie warfen mir ungerechtfertigte Strenge vor; Sie haben dabei noch auf ein anderes Gefühl hingewiesen, das mich zu dieser unerlaubten Strenge bewege; Sie ... ja, ich begreife nicht, warum ich meiner Aufregung nicht Herr werden kann, warum ich erröte bei dem Gedanken an Ihre Anspielungen, warum ich sie nicht offen vor ihr auszusprechen vermag ... Kurz, Sie ...«

»Oh, das werden Sie nicht tun! Nein, Sie werden das nicht sagen!« stieß Alexandra Michailowna, errötend vor Scham, schnell hervor. »Nein, Sie werden sie schonen! Das habe ich, ich, alles ausgedacht! Ich habe jetzt keinen Verdacht mehr. Verzeihen Sie es mir, verzeihen Sie! Ich bin krank, man muß mir verzeihen, nur sagen Sie ihr nichts, nein ... Annjéta, gehe fort von hier, schnell, schnell! Er scherzt nur! An alledem bin ich schuld; oh, das ist ein böser Scherz ...«

»Kurz, Sie sind auf sie eifersüchtig gewesen«, warf Pjotr Alexandrowitsch erbarmungslos ihr zur Antwort hin.

Sie schrie auf, erbleichte und stützte sich auf den Sessel, kaum noch imstande, sich auf den Füßen zu halten.

»Möge Gott Ihnen verzeihen!« murmelte sie endlich mit schwacher Stimme. »Vergib mir für ihn, Njetotschka, vergib; ich bin an allem schuld. Ich war krank, ich ...«

»Das ist grausam, schamlos, niedrig von Ihnen!« rief ich, außer mir, denn ich begriff jetzt alles, alles, begriff vor allem, warum er mich vor den Augen seiner Frau richten wollte. »Das ist nur verachtungswürdig ..., Sie ...«

»Annjeta!« rief Alexandra Michailowna, vor Schreck nach mir greifend.

»Komödie! Komödie und weiter nichts!« Pjotr Alexandrowitsch trat in unbeschreiblicher Erregung auf uns zu. »Das ist eine Komödie, sage ich Ihnen«, während er ununterbrochen mit hämischem Lächeln seine Frau ansah, »und die

Betrogene in dieser ganzen Komödie sind nur – Sie. Glauben Sie, daß *wir*«, stieß er atemlos hervor und wies dabei auf mich, »solche Erklärungen fürchten? glauben Sie, daß wir noch so dumm sind, beleidigt zu sein und bis an die Ohren zu erröten, wenn man uns von ähnlichen Dingen redet? Entschuldigen Sie bitte, ich drücke mich vielleicht zu einfach, zu aufrichtig, zu grob aus, aber – das muß geschehen. Sind Sie denn noch immer überzeugt, meine Dame, von der ordentlichen Aufführung dieses ... Mädchens?«

»Mein Gott! Was fällt Ihnen ein? Sie vergessen sich!« murmelte Alexandra Michailowna, halb erstarrt vor Schreck.

»Bitte, nicht diese großen Worte!« unterbrach Pjotr Alexandrowitsch sie mokant. »Ich liebe das nicht. Hier liegt die Sache sehr einfach: gemein bis zur höchsten Gemeinheit. Ich frage Sie nach ihrem Betragen: wissen Sie ...«

Ich ließ ihn nicht zu Ende sprechen, ich ergriff ihn am Ärmel und zog ihn gewaltsam zur Seite. Noch ein Augenblick, und alles wäre verloren gewesen.

»Sagen Sie nichts von dem Brief!« flüsterte ich ihm schnell zu, »Sie würden sie auf der Stelle töten! Ein Vorwurf für mich wird zugleich ein Vorwurf für sie sein. Sie kann mich nicht verurteilen, denn ich weiß alles ... verstehen Sie, *ich weiß alles!*«

Er sah mich scharf mit aufgeschreckter Neugier an und – das Blut trat ihm ins Gesicht.

»Ich weiß *alles, alles!*« wiederholte ich.

Er schien noch zu zögern. Auf seinen Lippen lag eine Frage. Ich kam ihm zuvor:

»An allem, was geschehen ist«, sagte ich laut, mich zu Alexandra Michailowna wendend, die uns mit schüchterner, mit trauriger Verwunderung ansah, »bin ich allein schuld. Bereits seit vier Jahren habe ich Sie betrogen. Ich habe den Schlüssel zur Bibliothek genommen und seit vier Jahren lese ich heimlich Bücher. Pjotr Alexandrowitsch hat mich überrascht – mit einem Buch ... das sich nicht in meinen Händen befinden durfte. Aus Sorge um mich hat er die Gefahr vor

Ihnen vergrößert! ... Aber ich will mich nicht verteidigen«, (beeilte ich mich hinzuzufügen, als ich ein spöttisches Lächeln auf seinen Lippen bemerkte). »Ich bin an allem schuld. Die Versuchung war stärker als ich, und da es einmal geschehen war, schämte ich mich, es Ihnen zu gestehen ... Das ist alles, fast alles, was zwischen uns vorgefallen ist.«

»Oh, das ist aber geschickt!« murmelte neben mir Pjotr Alexandrowitsch.

Alexandra Michailowna hatte mich mit gespannter Aufmerksamkeit angehört. Auf ihrem Gesicht spiegelte sich Mißtrauen. Sie sah abwechselnd erst mich, dann ihren Mann an. Es trat Schweigen ein. Ich wagte kaum zu atmen. Sie senkte ihren Kopf auf die Brust und bedeckte die Augen mit der Hand, offenbar um jedes Wort zu wägen, das ich gesagt hatte. Endlich hob sie den Kopf und sah mich forschend an.

»Njetotschka, mein Kind, ich weiß, du verstehst nicht zu lügen«, sagte sie. »Ist das nun alles, was geschehen ist, wirklich alles?«

»Alles«, antwortete ich.

»Alles?« wandte sie sich fragend an ihren Mann.

»Ja, alles«, antwortete er mit großer Überwindung, »alles!« Ich atmete auf.

»Du gibst mir dein Wort, Njetotschka?«

»Ja«, antwortete ich, ohne mit der Wimper zu zucken. Aber ich konnte mich doch nicht beherrschen und blickte auf Pjotr Alexandrowitsch. Er lachte, als er hörte, wie ich mein Wort gab. Ich wurde über und über rot; diese meine Verwirrung konnte der armen Alexandra Michailowna nicht entgehen. Ein qualvolles Leid drückte sich auf ihrem Gesicht aus.

»Genug«, sagte sie traurig. »Ich glaube euch. Wie sollte ich euch nicht glauben?«

»Ich denke, ein solches Geständnis genügt«, bemerkte Pjotr Alexandrowitsch. »Sie haben's gehört? Was glauben Sie nun?«

Alexandra Michailowna schwieg. Die Situation wurde immer unerträglicher.

»Ich werde morgen alle Bücher durchsehen«, fuhr Pjotr Alexandrowitsch fort. »Ich weiß nicht, um was es sich dort noch handelte; aber ...«

»Welches Buch las sie denn?« fragte Alexandra Michailowna.

»Welches Buch? Antworten Sie doch«, wandte er sich an mich. »Sie verstehen es ja besser, die Sache zu erläutern«, fügte er mit verhaltenem Spott hinzu.

Ich verlor meine Fassung und konnte kein Wort mehr hervorbringen. Alexandra Michailowna errötete und schlug die Augen nieder. Es folgte ein langes Schweigen. Pjotr Alexandrowitsch ging geärgert im Zimmer auf und ab.

»Ich weiß ja nicht, was zwischen euch vorging«, begann endlich Alexandra Michailowna, zaghaft jedes Wort aussprechend, »aber wenn das wirklich alles gewesen ist«, fuhr sie fort, bemüht, jedem Wort einen besonderen Nachdruck zu geben, während sie gleichzeitig vermied, ihn anzusehen, da der unbewegliche Blick ihres Mannes sie immer mehr verwirrte, »wenn es *nur das* gewesen ist, dann weiß ich nicht, warum wir uns so quälen und darüber fast verzweifeln wollen. Schuld daran bin nur ich, ich allein, und das schmerzt mich sehr. Ich habe ihre Erziehung auf mich genommen, ich bin auch für sie verantwortlich. Sie muß mir daher meine Nachlässigkeit verzeihen. Ich wage es nicht, sie zu verurteilen. Und doch, worüber sollen wir uns jetzt noch aufregen? Die Gefahr ist ja vorüber. Sehen Sie sie doch an: hat ihre unvorsichtige Handlungsweise auch nur irgendwelche Folgen hinterlassen? Als ob ich mein Kind, meine geliebte Tochter, nicht kennte! Weiß ich denn nicht, daß ihr Herz rein und edel ist, und daß in diesem lieben Köpfchen«, fuhr sie fort, indem sie mich zu sich heranzog und mich streichelte, »der Verstand rein und hell ist ... Laßt gut sein, meine Lieben! Hören wir damit auf! Offenbar liegt etwas anderes in unserem Kummer; vielleicht lag auf uns allen nur ein vorübergehender Schatten. Aber wir wollen durch Liebe und durch unser gutes Einvernehmen alle Mißverständnisse zerstreuen.

Vielleicht ist vieles unausgesprochen zwischen uns, und in der Hauptsache bin ich schuld daran. In mir sind zuerst weiß Gott was für Verdächtigungen aufgestiegen, an denen nur mein armer kranker Kopf schuld ist ... Und ... und, wenn ich sie auch zum Teil schon ausgesprochen habe, so müßt ihr beide sie mir verzeihen, weil ... weil die Sünde doch nicht so groß ist, wenn ich vermutete ...«

Sie errötete und sah schüchtern ihren Mann an, als erwarte sie mit Bangen ein Wort von ihm. Während sie sprach, lag ein spöttisches Lächeln auf seinen Lippen. Er brach seinen Gang durch das Zimmer ab und stellte sich gerade vor sie hin, die Hände auf dem Rücken. Er betrachtete sie in ihrer Erregung und ergötzte sich an ihr; als sie aber seinen unverwandten Blick auf sich ruhen fühlte, wurde sie verlegen. Er blieb ruhig stehen, als erwarte er noch irgend etwas. Ihre Erregung verdoppelte sich. Endlich unterbrach er diese erdrückende Szene durch ein leises, anhaltendes, boshaftes Lachen:

»Mir tun Sie leid, arme Frau!« sagte er endlich, bitter und ernst, nachdem er zu lachen aufgehört hatte. »Sie spielen eine Rolle, der Sie nicht gewachsen sind. Was wollen Sie denn, im Grunde genommen? Sie wollen mir wieder neue Verdächtigungen unterschieben, oder, besser gesagt, die alten Verdächtigungen, die Sie nur mangelhaft in ihren Worten verbergen können. Der Sinn Ihrer Worte ist der, daß kein Grund vorhanden sei, ihr böse zu sein, daß sie rein und gut sei auch nach der Lektüre unsittlicher Bücher, deren Moral – das sage ich von mir aus – bereits etliche Früchte gezeitigt zu haben scheint; und schließlich, daß Sie selber für sie einständen; war es nicht so? Und dann, nachdem Sie das erklärt haben, deuten Sie noch etwas anderes an. Sie denken, mein Argwohn und meine Feindseligkeit entsprängen einem gewissen anderen Gefühl. Sie deuteten mir gestern sogar an – bitte, unterbrechen Sie mich nicht, ich liebe es, alles offen auszusprechen –, Sie deuteten gestern an, daß bei manchen Menschen (nach Ihrer Bemerkung, wenn ich mich recht erinnere, wären diese Leute in der Regel gesetzte, ernste, gerade, kluge, starke Menschen, und Gott weiß was für Vorzüge Sie ihnen in einer Anwandlung von Großmut noch gaben!), daß bei gewissen Menschen also, sage ich, die Liebe (und Gott weiß, wozu Sie sich das ersannen!) sich auch gar nicht anders äußern könne als eben schroff, heftig, verletzend, oft mit Argwohn und Feindseligkeit gepaart. Übrigens entsinne ich mich nicht mehr genau, ob Sie sich gerade mit diesen Worten ausdrückten ... Bitte, unterbrechen Sie mich nicht; ich kenne Ihren Zögling ausgezeichnet: sie darf bereits alles hören, alles, wiederhole ich Ihnen zum hundertsten Mal, – alles! Sie sind betrogen worden. Ich begreife nur nicht, warum es Ihnen beliebt, auf der Behauptung zu bestehen, daß gerade *ich* solch ein Mensch sei! – weshalb Sie gerade mich mit diesem Narrenhemd aufputzen wollen! Liebe zu diesem jungen Mädchen steht meinen Jahren nicht mehr an; ja und schließlich kann ich Sie versichern, meine Gnädigste, daß *ich weiß, was meine Pflicht ist,* und wie großmütig Sie mich auch entschuldigen wollten, ich bleibe dabei, was ich gesagt habe: *daß ein Verbrechen immer ein Verbrechen, eine Sünde immer eine Sünde, immer eine schmutzige, ehrlose Schandtat sein wird, auf welche Stufe der Größe und Herrlichkeit Sie das lasterhafte Gefühl auch erheben mögen!* Doch genug! Genug davon! Und daß mir nichts mehr von diesen Schändlichkeiten zu Ohren komme!«

Alexandra Michailowna weinte.

»Mag das mir gesagt sein, mag ich das verdient haben und tragen müssen – ich will's ja!« sagte sie, indem sie mich unter Schluchzen umarmte. »Mögen meine Vermutungen schlecht und schändlich gewesen sein, daß Sie so grausam über sie spotten können! Aber du, mein armes Kind, wofür bist du verurteilt, solche Kränkungen zu hören? Und ich kann dich nicht einmal beschützen! Ich muß stumm sein! Mein Gott! – nein! ich kann nicht schweigen, das können Sie nicht von mir verlangen! Ich ertrage es nicht ... Ihr Benehmen ist widersinnig! ...«

»Lassen Sie, lassen Sie, beruhigen Sie sich nur!« redete ich ihr flüsternd zu, um sie in ihrer Aufregung zu beschwichtigen, denn ich fürchtete, daß Vorwürfe von ihr ihn um seine letzte Beherrschung bringen würden.

»Aber Sie blindes Weib! . . .«, rief er denn auch heftig, »Sie wissen ja nicht, Sie sehen ja nicht . . .«

Er stockte einen Augenblick.

»Fort von ihr!« befahl er heftig und riß meine Hand aus den Händen Alexandra Michailownas. »Ich gestatte Ihnen nicht, meine Frau zu berühren! Ihre Berührung besudelt! Ihre Anwesenheit ist eine Beleidigung für sie! Aber . . . ja, aus welchem Grunde soll ich schweigen, wo doch alles ausgesprochen werden muß!« rief er, mit dem Fuß stampfend. »Und ich werde es sagen, ich werde alles sagen! Ich weiß nicht, was Sie da *wissen*, mein gnädiges Fräulein, und womit Sie mir drohen wollen, und ich will es auch nicht wissen. So hören Sie denn . . .«, fuhr er fort, sich an Alexandra Michailowna wendend.

»Schweigen Sie!« rief ich, und ich hätte mich fast auf ihn gestürzt, »schweigen Sie! Sie sagen kein Wort!«

»So hören Sie denn . . .«

»Schweigen Sie! Im Namen . . .«

»Im Namen wessen, mein Fräulein?« griff er das Wort blitzschnell auf und sah mir eine Sekunde lang durchdringend in die Augen. »Im Namen wessen? . . . So hören Sie denn: ich habe ihr einen Brief ihres Geliebten entrissen! Jetzt wissen Sie, was in unserem Hause geschieht! Nun haben Sie es gehört, was sich unmittelbar neben Ihnen zuträgt! Das war es, was Sie nicht gesehen, nicht bemerkt haben!«

Ich hielt mich kaum auf den Füßen. Alexandra Michailowna wurde totenblaß.

»Das kann nicht sein«, stammelte sie, kaum hörbar.

»Ich habe diesen Brief gesehen, ich habe ihn in der Hand gehabt und die ersten Zeilen gelesen. Von einer Täuschung kann also keine Rede sein. Der Brief war von einem Geliebten. Sie entriß ihn mir und jetzt ist er wieder in ihrem

Besitz. Die Sache ist so klar, sie liegt ja auf der Hand! Und wenn Sie noch zweifeln, so sehen Sie sie doch nur an und dann versuchen Sie, auch nur auf den Schatten eines Zweifels noch zu hoffen!«

»Njetotschka!« schrie Alexandra Michailowna plötzlich auf. »Nein, nein, sag' nichts, sprich nichts! Ich weiß nicht, was gewesen ist, was ... wie ... mein Gott, mein Gott!«

Sie bedeckte das Gesicht mit den Händen und weinte.

»Nein! Das ist nicht möglich!« stieß sie wieder hervor. »Sie haben sich geirrt. Das ... das ... ich weiß, was das bedeutet!« sagte sie plötzlich langsam, während sie ihren Mann mit unverwandtem Blick ansah. »Sie ... ich ... konnte nicht, – nein, du wirst mich nicht betrügen, du kannst mich nicht betrügen! Erzähl' mir alles, sag' mir alles: er hat sich doch geirrt? Ja, nicht wahr, er hat sich geirrt? Er hat etwas anderes gesehen, er war verblendet? Ja, nicht wahr? Nicht wahr? Höre: warum solltest du mir nicht alles sagen, Annjeta, mein Kind, mein liebes Kind?«

»Antworten Sie, antworten Sie sofort!« ertönte über mir die Stimme Pjotr Alexandrowitschs. »Antworten Sie: habe ich oder habe ich nicht den Brief in Ihren Händen gesehen?«

»Ja!« antwortete ich atemlos vor Aufregung.

»Dieser Brief war von Ihrem Geliebten?«

»Ja!«

»Mit dem Sie auch jetzt in Verbindung stehen?«

»Ja, ja, ja!« sagte ich schon außer mir, bestätigte alles blindlings, nur um unserer Qual ein Ende zu machen.

»Haben Sie gehört? Nun, und was sagen Sie jetzt! Glauben Sie mir, Sie mit Ihrem guten, allzu vertrauensseligen Herzen«, fügte er hinzu und nahm die Hand seiner Frau, »glauben Sie mir und sehen Sie Ihren Irrtum ein, – Ihren Irrtum in allem, was Ihre kranke Phantasie Ihnen vorgegaukelt hat. Sie sehen jetzt, wer dieses ... Mädchen ist. Ich wollte nur Ihre Vermutungen ad absurdum führen. Ich habe das alles schon längst bemerkt und es freut mich, daß ich sie endlich vor Ihnen entlarvt habe. Es war mir schwer, sie neben Ihnen zu sehen, in Ihren Armen, an einem Tisch mit uns, ja, in meinem Hause. Und Ihre Blindheit empörte mich. Deshalb, und zwar nur deshalb, schenkte ich ihr überhaupt meine Aufmerksamkeit und beobachtete sie; und diese Aufmerksamkeit haben Sie bemerkt; und nachdem Sie Gott weiß was für einen Verdacht als Grund angenommen, haben Sie dann auf dieser Grundlage in Ihrer Einbildung weitergebaut. Jetzt ist die Sache aufgeklärt, alle Zweifel sind widerlegt, und morgen, mein Fräulein, morgen noch werden Sie nicht mehr in meinem Hause sein!« schloß er, sich an mich wendend.

»Halten Sie ein!« sagte Alexandra Michailowna und sie erhob sich. »Ich traue dieser ganzen Szene nicht. Sehen Sie mich nicht so zornig an; lachen Sie nicht über mich. Ich rufe Sie selbst zum Richter auf, ich will nur meine Meinung sagen. Annjeta, mein Kind, komm zu mir, gib mir deine Hand, so. Niemand ist ohne Fehl, wir sind alle sündig!« sagte sie mit einer Stimme, in der Tränen zitterten, und sie sah gleichsam demütig zu ihrem Mann auf. »Und wer von uns darf jemandes Hand von sich stoßen? Gib mir doch deine Hand, Annjeta, mein liebes Kind! Ich bin nicht würdiger, nicht besser als du; du kannst mich nicht durch deine Gegenwart kränken, denn ich bin gleichfalls, *gleichfalls eine Sünderin.*«

»Meine Gnädigste!« rief Pjotr Alexandrowitsch betroffen. »Was reden Sie! Beherrschen Sie sich! Vergessen Sie sich nicht! ...«

»Ich vergesse nichts. Unterbrechen Sie mich nicht, lassen Sie mich zu Ende sprechen. Sie haben in ihren Händen einen Brief gesehen, Sie haben ihn sogar gelesen; Sie sagen – und sie ... hat gestanden, daß dieser Brief von demjenigen sei, den sie liebt. Aber beweist denn das, daß sie sich vergangen habe? Gibt Ihnen denn das schon das Recht, sie so zu behandeln, sie so in Gegenwart Ihrer Frau zu beleidigen? Ja, mein Herr, in Gegenwart Ihrer Frau? Haben Sie denn schon alles ergründet? Wissen Sie denn schon, wie sich das alles verhält?«

»Ja, was! – jetzt soll ich sie wohl noch um Verzeihung bitten? Ist es das, was Sie wollen?« rief Pjotr Alexandrowitsch wütend. »Ich danke, ich habe die Geduld verloren über Ihrem Gerede! Und wissen Sie überhaupt, von wem Sie reden, was und *wen* Sie verteidigen? Ich durchschaue doch alles ...«

»Und sehen doch nicht einmal die Hauptsache, weil Ihr Zorn und Ihr Stolz Sie blenden. Sie sehen das nicht, was ich verteidige und wovon ich rede. Nicht das Laster verteidige ich. Aber haben Sie auch bedacht – und das werden Sie einsehen, sobald Sie nachdenken –, haben Sie bedacht, daß sie vielleicht wie ein Kind unschuldig und unwissend ist! Noch einmal, nicht das Laster verteidige ich! Ich beeile mich, mich zu rechtfertigen, wenn Ihnen das erwünscht ist. Ja, wenn sie Gattin, wenn sie Mutter wäre und ihre Pflichten vergessen hätte, dann würde ich Ihnen beistimmen ... Sie sehen, ich rechtfertige mich. So vergessen Sie das nicht und machen Sie mir keine Vorwürfe! Wenn sie aber diesen Brief erhalten hat, ohne etwas Böses zu ahnen? Wenn sie sich in ihrer Unerfahrenheit nur von einem großen Gefühl hat verleiten lassen und weil sie keinen Menschen fand, der sie zurückgehalten hätte? Wenn vielleicht gerade mich die größte Schuld trifft, weil ich ihr Herz nicht behütet habe? Wenn dieser Brief der erste war? Wenn Sie mit Ihrem rohen Verdacht ihr mädchenhaft reines Empfinden verletzt haben? Wenn Sie ihre jugendliche Phantasie mit Ihren zynischen Reden und Bemerkungen über diesen Brief beschmutzt haben? – wenn Sie nicht sehen oder nicht sehen wollen, daß in diesem keuschen mädchenhaften Antlitz nichts als Reinheit und Unschuld ist und bange mädchenhafte Scham, – die Scham, die ich jetzt erkenne, die ich auch dann erkannte, als sie wie verloren in dieser Pein nicht wußte, was sie sagte, und in ihrer Herzensangst auf alle Ihre unmenschlichen Fragen mit diesem ,Ja, ja, ja!' antwortete. Das war unmenschlich von Ihnen, das war grausam; ich erkenne Sie nicht wieder; das werde ich Ihnen niemals, niemals verzeihen!«

»Ach, erbarmen Sie sich, erbarmen Sie sich!« rief ich beschwörend, und ich drückte sie mit meinen Armen fest an mich. »Hören Sie auf, glauben Sie mir, verstoßen Sie mich nicht . . .«

Ich fiel vor ihr auf die Knie.

»Und wenn«, fuhr sie atemlos fort, »wenn nun ich nicht bei ihr wäre, wenn Sie sie mit Ihren Worten erschreckt hätten und die Arme jetzt selbst glaubte, sie sei schuldig, wenn Sie ihr Gewissen, ihre Seele verwirrt, die Ruhe ihres Herzens zerstört hätten . . . Mein Gott! Und Sie wollten sie aus dem Hause jagen! Aber wissen Sie denn nicht, mit wem man das tut? Sie wissen, daß Sie, wenn Sie sie aus dem Hause jagen, dann uns beide, uns zusammen fortjagen, – mich gleichfalls. Haben Sie gehört, mein Herr?«

Ihre Augen blitzten, ihre Brust arbeitete schwer; ihre krankhafte Erregung steigerte sich bis zur letzten Krisis . . .

»Jetzt habe ich aber wahrlich genug gehört, meine Gnädigste!« rief Pjotr Alexandrowitsch, »genug davon! Ich weiß, es gibt platonische Leidenschaften – und weiß das zu meinem Verderben, meine Gnädigste! Hören Sie? – zu meinem Verderben! Aber ich bedanke mich dafür, mit diesem vergoldeten Laster unter einem Dach zu leben! Ich verstehe es nicht. Und deshalb: fort mit ihm! Und wenn Sie sich schuldig fühlen, wenn Sie sich irgendeiner Schuld bewußt sind (nicht an mir ist es, Sie zu erinnern, meine Gnädigste), wenn Ihnen der Gedanke gefällt, mein Haus zu verlassen . . . so bleibt mir nichts weiter übrig, als zu sagen, als Sie daran zu erinnern, daß Sie bedauerlicherweise vergessen haben, Ihre Absicht auszuführen, als es die rechte Zeit war, die eigentliche Zeit, vor Jahren, schon vor . . . sollten Sie das Datum vergessen haben, so kann ich Ihrem Gedächtnis zu Hilfe kommen . . .«

Ich sah sie an. Sie stützte sich krampfhaft auf mich, vergehend vor seelischer Qual, die Augen halb geschlossen, in unmenschlicher Pein. Noch ein Moment – und sie wäre hingefallen.

»Oh, um Himmels willen, haben Sie wenigstens diesmal Erbarmen! Sprechen Sie nicht das letzte Wort aus!« rief ich außer mir und warf mich Pjotr Alexandrowitsch zu Füßen, ohne daran zu denken, daß ich mich damit verriet! Es war schon zu spät. Nur ein leiser Schrei ertönte als Antwort auf meine Worte, und die Arme fiel bewußtlos hin.

»Da! Sie haben sie getötet!« rief ich. »Rufen Sie Hilfe herbei, retten Sie sie! – Ich erwarte Sie in Ihrem Kabinett. Ich muß mit Ihnen sprechen: ich werde Ihnen alles sagen ...«

»Ja, was? Ja, was denn?«

»Nachher!«

Die Ohnmacht dauerte zwei Stunden. Das ganze Haus war in Aufregung. Der Arzt schüttelte zweifelnd das Haupt. Nach zwei Stunden ging ich ins Kabinett zu Pjotr Alexandrowitsch. Er war soeben erst von seiner Frau gekommen. Jetzt ging er im Zimmer auf und ab, biß sich die Lippen fast blutig und sah bleich und verstört aus. Ich hatte ihn noch nie so gesehen.

»Was wollen Sie mir denn sagen?« fragte er mich schroff. »Sie sagten vorhin ...«

»Hier ist der Brief, den Sie mir entrissen. Sie erkennen ihn doch?«

»Ja.«

»Nehmen Sie ihn.«

Er nahm den Brief und führte ihn ans Licht. Ich beobachtete ihn aufmerksam. Nach wenigen Sekunden drehte er den Brief hastig um, sah nach der Unterschrift. Ich sah, wie ihm das Blut ins Gesicht schoß.

»Was ist das?« fragte er mich, starr vor Betroffenheit.

Ich blieb ihm die Antwort nicht schuldig.

»Vor drei Jahren fand ich diesen Brief in einem Buch. Ich erriet, daß er vergessen war, las ihn und – erfuhr alles. Ich behielt ihn, denn ich wußte niemanden, dem ich ihn hätte geben können. Ihr konnte ich ihn nicht geben. Ihnen? ... Ihnen konnte der Inhalt dieses Briefes nicht unbekannt sein; er aber enthält die ganze traurige Lebensgeschichte ... Welchen Zweck nun Ihre Verstellung hatte, das weiß ich nicht, das ist mir vorläufig noch unklar. Noch durchschaue ich Ihre dunkle Seele nicht ganz. Sie wollten Ihre Überlegenheit bewahren – und das ist Ihnen denn auch gelungen. Aber wozu? Um über ein Wahnbild den Sieg davonzutragen, um über eine Kranke zu herrschen, um ihr zu beweisen, daß sie sich verirrt habe und daß Sie dagegen *sündlos* vor ihr ständen! Und Sie haben Ihren Zweck erreicht, denn dieser Verdacht ist – zur fixen Idee eines erlöschenden Geistes geworden, ist vielleicht die letzte Klage eines gebrochenen Herzens über die Ungerechtigkeit des Urteils der Menschen, mit dem Sie übereinstimmten. ‚Was ist denn dabei Schlimmes, daß Sie mich liebten?' Das war es, was sie sagte, das wollte sie Ihnen beweisen. Aber Ihr Stolz, Ihr eifersüchtiger Egoismus waren unbarmherzig. Leben Sie wohl. Weitere Erklärungen sind nicht nötig! Aber nehmen Sie sich in acht, ich kenne Sie jetzt, ich durchschaue Sie; vergessen Sie das nicht!«

Ich ging auf mein Zimmer, ohne zu wissen, was in mir vorging. An der Tür hielt mich Owróff, der Gehilfe Pjotr Alexándrowitschs, auf.

»Ich möchte mit Ihnen sprechen«, sagte er mit einer höflichen Verbeugung.

Ich sah ihn an und begriff nicht gleich, was er sagte.

»Später, entschuldigen Sie mich, ich fühle mich nicht wohl«, sagte ich schließlich und ging an ihm vorüber.

»Also dann morgen«, sagte er und verbeugte sich mit einem doppelsinnigen Lächeln.

Vielleicht aber schien es mir auch nur so? Es war fast wie eine Halluzination, die vor meinen Augen flüchtig auftauchte.

. . . . . . . . . . . . . . . . . . . . . . .

*(Ende des Bruchstücks)*

# Fjodor M. Dostojewski

## Aufzeichnungen aus einem Totenhaus und drei Erzählungen
Übertragen von E. K. Rahsin.
863 Seiten. Leinen
(Auch in der Serie Piper 688 lieferbar)

## Die Brüder Karamasoff
Roman in vier Teilen mit einem Epilog. Übertragen von E. K. Rahsin.
1331 Seiten. Leinen
(Auch in der Serie Piper 402 lieferbar)

## Die Dämonen
Roman. Übertragen von E. K. Rahsin.
1034 Seiten. Leinen
(Auch in der Serie Piper 403 lieferbar)

## Der Doppelgänger
Frühe Romane und Erzählungen. Übertragen von E. K. Rahsin.
918 Seiten. Leinen

## Der Idiot
Roman. Übertragen von E. K. Rahsin.
Mit einem Nachwort und einer Zeittafel von Ilma Rakusa.
983 Seiten. Leinen
(Auch in Serie Piper 400 lieferbar)

## Der Jüngling
Roman. Übertragen von E. K. Rahsin.
911 Seiten. Leinen
(Auch in der Serie Piper 404 lieferbar)

## Onkelchens Traum
Drei Romane. Übertragen von E. K. Rahsin.
1002 Seiten. Leinen
(Auch in der Serie Piper 405 lieferbar)

Piper 12/4 a

PIPER

# Fjodor M. Dostojewski

Rodion Raskolnikoff
Schuld und Sühne. Roman. Übertragen von E. K. Rahsin.
763 Seiten. Leinen
(Auch in der Serie Piper 401 lieferbar)

Sämtliche Erzählungen
Übertagen von E. K. Rahsin.
525 Seiten. Geb.
(Auch in der Serie Piper 338 lieferbar)

Sämtliche Werke in zehn Bänden
Übertragen von E. K. Rahsin.
9223 Seiten. (Leinen und Leder in Kassette)

Der Spieler
Späte Romane und Novellen. Übertragen von E. K. Rahsin.
783 Seiten. Leinen

Der Spieler
Aus den Aufzeichnungen eines jungen Mannes.
Roman. Übertragen von E. K. Rahsin.
218 Seiten. Serie Piper 507

Tagebuch eines Schriftstellers
Übertragen von E. K. Rahsin.
366 Seiten. Leinen

Piper 12/4b

PIPER

# Russische Literatur

## Iwan Bunin
## Grammatik der Liebe

Erzählungen
Auswahl und Nachwort von Horst Bienek.
Aus dem Russischen von Georg Schwarz und Ilona Koenig.
1986. 259 Seiten mit Zeittafel. Serie Piper 432

Der Band enthält neun Erzählungen, die alle um die zentralen Themen in Bunins Werk kreisen: Liebe, Tod, Einsamkeit, Verfall. Es ist das alte Rußland, das er heraufbeschwört, dessen Zusammenbruch er vorausahnt. »Ein Pope, der angestrengt und voller Trauer seiner eigenen Klasse die Totenmesse liest«, wie Gorki ihn charakterisierte. Bunin beschreibt die Zeit, die stärker ist als alle Menschengewalt, die verändert und zerstört, beschreibt die Zwanghaftigkeit eines Systems, in dem die Armen die noch Ärmeren ausbeuten. Bunin, der erste russische Nobelpreisträger, wurde von André Gide als der »wohl größte russische Schriftsteller dieses Jahrhunderts« bezeichnet.

## Iwan Bunin
## Dunkle Alleen

Erzählungen
Auswahl und Nachwort von Horst Bienek.
Aus dem Russischen von Ilona Koenig. 141 Seiten. Serie Piper 677

Die große, mit Puschkin beginnende Tradition realistischer russischer Erzählkunst wurde von Bunin zu einem späten Höhepunkt geführt. Nicht nur die Einflüsse der französischen Realisten machen sich in seinem Werk bemerkbar, sondern auch die Tschechows, Gontscharows, Turgenjews und Tolstois. Die lyrische Wirkung wird bei ihm nicht durch eine lyrische Sprache erzeugt, sondern allein durch die Poesie der Gegenstände. Das Thema der meisten der acht Erzählungen dieser Auswahl ist die Liebe – Liebe, die zum Mord führt, Liebe, die an einen Unwürdigen verschwendet wird, Liebe, die der Zeit, der Vergänglichkeit unterworfen ist. Bis auf eine sind alle Geschichten lange nach Bunins Emigration nach Paris im Jahre 1920 entstanden, doch sie beschwören noch das alte Rußland aus der Zeit vor der Revolution.

Piper 12/1e

PIPER

# Alexander Solschenizyn

## Das Rote Rad

### Erster Knoten

## August vierzehn

Roman. Aus dem Russischen von Swetlana Geier.
1049 Seiten. Leinen

Die hier vorliegende endgültige Fassung von »August vierzehn« ist grundlegend überarbeitet und gegenüber der 1972 erschienenen Ausgabe um rund 500 Seiten erweitert. »August vierzehn« ist der »Erste Knoten« des auf acht Bände angelegten Romanzyklus »Das Rote Rad«, in dem die russische Revolution und ihre Vorgeschichte zu einer umfassenden, bewegenden literarischen Darstellung gelangen.

## Das Rote Rad

### Zweiter Knoten

## November sechzehn

Roman. Aus dem Russischen von Heddy Pross-Weerth.
1199 Seiten. Leinen

»Mit ›November sechzehn‹ schafft Solschenizyn eine wahrhaftige Enzyklopädie des russischen Lebens vor der Revolution, ein tiefgründiges Porträt, in dem sich Weltgeschichte und Liebesgeschichten begegnen. Er läßt vor unseren Augen das Rußland von 1916 wiedererstehen, eine Gesellschaft, die durch verantwortungslose Demagogie zerrüttet wird, ein Volk, schon halb verblutet durch einen Krieg, der um der schönen Augen der Allierten willen geführt wird, und dennoch durch seine Arbeitsliebe noch tief mit der Wirklichkeit verwurzelt ...« Georges Nivat, L'Express

»Ist das wirklich ein Roman? Ja, ein Werk, das gigantisch und stürmisch ist wie unsere Epoche. Es enthält eine wunderbare Liebesgeschichte, einen Roman im Roman. Vielleicht hat Solschenizyn sie geschrieben, um seinen Kritikern zu beweisen, daß er auch das kann, vielleicht weil er sie schon lange in sich trug, vielleicht um zu zeigen, daß Schönheit und Zärtlichkeit auch dann bestehen können, wenn die ganze Welt dem Irrsinn verfallen scheint.« Georges Suffert, Le Point

Piper 12/3c

PIPER

# Russische Lyrik

## Anna Achmatowa
## Im Spiegelland
Ausgewählte Gedichte. Hrsg. von Efim Etkind.
217 Seiten. Serie Piper 833

## Jossif Brodskij
## Einem alten Architekten in Rom
Gedichte. Aus dem Russischen von Karl Dedecius, Rolf Fieguth und Sylvia List. 122 Seiten. Serie Piper 506

## Russische Lyrik
Gedichte aus drei Jahrhunderten
Ausgewählt und eingeleitet von Efim Etkind.
575 Seiten. Serie Piper 770

Die umfassendste Anthologie russischer Lyrik, die es auf deutsch jemals gegeben hat, herausgegeben von dem bedeutenden russischen Literaturwissenschaftler Efim Etkind. Sie enthält Gedichte so bedeutender Lyriker wie Puschkin, Nekrassow, Alexej Tolstoi, Blok, Mandelstam, Achmatowa, Chlebnikow, Jessenin, Zwetajewa, Pasternak, Jewtuschenko, aber auch lyrische Proben aus dem Werk von Autoren wie Turgenjew, Lermontow, Bunin, Gorki und Nabokow, die in erster Linie als Prosaisten weltberühmt wurden.
Nicht zuletzt bietet diese Anthologie dem Leser die Möglichkeit, zahlreiche Entdeckungen zu machen – sie umfaßt mehr als 500 Gedichte von über 130 Lyrikern. Besonderen Wert legte der Herausgeber, selbst vorzüglicher Kenner sowohl der deutschen als auch der russischen Lyrik, auf die Qualität der Übersetzer, zu denen neben vielen anderen Dichtern wie Chamisso, Paul Celan, Rilke, aber auch Sarah Kirsch, H. M. Enzensberger und Christa Reinig zählen.
Ein ausführlicher Anmerkungsteil, der auch die Viten der Autoren enthält, beschließt den Band, der zweifellos ein unerläßliches Standardwerk ist.

Piper 12/3g

PIPER

# Jewgenia Ginsburg

## Marschroute eines Lebens

Aus dem Russischen von Swetlana Geier.
383 Seiten. Serie Piper 462

»›Die Marschroute‹ – das ist der Anfang eines neuen Kapitels unseres gesellschaftlichen Denkens und unserer Literatur«, schrieb Lew Kopelew über dieses erschütternde Dokument, den ersten Bericht, in dem eine russische Frau – »ein weiblicher Hiob« (Heinrich Böll) – Zeugnis über ihren Leidensweg während der Stalinzeit ablegt. Jewgenia Ginsburg schildert die zwei Jahre dauernde Tortur des Parteiverfahrens, den Ausschluß aus der Partei, die Verurteilung zu zehn Jahren Haft (insgesamt wird sie 18 Jahre im Gefängnis und im Lager verbringen). Nach langer Einzelhaft wird sie 1940 in die Eiswüste von Kolyma verschickt. Hier schließt »Gratwanderung« an.

## Gratwanderung

Aus dem Russischen von Nena Schawina.
Vorwort von Heinrich Böll. Nachwort von Lew Kopelew und Raissa Orlowa. 512 Seiten. Serie Piper 293

»Ich tauche auf aus einer Lektüre, die mich für Tage in einen weit entfernten Archipel entführt hat, in den Archipel Gulag von Kolyma, am Ochotskischen Meer im nordöstlichen Sibirien gelegen, eine Strafkolonie, furchtbarer noch als sie ein Kafka beschreiben konnte, in der zeitweilig mehrere hunderttausend politische Häftlinge gelebt, geschuftet, gelitten haben und Zehntausende umgekommen sind, hauptsächlich bei der Arbeit in Goldbergwerken. Tauche auf aus dem Kreis der Hölle, der hier in Prosa und in seiner ganzen Furchtbarkeit beschworen wird, begleitet von den Bildern des Schreckens, aber auch angerührt von den Gesten der Menschlichkeit, des Trostes, des Überlebens. Das ist kein Buch, das man einfach liest, sondern ein Stück Geschichte, in die man hineingezogen wird.« Horst Bienek, Die Zeit

Piper 12/2d

PIPER